KB111932

아는 오빠의
아찔한 유혹

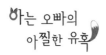

초판 1쇄 인쇄일 2014년 1월 16일
초판 1쇄 발행일 2014년 1월 22일

지은이 ㅣ 백일몽
펴낸이 ㅣ 김기선
펴낸곳 ㅣ 와이엠북스(YMBOOKS)

출판등록 ㅣ 2012년 7월 17일 (제382-2012-000021호)
주소 ㅣ 경기도 의정부시 의정부동 490-4 삼승프라자 10층 102호
전화 ㅣ 031)873-7768 / **팩스** ㅣ 031)873-7764
E-mail ㅣ ymbooks@nate.com

ISBN 979-11-5619-051-6 03810

값 9,000원

YMBOOKS ROMANCE STORY

백일몽 지음

아는 오빠의
아찔한 유혹

YM BOOKS

목차

프롤로그

대학 사람들이 모인 학교 선배의 결혼식 피로연이 한창이었다. 한쪽 구석에 앉아 있던 이랑은 알게 모르게 한숨을 내쉬었다.

"원이 오빠 오는 줄 알았으면 안 왔을 텐데."

갑자기 옆에서 들려오는 소리에 놀라서 고개를 번쩍 들었다. 어느새 다가온 것인지 이랑의 절친, 화영이 앉아 있었다.

"너, 지금 그 생각 하고 있었지?"

"······아니야."

"아니긴. 시종일관 알게 모르게 최원만 흘깃거리고 있으면서."

소곤대면서 말을 건네는 화영을 보며 이랑이 어깨를 축 늘어뜨렸다. 무언의 긍정이었다.

"세월이 얼만데 아직까지 신경 쓰는 거야?"

"시, 신경 쓰긴! 갑자기 만나니까 놀라서 그래."

화영이 흥미로운 눈길로 바라보자 이랑이 울컥하며 말을 이었다.

"네 말대로 세월이 얼만데. 오빠는 그냥…… 그냥 아는 오빠일 뿐이야."

하지만 화영은 몹시 흥미롭다는 표정으로 빙글거릴 뿐이었다. 이랑이 어깨를 축 늘어뜨리고 말았다. 모든 것을 다 아는 화영인데 아닌 척해봐야 무슨 소용이겠는가.

"참! 그리고 보니 최원이 너에게 연애 공포증을 불러일으킨 원인 아냐? 너, 원이 오빠 이후로 아무도 제대로 안 사귀었잖아."

"사귈 만한 사람이 없었던 것뿐이야. 오빠 때문이 아니라."

화영이 의미심장하게 웃더니 말을 이었다.

"뭐, 그건 그렇다 치고. 그래서, 오랜만에 보니까 어때? 시식 코너들이랑 급이 다르지?"

"시식코너?"

"가지고 갈 듯 말 듯 몇 번 만나보면서 간만 보다가 정작 본품 구매는 겁이 나서 하지도 못하고, 그런 게 시식코너지 뭐겠어."

능글맞은 화영의 말에 이랑이 밉지 않게 눈을 흘겼다. 그 눈길을 아무렇지도 않게 받아넘긴 화영이 어깨를 으쓱했다. 화영을 보며 고개를 절레절레 흔든 이랑이 이내 자리에서 일어났다.

"도망가기는."

"그래, 도망간다. 그러니까 부디 돌아오면 괴롭히지 말라고."

이랑이 연회장을 나서 화장실로 향했다. 거울 앞에 서서 얼굴을 살피니 평소보다 조금 더 발그레하게 달아올라 있었다. 한숨을 폭 내쉰 이랑이 손등으로 볼을 눌러 열을 가라앉혔다.

조금 여유가 생기자마자 거짓말처럼 원이 다시 떠올랐다.

최원.

유학 간 학교에서 우수한 성적으로 졸업을 했네, 미국의 잘나가는 자동차 디자인센터에 입사를 했네 어쩌네 하는 소문을 듣긴했다. 다시 볼 일은 없을 줄 알았는데. 그랬는데 갑작스런 이 만남이 더욱더 당황스러웠다.

'정이랑, 긴장하지 마. 어리바리하게 굴지 말라고.'

이랑이 기합을 넣듯 어깨에 빳빳하게 힘을 주었다. 그러곤 크게 숨을 들이켠 뒤 허리를 곧추세우고 화장실을 나섰다.

하지만 그런 기합도 잠시, 화장실을 나서자마자 누군가 불쑥잡아오는 손길에 이랑은 자신도 모르게 당황하고 말았다.

"드디어 잡았다."

순식간이었다. 눈 깜짝할 새 단단한 손길에 잡혀, 비어 있는 탈의실에 들어선 이랑이 멍한 표정을 지었다.

"우리, 오랜만이지?"

불쑥 고개를 가까이 들이미는 원을 피해 반사적으로 몸을 뒤로젖힌 이랑이 자신도 모르게 마른침을 꼴깍 삼켰다.

"인사도 안 해줄 거야?"

까만 눈동자가 탐색하는 것처럼 이랑의 연한 갈색 눈동자를 가만히 바라보고 있었다. 그 눈동자를 정면으로 응시하자 문득 현기증이 일었다.

"잠시만요. 이 손 좀 놓고⋯⋯."

원이 뻣뻣하게 굳어 있는 이랑을 보고 인심 쓰듯 손을 풀고 한 발 물러섰다.

"나중에 따로 좀 보자. 할 말이 있어."

"그럼 지금⋯⋯."

"지금은 안 돼."

이랑의 말이 채 끝나기도 전에 단호한 그의 대답이 흘러나왔 다. 그 와중에도 그의 까만 눈동자가 이랑의 얼굴을 집요하게 응 시하고 있었다. 그 눈빛에 그녀는 입술이 바짝 말라왔다.

"없는 약속 굳이 만들지 마. 오늘 저녁에 난 널 꼭 만날 거야."

오랜만의 만남이었지만 그는 여전했다. 딱히 할 말이 없게 하 는 것도 그랬고, 속절없이 시선을 빼앗기게 하는 것도 그랬다. 이 랑이 입을 꾹 다물었다.

그때, 원의 얼굴이 성큼 다가왔다. 두 사람의 얼굴이 닿을 듯 말 듯 다시 가까워졌다.

"도망가지 마. 그래봤자 금방 잡힐 거니까."

이랑은 꿀 먹은 벙어리가 되고 말았다. 가만히 서 있는 이랑을 보 고 있던 그가 피식 웃더니 먼저 몸을 돌려 탈의실을 빠져나갔다.

"참, 시식코너는 이제 모두 정리해야 될 거야."

나가기 직전, 의미심장한 말을 남기며.

맙소사! 정말 최원이 돌아왔다.

1

　화사하게 빛나는 야경과 더불어 깊어가는 시간만큼 진한 와인의 향기가 퍼지는 레스토랑 안. 사람들은 저마다 작은 목소리로 이야기를 나누며 깊어가는 밤의 흥취를 즐기고 있었다.

　탁.

　레스토랑 아늑한 룸 안에 마주한 두 남녀 사이로 와인잔이 제법 세게 부딪치는 소리가 울려 퍼졌다.

　"한 잔 더 주세요."

　사람들은 흔히 이런 말을 한다. 술이란 것은 적당하면 좋지만 과하면 독이 된다고 말이다. 한 잔이 두 잔이 되고, 두 잔이 세 잔이 되고…… 어느새 와인 한 병이 말끔하게 사라졌다. 그중 대부분은 이랑의 배 속으로 들어갔다. 그럴수록 그녀의 혀는 점점 꼬여가고 있었다.

"아니, 그만하는 게 좋을 것 같다."

원이 난감한 표정으로 이랑을 응시했다. 본의 아니게 이랑이 술에 취하고 말았다. 오랜만에 만나 이야기를 나누고 싶었건만 이랑이 이렇게 와인에 약할 줄은 꿈에도 몰랐다.

"흥! 그래요, 그만해요."

그 말을 어떻게 받아들인 것인지 그녀가 작게 투덜대더니 자리에서 일어섰다.

"나도 더 이상 볼일 없어요. 오빠 아니어도 와인 사줄 다른 남자들 많거든요? 집에 갈래."

"잠깐만."

당황해서 원도 자리에서 일어났다.

"잡지 마요. 이젠 최원이 와서 잡는다고 잡힐 만큼 만만한 정이랑 아니에요. 오빠 이제 디 엔드, 끝이라구요. 후회해도 소용없어요."

비척거리면서 이랑이 가방을 집어 들었다. 원이 황급히 그녀를 붙잡았다.

"그럼 집에 데려다줄게."

이랑은 원을 게슴츠레한 시선으로 가만히 바라보았다.

"진짜 최원이 맞구나."

"뭐?"

그러곤 불쑥 손을 들어 원의 얼굴을 잡아 쥐었다.

"나쁜 놈."

술기운으로 볼이 발그레하게 달아오른 이랑이 눈을 깜빡이며 원을 계속해서 응시했다. 그는 갑자기 목이 탔다.

"이랑아, 난……."

원이 막 입을 열려는 찰나 이랑이 손을 휙 떼어냈다. 따뜻한 손이 얼굴에서 떨어져 나가자 허전한 느낌이 몰려들었다.

"이번에는 내가 먼저 두고 갈 거야. 나쁜 놈. 너도 당해봐라."

"뭐? 잠깐만."

걸음을 옮기는 이랑을 원이 다시 붙잡았다. 이대로 보내면 안 될 것 같았기 때문이다.

"놔요."

"할 말이 있어."

"싫어. 안 들을래요."

"그러지 말고……!"

다급해지자 자신도 모르게 팔에 힘이 들어갔던가. 술에 취한 이랑이 약간 휘청거렸다. 그에 또 당황한 원이 서둘러 그녀를 부축했다.

"아……."

옥신각신하던 두 사람 사이에 일시에 침묵이 내려앉았다. 와인 향이 맴돌고 있는 은은한 조명 아래, 원은 조금만 움직이면 닿을 것 같은 조그만 입술을 바라보며 자신도 모르게 마른침을 삼켰다. 뜻하지 않게 감싸 안은 얇은 허리에 자꾸만 힘이 들어갔다.

"놔줘요."

앙증맞은 입술이 달콤한 유혹의 향기를 내뿜었다. 이랑을 바라보는 원의 목울대가 크게 움직였다. 예전의 풋풋한 모습은 다 어디로 갔는지 어느새 매혹의 향기를 진하게 풍기는 이랑으로 인해 원의 심장은 어느 때보다도 더 거세게 뛰고 있었다.

순간 원이 놀란 표정으로 눈을 크게 떴다. 이랑이 가슴에 이마를 툭 하고 기대온 것이다.

"내 마음 돌려줘요."

그의 품에 고개를 파묻은 채 이랑이 작게 웅얼거렸다.

"내 설렘도, 내 시간도 다 돌려줘요."

"……이랑아."

"그리고 이제 그만 나타나요. 그만 생각나란 말이에요."

나직하게 이어지는 이랑의 말에 원이 입술을 질끈 깨물었다.

"그리고!"

이랑이 이내 원의 품에서 거칠게 몸을 떨어뜨렸다. 그러더니 다시금 대뜸 원의 얼굴을 잡아왔다.

"돌려줘요."

"뭐?"

"그날 내 뽀뽀! 내 첫 키스! 다 내놓으란 말이에요."

말을 마친 이랑이 발뒤꿈치를 들더니 얼굴을 부딪쳐 왔다.

"……!"

어찌할 수도 없게 곧장 다가온 보드라운 감촉에 원은 멍하니 시선을 내렸다. 눈을 질끈 감고 입술을 대고 있는 이랑이 보였다. 그때와 똑같이 이랑과 입술을 마주하고 있었다. 마치 시간을 되돌린 것 같았다. 멍한 표정으로 서 있던 그의 손에 어느 순간 힘이 꽉 들어갔다.

"하아."

잠깐의 시간이 지난 후 이랑이 고개를 떨어뜨리며 길게 한숨을 내쉬었다. 나른하게 깜빡이는 연한 눈동자를 바라보는 까만 눈동자가 더욱 깊어졌다.

"정이랑."

"과거에 했던, 그날 우리 뽀뽀는 사라진 거예요."

이랑이 횡설수설 말을 이었다.

"누구 마음대로."

"내 마음대로."

제법 매섭게 눈을 치켜떴지만 그마저도 귀엽게 앙탈을 부리는 듯해, 원은 자신도 모르게 한쪽 입꼬리를 슬쩍 들어 올렸다.

"그럼 이제 내 차례야."

"네?"

"내 키스 돌려받을 차례."

눈을 끔뻑거리는 이랑을 향해 원이 얼굴을 내렸다.

"읍."

단순하게 입만 맞대고 있는 방금 전의 뽀뽀와 달랐다. 곧장 이랑의 입속을 치고 들어간 원은 본격적으로 유혹의 향기를 내뿜는 입술을 맛보기 시작했다. 레스토랑 룸 안이라는 것도 잊은 채 두 사람은 서로의 입안을 헤집고 다녔다. 가만히 있던 이랑도 손을 들어 원의 목을 감아 안았다. 가쁜 호흡이 오가는 동안 공기가 후끈 달아올랐다.

"흐응."

이랑이 앓는 듯한 소리를 냈다. 갸르릉거리는 그 소리에 원은 자신들이 어디에 있는지를 기억해냈다. 마치 이랑의 호흡까지 다 먹어버릴 듯 저돌적으로 키스하던 그가 겨우 얼굴을 떼어내고 가녀린 어깨를 양손으로 꽉 쥐었다.

"후우."

원이 벅찬 숨을 내쉬었다.

"하아, 하아."

당장이라도 닿을 수 있는 거리에서 이랑 또한 달뜬 숨을 내뱉고 있었다. 자꾸만 얼굴이 제멋대로 아래로 향했다. 하지만 더 이상의 접촉은 위험했다. 그랬다가는 정말 이성을 잃을지도 몰랐다.

"이제 그만."

말과는 다르게 원의 까만 눈동자는 여전히 이랑의 입술에서 떨어질 생각을 하지 않았다. 보드라운 그 입술이 자꾸만 달큰한 향기를 내며 원을 유혹하고 있었다. 크게 한숨을 내쉰 원이 이랑을 서둘러 안았다. 그렇게 하지 않으면 또다시 그녀의 입술을 덮칠 것 같았다.

"보내기 싫다."

한숨처럼 말을 내뱉은 원이 이랑을 감싼 손에 힘을 풀며 다시 입을 열었다.

"데려다줄……."

"그럼 보내지 마요."

지금, 얼마나 자극적인 말을 했는지 이랑은 알까. 원이 자신도 모르게 숨을 훅 들이켰다. 이랑이 나른한 눈동자를 깜빡인다. 그녀를 바라보는 원의 눈동자는 몹시 차가워 보이는데도 뜨거웠다. 당장이라도 폭발할 듯 차갑게 불타오르는 그의 눈이 한층 더 까맣게 내려앉았다.

"너, 그게 무슨 뜻인지 알아?"

온갖 복잡한 상념에 휩싸인 원을 아는지 모르는지 이랑은 고개를 살짝 들어 단단한 원의 턱에 입을 쪽 맞췄다.

"너……!"

"아직 내 키스는 돌려받지도 않았어요."

원의 얼굴이 딱딱하게 굳었다. 머릿속이 하얗게 변하는 기분이었다. 순간 아찔해지는 정신을 간신히 수습한 원은 더 이상 아무런 말을 하지 않았다. 대신 조금 거칠다 싶게 이랑의 손을 꽉 쥔 뒤 레스토랑을 나섰다. 곧장 차에 올라 아릿할 만큼 턱을 꽉 깨문 원은 평소와 다르게 무척 험하게 핸들을 돌렸다. 두 사람이 있는 차 안의 공기는 살짝이라도 손을 대면 팡, 하고 터질 것 같이 팽팽했다.

어둠에 잠긴 공간이 현관 센서등으로 어스름하게 빛이 났다. 현관문이 닫히자 완벽하게 외부 세계와 단절된 집 안은 정적이 내려앉았다. 서늘한 집 안 공기에 조금은 정신이 돌아온 것인지 원은 어깨가 들썩일 정도로 크게 숨을 내쉬었다.

"들어와. 일단……."

원은 이랑의 얼굴을 보지 않은 채 몸을 돌렸다. 이랑과 눈이 마주친다면 큰일이라도 날 것 같은 행동이었다.

"하아."

그 순간, 나른한 한숨과 함께 원의 등 뒤로 뭔가 가볍게 와 닿았다. 실낱같이 유지되던 이성이 기다렸다는 듯 위태롭게 흔들리면서 원의 몸 또한 뻣뻣하게 굳어갔다.

"……어지러워. 졸려."

원의 등에 이마를 기댄 이랑이 작게 웅얼거렸다.

"아, 최원 냄새. 꿈인가."

조그만 손이 꼬물거리며 올라와 원의 허리를 감싸 안았다. 등 뒤에 닿은 조그만 여체에 원의 몸은 더욱더 경직되었다.

"좋다."

눈에 띄게 움찔할 정도로 아래턱을 꽉 깨문 원이 뒤에서 자신을 안고 있는 이랑의 손을 떨리는 손으로 겨우 떼어내 잡고는 뒤돌아섰다.

"너, 지금……."

아무것도 모른다는 표정으로 자신을 올려다보는 이랑의 얼굴에 말문이 딱 막혔다. 눈꺼풀이 무거운지 무척 느린 속도로 깜빡이고 있는 말간 눈동자와 정면으로 마주한 원은 차마 말을 이어가지 못했다. 원의 내부에서 엄청난 치열한 접전이 벌어지고 있는 것을 아는지 모르는지 이랑이 샐쭉하니 웃더니, 그의 품에 다시금 머리를 기대왔다.

"정이랑."

　짓이기듯 이랑의 이름을 내뱉은 원이 아릿할 정도로 아래턱을 꽉 깨물었다.

　"이건 아니야. 이랑아, 그러니까 그만……."

　간신히 이성을 유지하고 있던 원이 자신도 모르게 마른침을 꿀꺽 삼켰다. 발딱 고개를 들어 올린 이랑이 반쯤 감은 눈으로 배시시 웃었다.

　"아, 움직인다."

　무거운 눈꺼풀을 깜빡이며 작게 웃은 이랑이 손을 움직여 원의 아담스애플을 슬쩍 쓰다듬었다. 이랑의 어깨를 잡은 원의 손에 힘이 꾹 들어갔다.

　"무슨 꿈이 이렇게 생생하지. 만날 차갑게 스쳐 지나가기만 했는데."

　부드러운 울림이 원의 가슴에 커다란 동심원을 그리고 지나갔다. 원의 목울대가 크게 출렁였다. 이랑이 이번에는 단단하게 굳은 원의 턱을 만지작거렸다.

　"너……."

　뭔가 말을 하기 위해 입을 열었지만 무슨 말을 해야 할지 몰라 원은 결국 바짝 마른 애먼 입술만 꾹 깨물었다.

　"떽! 그러면 안 돼. 아무리 꿈이라도 이러면 안 돼. 꿈에서만큼은 다, 전부 다 내 거란 말이야. 절대 한 번밖에 못 가져서 억울해서 그런 거 아니다!"

　순간 이랑이 한쪽 눈썹을 확 내리며 귀엽게 눈을 부릅떴다.

"꿉냐? 뭐, 그래도 내 꿈이니까 내 마음대로 할 거다!"

언제 인상을 썼냐 싶게 이내 뭐가 그리 웃긴지 이랑은 히죽거리며 손을 천천히 들어 올렸다. 원은 순간 입술에 와 닿은 보드라운 손길에 눈을 질끈 감았다. 마치 깃털이 쓰다듬는 것만 같았다. 입술에 닿는 부드러운 감촉에 정신을 차릴 수가 없었다.

"거, 뉘 집 자식인지 입술 한번 예쁘게 생겼네."

원으로서는 결코 거부할 수 없는 유혹의 향이 그의 주변을 온통 잠식하기 시작했다.

"빨갛고, 부드럽고."

살짝 눈을 내리깐 이랑이 발뒤꿈치를 들어 올렸다.

"그리고 달콤하고."

고개를 살짝 옆으로 기울인 채 속삭이는 이랑의 숨결이 원의 볼을 간질였다. 마취제라도 맞은 것처럼 온몸이 딱딱하게 굳었지만, 원의 눈동자만큼은 그 어느 때보다 열기로 활활 불타올랐다.

"정이……."

"쉿."

두 사람의 입술이 천천히 가까워졌다. 자연스럽게 감긴 이랑의 눈동자를 응시하던 원의 눈동자에서 이성이 사라졌다. 아니, 사라질 뻔했다.

"잠깐, 아무래도 이건 아니야."

홀린 듯 이랑의 입술만 바라보던 원이 머리를 작게 흔들며 딱딱하게 말했다.

"오늘은 그만하자."

정말 더 이상은 참지 못하겠는지 그는 다급하게 이랑의 어깨를 잡으며 어정쩡하게 몸을 뒤로 빼냈다. 하지만 그것도 잠시, 원은 또다시 바싹 얼어붙고 말았다.

"싫어."

이랑이 더욱더 단단하게 그의 등을 감싸 안아왔다.

"싫어. 가지 마."

"너!"

"제발 나 혼자 두고 가지 마. 많이 보고 싶었단 말이야. 이건 꿈이니까, 그러니까."

드디어 원의 머릿속에서 뭔가가 드디어 툭, 하고 끊어졌다.

"이제…… 넌 아무 데도 못 가. 원망해도 소용없어. 이젠 절대로 안 놔줄 거니까."

이랑의 얼굴을 단단하게 잡은 원이 그녀의 입술을 저돌적으로 머금었다.

"아."

거친 키스를 이어가던 원이 불쑥 그녀를 안아 들어 허리에 다리를 감게 했다. 그리고 그길로 침실로 향했다. 그들의 옷이 하나둘 나풀거리며 떨어져 침실로 향하는 길에 기다란 흔적을 남겼다.

"하아."

가느다란 목, 유난히 도드라진 쇄골에 이어진 동그란 어깨, 그리고 소담하게 솟은 가슴 위의 앙증맞은 정점까지. 몸 곳곳에 뜨거운 낙인을 새기는 원의 입김을 따라 이랑의 입에서도 숨기지 못한 달뜬 숨소리가 튀어나왔다.

"흡."

잔뜩 달아오른 원의 분신이 단번에 이랑의 여체를 꿰뚫었다. 낯선 침입자가 버거운지 미간을 찌푸린 그녀의 나신이 아름다운 곡선을 그리며 휘어졌다.

"하읏."

무척이나 빽빽했다. 단번에 들어간 것이 이상하리만치 그녀의 안은 좁고, 그리고 생각보다 훨씬 더 따뜻했다. 그녀의 여성에 침입한 것은 자신이 처음인 게 분명했다. 순간적으로 놀란 원이 굳어 있는 사이, 이랑이 앓는 소리를 내며 손을 들어 그의 목을 감싸 안았다.

"흐응."

달콤한 숨결이 자꾸만 원을 유혹했다. 원을 향해 활짝 열린 잔뜩 농익은 몸짓이 그의 이성을 앗아가고 있었다.

"오빠."

이랑을 갈구하는 원의 움직임이 더욱더 커졌다. 잘빠진 그의 등 근육이 땀에 젖어 번들거리기 시작했다. 그렇게 조명이 낮게 내려앉은 침실 안의 공기는 시간이 지날수록 더욱더 후끈한 열기로 달아올랐다.

"아가씨, 전화 오는 거 같은데."

입술을 잘근잘근 깨물다가, 또 한숨을 푹 내쉬다가, 그러다가 이내 고개를 절레절레 내젓다가. 혼자서 몹시 바쁘던 이랑이, 백미러로 흘깃 바라보며 말을 건네는 택시기사의 말에 흠칫 놀라며 고개를 번쩍 들었다.

"네? 아…… 네."

의식적으로 휴대폰의 울림을 무시하고 있었던 것이다. 이랑이 한숨을 푹 내쉬고는 가방 속에서 줄기차게 울리는 휴대폰을 꺼내 들었다. 계속해서 원이 전화를 해대고 있었다. 그리고 정확히 다섯 통째, 전화를 받지 않자 원이 문자를 보내왔다.

[정이랑, 정말 이럴 거야? 전화 받아.]

문자에서도 화가 났다는 것이 고스란히 느껴졌다.

"하아."

절로 한숨이 나왔다.

'내가 지금 어떻게 댁 전화를 받습니까. 왜 도망을 쳤는데.'

모든 것이 뒤죽박죽으로 꼬여버렸다. 휴대폰을 가방에 집어넣은 이랑이 다시금 무거운 한숨을 폭 내쉬었다. 일요일 새벽의 한산한 거리에 뿌옇게 안개가 내려앉아 있었다. 거리를 막힘없이 헤치고 나아가는 노란 택시 안에서 그녀는 온갖 복잡한 감정이 뒤엉킨 얼굴로 창밖을 응시했다.

그렇다. 지금 이랑은 뜻하지 않은 원나잇 이후 혼비백산하여 도망쳐 나온 길이었다. 살금살금, 마치 도둑고양이처럼. 그녀는 양손으로 머리를 부여잡은 채 고개를 폭 숙였다.

'대체 왜 이렇게 된 거지.'

절대 이럴 생각이 아니었다. 아니, 오히려 마음을 단단히 먹었다. 그가 두고 떠난 여자가 얼마나 근사해졌는지 땅을 치고 후회하게 만들어주겠다며 주먹을 불끈 쥐었었다. 당당하고 우아한, 그리고 아찔한 멋진 여성이 된 자신을 보여주고 싶었다. 너와 상관없이 난 이만큼 멋진 여자가 되었다, 하지만 후회해도 이미 소용없다! 위풍당당하게 화장품 가게에 들러 눈꼬리에 짙은 아이섀도도 양껏 찍어 바르고 아이라인도 끝 간 데 없이 높게 올려 그렸다.

그리고……

정말 원하는 대로 분명 먼저 자리를 박차고 나왔었다. 그리고 차에 탄 기억도 있는데, 그래서 집에 갔다 생각했는데, 트림없이 그랬는데 왜 이 지경이 되어버렸을까.

'분명 꿈이었는데. 손발이 엄청 무겁고 내 마음대로 안 움직이는 게 꿈 맞았는데.'

오랜만에 그를 만나서 그토록 생생한 꿈을 꾸는 줄 알았다. 유난히 흐느적거리는 손발에는 힘이 들어가지 않았다. 그래서 이랑은 다시는 못 볼 사람 꿈에서나마 마음껏 가져보고자 했었다. 거기까지 생각한 이랑은 자신도 모르게 눈을 질끈 감았다. 동시에 머릿속에 꿈이라고 하기엔 너무 선명한 장면들이 원색적으로 펼쳐지기 시작했다.

"헉."

자신도 모르게 마른침을 꼴깍 삼킨 이랑이 괜히 택시기사의 눈치를 살폈다.

"아가씨?"

"네, 네?"

설마 이 아저씨가 독심술이 있나 하는 정말 엉뚱한 생각이 이 랑의 머리를 스치고 지나갔다.

"다 왔습니다."

갑작스런 기사의 말에 화들짝 놀라기도 잠시, 창밖을 바라본 이랑이 그제야 정신을 차렸다. 마치 먹구름이 낀 것처럼 답답하기 그지없는 이랑의 마음과 다르게 한산한 새벽 거리를 달린 택시는 어느새 집 앞에 도착해 있었다.

"감사합니다."

서둘러 돈을 건넨 그녀가 택시에서 후다닥 내렸다.

"아야."

동시에 몸 깊숙한 곳이 쓰라리면서 절로 앓는 소리가 나왔다. 하복부에서 어색한 이물감과 함께 아찔한 통증이 올라왔다. 그뿐 만이 아니었다. 스카프를 해 잘 가렸지만 목과 가슴 언저리 사이 에는 온통 울긋불긋한 얼룩투성이였고 가슴은 왠지 스치기만 해 도 쓰라렸다.

얼굴 가득 울상을 찌푸린 이랑이 터덜터덜 무거운 걸음으로 집 으로 향했다. 집에 돌아오자마자 털썩 가방을 내려놓고 침대에 앉 았다. 그때였다. 또다시 휴대폰이 울렸다.

[집에 잘 도착했는지, 그것만 알려줘.]

휴대폰을 가만히 바라보던 이랑이 뜻 모를 비명을 내지르며 머리를 마구 헝클었다.

"아악, 내가 진짜 미친다."

정말 미치지 않고서야 이럴 수 없었다. 이랑은 자신의 머리를 수없이 쥐어박았다. 대책 없이 원나잇을 해버리고 말았으니 이제 정말 어떻게 해야 할지 몰랐다.

[전화 받거나, 해줘. 안 그러면 정말 경찰에 신고할 거야.]

연이어 메시지가 다시 들어왔다. 화가 묻어나던 말투가 어느새 간절하게 바뀌어 있었다. 원도 황당할 것이다. 함께 있던 여자가 갑자기 온다 간다 말도 없이 사라졌으니 얼마나 놀랐을까. 그것도 무려 살을 섞고 몸을 부대끼면서 함께 밤을 보낸 여자가 말이다. 입술을 잘근잘근 깨물면서 잠시 망설이던 이랑이 겨우 떨리는 손으로 통화 버튼을 눌렀다.

─정이랑!

몇 번 신호가 가기도 전에 휴대폰 너머로 그의 화난 목소리가 쩌렁쩌렁 울렸다.

─너 진짜 이게 무슨 짓이야! 얼마나 걱정한 줄 알아?

격양된 감정이 고스란히 느껴졌다. 그 목소리에 왈칵 서러움이 올라왔다. 혼자서 도망치듯 몰래 빠져나온 비참한 기분이 이제야 이랑을 가득 채웠다. 혹여 누구와 마주치지는 않을지 안절부절못하며 쌀쌀한 새벽 공기를 맞으며 혼자 도망치는 기분은 경험해보

지 않은 사람은 모른다. 얼마나 엉망진창이고, 또 얼마나 자괴감
이 드는지.

"……나한테 화내지 마요."

생각지도 않았던 원과의 하룻밤은 너무 갑작스러웠다. 말 그대
로 기습공격이요, 허를 찔린 예상 밖의 상황이었다. 이 모든 것에
대한 자책이든, 또는 원에 대한 원망이든 그 무엇이든 간에 혼자
서 생각을 정리할 시간이 필요했다. 그래서 결국 쌀쌀한 새벽 공
기를 맞으며 이렇게 혼자 도망치고 말았다.

─후우! 알았어, 내가 잘못했어. 화 안 내. 아무 일 없어? 괜찮
아?

이랑의 목소리가 심상치 않음을 느꼈을까. 긴 한숨을 내쉰 원
이 곧장 사과를 하며 이랑을 달랬다.

"집에 잘 왔어요. 그러니까……."

그녀가 간신히 떨리는 숨을 골랐다.

─이랑아, 어젯밤은…….

원이 뭔가 말을 하려 했지만 이랑은 더 이상 그와 아무렇지도
않게 통화할 용기가 없었다.

"피곤해서 쉬어야겠어요. 끊어요."

─이랑아, 정이…….

서둘러 원의 말을 막은 이랑이 다급하게 전화를 끊었다. 지금
은 그의 목소리를 들으면 안 될 것 같았다.

이랑이 아직 풋풋하던 그 시절, 냉정하게 아무런 말도 없이 떠
났던 사람이었다. 막 피어오르던 설렘을 주체하지 못해 수줍은 고

백과 함께 저돌적인 입맞춤까지 했던 자신에게 뒤늦게 돌아온 말이라곤 잘 지내란 한마디뿐이었다.

그리고 지금, 이랑은 그때와 똑같은 담담한 목소리에 자신도 모르게 심장이 철렁 내려앉는 기분이 들었다. 또다시 무척이나 담담하게 잘 지내라는 말을 듣게 될 것만 같았다.

"짜증나."

자신도 모르게 코끝이 찡해졌다. 서둘러 눈가를 훔친 그녀는 벌떡 자리에서 일어섰다.

"아야."

하지만 몸 구석구석에서 느껴지는 격렬한 근육통에 다시금 자리에 주저앉고 말았다. 결국 이랑의 눈에서 눈물을 찔끔 흘러내렸다.

그는 알고 있을까. 이랑의 처음을 그가 가져갔다는 것을. 첫 사랑, 첫 키스, 그리고 첫 경험까지. 그는 이랑의 모든 처음을 가지고 갔다.

"이게 뭐야."

다시는 보지 못하리라 여겼던 그와의 갑작스런 재회, 그리고 뜻하지 않은 밤까지. 모든 것이 뒤죽박죽으로 엉켜 이랑을 괴롭혔다.

"진짜 싫어, 최원."

그럼에도 아직까지 가슴 한구석에는 원이 이렇게나 진득하게 달라붙어 있었다.

늘 흐릿하기만 하던 평소와 달리, 드물게 높고 푸른 하늘이 맑게 드러난 날이었다. 밝은 햇살을 받고 빛나고 있는 커다란 건물로 원이 당당하게 들어섰다.

"최원 씨?"

"네, 제가 최원입니다."

"안녕하세요, 인사부장입니다. 반갑습니다."

"안녕하십니까."

원이 깍듯하게 고개를 숙였다.

"사장님이 기다리고 계십니다."

조금 까다롭게 생긴 인사부장의 뒤를 따라 원이 걸음을 옮겼다. 미국에서 스카우트 제의를 받은 뒤 처음으로 정식 출근을 하는 날이었다.

"갑작스러웠을 텐데 수락해주셔서 감사합니다."

"아닙니다. 불러주셔서 감사합니다."

앞으로 근무해야 하는 낯선 환경에 원 또한 알게 모르게 긴장한 상태였다. 그렇게 상체를 바짝 곧추세운 원은 회사에 대한 간략한 설명을 들으며 사장실로 향했다.

"안녕하십니까. 최원입니다."

"아, 반가워요. 이야기 많이 들었어요. 하하! 앉아요."

사람 좋은 미소를 띠는 사장의 손짓에 따라 원이 소파에 앉았다. 비서가 들어와 찻잔을 내려놓을 때까지 잠시 침묵이 흘렀다.

"미국 F사 디자인센터에서도 기대가 컸다던데, 우리 회사에 와줘서 고맙습니다. 디자인 경영을 추구하는 우리 회사에 많은 도움이 되리라 생각해요."

의례적인 사장의 말이 계속되었다.

"마이클과도 잘 안다지요? 그가 어찌나 강력 추천을 하던지, 저희도 최 팀장님에게 거는 기대가 큽니다."

사장의 입에서 나오는 익숙한 이름에 원이 반사적으로 빙긋 미소 지었다. 현재 이 회사의 디자인 총괄 부사장으로 있는 마이클은 미국에서 스승과 제자로 만난 사이였다. 그 후 F사 디자인센터의 상사와 부하 직원이라는 과정을 거쳐 현재의 회사까지 인연이 이어졌다.

"아무쪼록 잘 부탁합니다."

"부족하지만 열심히 하겠습니다."

화기애애한 분위기 속에서 원이 가볍게 고개를 숙였다.

"그럼 앞으로 수고해요."

"네, 열심히 하겠습니다."

짤막한 사장과의 면담이 끝난 뒤 원이 인사를 하고 나왔다.

"최 팀장님이 일하실 사무실로 안내해드리죠."

잠시 후, 그가 앞으로 사용하게 될 사무실에 들어섰다.

"천천히 둘러보십시오."

"감사합니다."

밝은 햇살이 비쳐 드는 사무실 책상에 앉자 만감이 교차했다.

"후우."

알게 모르게 긴장을 해서일까. 혼자 남게 되자 그제야 편안한 숨이 흘러나왔다. 원은 넥타이를 느슨하게 풀었다. 그러곤 의자에 기대어 살짝 눈을 감았다.

유학 시절이 생각났다. 정말 죽을 것처럼 노력해서 과제를 해나가고, 제대로 자지도 먹지도 못하며 버텼다. 학비가 비싸기로 유명한 그 학교 안에서 살아남기란 상상 이상으로 힘든 일이었다. 하지만 버텼다. 버티지 않을 수가 없었다.

오랫동안 준비하고 어렵게 합격한 학교였다. 학비가 많이 드는 탓에 집에 부담이 되는 걸 알지만 욕심을 부렸다. 자동차 디자이너가 되겠다고 생각한 그 순간부터 자신의 목표는 오로지 그 학교로 유학을 가서 성공하겠다는 것뿐이었다.

눈을 감은 채 이런저런 생각을 이어가던 중, 문득 어디선가 향기로운 냄새가 코끝을 스치고 지나갔다. 그 향에 자연히 한 사람이 떠올랐다. 곱게 세팅된 머리를 흩날리며 하늘거리는 걸음을 옮기던 이랑의 모습이었다.

못 본 사이 기대 이상으로 훨씬 더 근사해져 있었다. 종종 제멋대로 나타나서 원의 머릿속에서 뛰어놀던 예전의 그 풋풋함은 거의 사라져 있었다. 대신 어느새 자리 잡은 성숙한 여성의 향기를 진하게 풍겼다. 피로연장에서 대부분의 남자들이 이랑에게서 눈을 떼지 못했다. 그런 이랑과 드디어 마주하는 그 순간, 온몸에 전기가 찌릿하고 통하는 느낌이 들었다.

"풋!"

놀라서 동그래진 눈으로 자신을 바라보던 이랑의 모습을 떠올리는 원의 얼굴에는 어느새 작은 미소가 어렸다.

복학한 뒤 처음 만났을 때도, 우연히 같이 듣게 된 강의에서 같은 조가 되었을 때도, 그리고 떨리는 마음으로 처음 손을 잡았을 때도, 첫 키스를 나누었을 때도…… 한결같이 맑은 눈동자였다. 이미 유학이 결정되어 있어 그다지 의미를 두고 있지 않던 학교생활에 부쩍 관심이 생길 정도로 말이다.

반짝이는 그 눈동자는 무척이나 맑으면서도 올곧아 무엇이든 곧이곧대로 비출 것 같았다. 그리고 연한 갈색 눈동자가 곱게 휘어질 때마다 심장이 크게 널뛰었다.

"정이랑."

처음 그녀의 이름을 부를 때도, 그리고 몇 년이 지난 이 순간에도, 입 밖으로 나오는 이름의 굴림은 무척이나 색달랐다. 몽글몽글하면서도 달콤한 것 같기도 한, 설렘의 색깔을 띤 이름을 내뱉는 원의 얼굴은 무척이나 부드러워졌다.

머쓱한 이랑의 표정, 싱긋 웃는 이랑의 얼굴, 그리고 환하게 웃는 표정까지. 어느새 머릿속이 온통 그녀로 가득 찼다. 동시에 자신의 움직임에 맞춰 달뜬 숨을 내쉬던 조그만 여체가 선연하게 뇌리를 스쳐 지나갔다. 절로 손에 불끈 힘이 들어갔다. 마치 금단의 과일을 맛본 사람처럼 시도 때도 없이 이랑이 생각나고 탐이 났다.

'이제 진짜 본게임 시작이지.'

속으로 나직하게 중얼거린 원이 피식 웃었다. 예전처럼 물러날 이유도, 이랑의 손을 잡지 못할 이유도 없었다. 더 이상 나중을 생각하며 마음을 억누를 필요가 없는 것이었다. 의자에서 벌떡 일어난 원이 창가 앞에 단단하게 버티고 섰다.

"앞으로 기대하라고, 정이랑."

환한 햇빛을 받아들이는 원의 한쪽 입꼬리가 슬쩍 올라가 있었다.

출근한 지 얼마 안 된 오전 시간, 유난히 피곤한 월요일을 맞이한 이랑은 지끈거리는 머리를 부여잡고 휴게실로 들어섰다. 아직도 걸을 때마다 욱신거렸다. 온몸의 아우성을 애써 무시하며 축 처진 이랑이 믹스커피를 휘휘 내저으며 한숨을 푹 내쉬었다.

"정 대리, 오늘 커피가 유난히 잦은데?"

마침 휴게실 안에 있던 동료 직원의 말에 무난한 핑곗거리를 댄 이랑이 머쓱하게 웃었다.

"그러게, 이놈의 월요병은."

"하긴, 나도 그래. 빨리 마쳤으면 좋겠다. 그래도 믹스 너무 많이 마시지 마."

"응, 수고해."

온통 삐거덕거리는 몸을 이끌고 휴게실 한편에 마련된 의자에 풀썩 앉았다.

"하아."

혼자 남으니 절로 원의 얼굴이 떠올랐다. 그는 여전히 근사한 웃음을 지을 줄 알았으며, 나직한 목소리에 귀 기울이게 하는 매력이 있었다. 무엇보다 이제는 정말 강한 유혹의 향기를 내뿜는 남자가 되어 있었다. 스쳐 지나가면서 봤던 그의 단단한 몸을 떠올리며 이랑은 자신도 모르게 얼굴을 슬쩍 붉혔다.

'여전히……'

언젠가, 이랑은 뜻하지 않게 그의 단단한 품에 얼굴을 기댄 적이 있었다. 그의 나직한 목소리에, 부드러운 손길에, 웃음에, 그렇게 모든 것을 빼앗기고 말았다. 하얀 김이 모락모락 퍼져 나오는 머그컵을 앞에 둔 그녀의 눈동자가 문득 아련하게 변했다.

언젠가 이랑이 학교에서 손을 크게 베인 적이 있었다. 자신의 손에서 떨어지는 붉은 피를 보며 그녀의 얼굴이 하얗게 질려가고 있을 때였다. 어디선가 나타난 원이 바지 뒷주머니에서 손수건을 꺼내 피 나는 손가락을 꽉 동여맸다.

"피가 많이 나잖아? 병원 가자."

두 사람은 다급한 걸음으로 주차장으로 향했다.

"조심 좀 하지."

못마땅한 표정으로 말한 원이 학교 근처의 병원 응급실로 차를 몰았다. 제법 거칠게 운전한 원 덕분에 금방 병원에 도착했다. 큰 상처나 입은 사람처럼 서둘러 의사를 찾아대는 원 때문에 부끄러워하기도 잠시, 아직도 피가 멈추지 않는 손가락을 보며 이랑이 입술을 질끈 깨물었다. 상처를 살피는 의사를 따라 확인한 손을 보자 이제야 아릿한 통증이 올라왔다.

"제법 깊게 베였네요. 꿰매야 할 것 같습니다."

담담한 표정으로 지혈한 후 소독하는 의사를 보고 원이 안도의 한숨을 내쉬었다. 반면, 이랑의 얼굴은 더욱더 굳어갔다.

"따끔할 거예요."

꿰매기 전. 무덤덤한 표정으로 마취주사를 놓는 간호사의 모습에 이랑이 울상을 지었다. 눈앞에서 희한하게 생긴 바늘과 실이 놓이자 덜컥 겁이 나기 시작한 것이다. 입술을 잘근잘근 깨물던 이랑이 눈을 질끈 감으려는 찰나였다.

"······!"

갑자기 누군가의 손길이 불쑥 이랑에게로 향했다. 그와 동시에 따뜻하면서도 달콤한 향이 주변을 맴돌았다.

옆에 서 있던 원이 그녀의 얼굴을 감싸 안았다. 커다란 손으로 눈을 가리며 자신의 품속에 기대게 해 순간적으로 놀란 이랑이 뻣뻣하게 굳었다. 얇은 천 사이로 느껴지는 그의 단단한 몸에 닿은 볼에 모든 신경이 다 쏠렸다.

"금방 끝나."

그의 품에서 듣는 목소리는 묘했다. 마치 공명이 되어서 입력되는 것처럼 그의 목소리가 귀가 아닌 머릿속으로 곧장 들어왔다. 그리고 묘한 파장을 일으키며 이랑의 온몸을 관통하고 지나갔다.

낯선 그 파동에 이랑이 잔뜩 얼어 있기도 잠시, 감각이 없는 손가락에 뭔가 이물질이 쑥 들어왔다 나갔다 하는 느낌이 들었다. 이랑이 자신도 모르게 움찔했다.

"괜찮아."

원이 이랑의 머리를 부드럽게 쓰다듬으며 다시 나직하게 속삭였다. 이랑의 심장은 이내 또 다른 이유로 제멋대로 날뛰기 시작했다. 그의 곁을 스쳐 지나갈 때 언뜻언뜻 맡을 수 있었던 달콤하면서도 매혹적인 향에 정신이 몽롱해졌다. 바느질 작업이 진행 중인 손가락에 어떤 일이 일어나고 있는지도 모를 지경이었다. 온 신경이 그에게 닿아 있는 얼굴과 어깨에 쏠렸다. 내뱉는 숨결이 제멋대로 떨려서 나오는 통에 숨도 제대로 쉬지 못하고 애먼 입술만 잘근잘근 깨물었다.

"다 됐습니다."

얼마만큼 그렇게 원에게 기대어 있었을까. 두근대는 심장을 부여잡고 있기도 잠시, 끝났다는 의사의 말에 이랑의 얼굴을 감싸 안고 있던 손이 천천히 떨어져 나갔다.

"잘 참았어."

한 번 더 이랑의 머리를 쓰다듬은 원이 한발 물러섰다. 어느새 이랑의 볼이 발갛게 달아올라 있었다.

"약 받아 올게."

원이 혼자 약국으로 향했다. 원의 뒷모습을 바라보던 이랑이 문득 손으로 시선을 돌렸다. 멀쩡한 손안에서 핏자국으로 얼룩덜룩 물든 그의 손수건이 꾸깃꾸깃 구겨져 있었다.

'멋있네, 이 오빠.'

어쩜 그 순간에 손수건이 튀어나오는지. 땀이 나도 손수건은커녕 입고 있던 티셔츠로 쓱 닦고 마는, 주변 다른 남자들과 확실히 다르긴 달랐다. 고급스런 윤기가 흐르는 손수건을 바라보는 이랑의 심장이 또다시 제멋대로 날뛰기 시작했다. 그렇게 이랑은 원에게 마음을 뺏겼다.

그렇게 상상조차 하지 못했던 두근거리는 학교생활이 시작되었다. 자신에게도 좋아하는 대상이 생겼다는 것이 즐거웠고, 어쩌면 그 감정이 일방적이지만은 않은 것 같아 더 들떴다. 아무렇지 않은 척하려고 노력해도 자꾸만 얼굴 근육이 제멋대로 놀았다. 히죽거리며 입꼬리는 올라갔고, 볼은 발그레하게 달아올랐다. 누가 봐도 설레어하는 얼굴이었다.

그리고 그런 일도 있었다. 두 사람이 함께 맞이한 축제의 마지막 날이었다. 몰래 빠져나온 그들의 발걸음이 주점촌 밖으로 향했다. 그러자 언제 시끄러웠냐는 듯 어둠이 내려앉은 고요한 캠퍼스가 두 사람을 맞이했다.

"이제야 좀 조용하네."

각자의 발소리만 나직하게 들려오는 가운데 두 사람이 나란히 서서 함께 걸었다. 고요함이 마음에 드는지 원이 나직하게 한숨을 내쉬고 말을 이었다.

"나중에 생각날 것 같아. 학교에서 이렇게 어울리고 술 마시고 했던 것들."

원의 말에 이랑이 고개를 갸웃했다.

"어디 가세요? 꼭 어디 멀리 가는 사람 같아요."

"그렇게 들려?"

"네."

원이 조금 주저하다 다시 입을 열었다.

"이랑아, 사실 내가……."

하지만 그때, 이랑의 가방 안에서 요란하게 휴대폰이 울렸다.

"아, 잠시만요."

이랑이 서둘러 휴대폰을 꺼냈다. 화영의 이름이 떴지만 이랑은 모르는 척 전원 버튼을 꾹 눌렀다. 그러곤 이내 원에게로 다시 시선을 돌렸다.

"죄송해요. 무슨 말 하려고 했어요?"

"아냐, 나중에. 지금부터 부담 줄 필요는 없으니까."

무슨 말인지 몰라 의아한 표정을 짓는 이랑을 보고 원이 빙긋 웃었다.

"바람이 차다."

어깨를 으쓱한 그가 이랑의 손을 잡아왔다. 너무나 자연스럽게, 그리고 다정하게. 그 작은 스킨십에 그녀의 얼굴이 속절없이 붉어지고 말았다. 자고로 여자란 쉬워 보이면 안 된다고 했다. 하지만 좋아하는 사람 앞에서는 어쩔 수 없는 게 또 여자였다. 얼굴이 발개진 채 어쩔 줄 몰라 하는 이랑을 보고 원이 부드럽게 미소를 머금었다.

"조금만 더 걷자."

다정하게 손을 잡은 두 사람이 천천히 걸음을 옮기기 시작했다. 이랑의 얼굴에도 이내 배시시 미소가 떠올랐다.

'난 정말 이 사람을 좋아하는구나. 그리고 어쩌면 이 사람도……'

자꾸만 웃음이 새어 나오는 통에 몸이 배배 꼬일 것만 같았다. 쌀쌀한 밤바람이 그들의 머리를 흐트러뜨리고 지나갔다. 하지만 맞닿은 손에서 올라오는 온기에 마음만은 따뜻하기만 했다.

두 사람이 지나가는 길 양쪽으로 떨어진 낙엽이 쌓여 있었고, 간간이 바람을 타고 내려온 은행나무 잎이 바스락거리며 떨어지기도 했다. 가로등 불빛이 낙엽 사이로 떨어지는 가운데 그렇게 떨리는 심장을 부여잡고 걸음을 옮겼다. 그저 내가 좋아하는 사람과 함께 손을 잡고 걷는다는 사실에 마치 꿈을 꾸는 것처럼 행복했다. 아직 어렸던 이랑은 그렇게 모든 마음을 온전히 원에게 다 줘버리고 말았다.

"……!"

또, 또 그를 생각하고 말았다.

"아아! 그만. 그만 생각해."

자신도 모르게 그와의 일을 떠올리고 있던 이랑은 고개를 절레절레 흔들었다. 그러곤 벌떡 일어나 다 식은 커피잔을 들고 자리로 향했다.

"일이나 하자, 일."

곧장 책상에 앉은 이랑은 의식적으로 일에만 집중하며 열심히 마우스를 움직였다.

"정 대리, 잠깐만."

자신을 부르는 과장의 목소리가 들려왔다. 이제 막 화면에 집중하기 시작한 이랑이 손길을 멈추며 고개를 들어 올렸다.

"일하는데 방해해서 미안한데, 한성자동차 들어가야 할 것 같은데. 그 건은 어느 정도 작업됐어?"

"큰 윤곽은 잡혔습니다."

"그래? 그럼 준비해서 들어가자고. 난 친구도 좀 보고."

"네."

그녀가 열심히 작업하던 이미지를 저장하고는 한성자동차에 가지고 들어갈 파일의 출력 버튼을 눌렀다.

2

갈 때마다 영 적응이 되지 않는, 1층 로비의 까다로운 보안절차를 무사히 넘긴 이랑은 과장과 함께 한성자동차 회의실로 향했다. 여러 건의 일을 진행하며 이제는 제법 친숙해진 담당자와 짧지 않은 미팅을 하며 수정사항과 반영할 점을 꼼꼼하게 기록했다. 무사히 미팅을 마치고 자료들은 챙겨 든 이랑과 과장은 담당자와 인사를 나누고 회의실을 벗어났다.

"정 대리, 나 친구랑 커피 한 잔만 하고 올게."

자신의 친구가 한성자동차에 근무하고 있다며 과장은 틈만 나면 농땡이 아닌 농땡이를 치곤 했다.

"그럼 전 1층 로비 카페에서 기다리고 있을게요."

한두 번 있는 일이 아니었다. 이랑이 그러려니 하며 무덤덤하게 걸음을 옮겼다.

"이랑 씨?"

갑자기 자신을 부르는 소리에 그녀가 뒤로 돌았다. 어디선가 나타난 남자, 진석이 무척이나 반가워하며 성큼 다가섰다.

"안녕하세요."

예상치 못한 만남에 잠시 당황하던 이랑이 이내 가볍게 고개를 숙였다. 한성자동차 디자인 팀원으로, 예전에 브로셔 작업을 하던 중 필요한 자료를 받은 것이 인연이 되어 알게 된 사이였다.

"여긴 어쩐 일이세요?"

"갑자기 미팅이 잡혀서요."

형식적으로 빙긋 웃은 그녀가 문득 의아하게 진석의 뒤를 바라보았다. 복도 끝에 위치한 테라스에 피곤에 전 남자들이 삼삼오오 모여 담배를 뻑뻑 피워대고 있었다. 그런 이랑의 시선을 따라 눈을 돌린 진석이 곧 머쓱하게 웃음을 터뜨렸다.

"아, 저도 저기에 있었습니다. 하하."

"무슨 일 있어요?"

진석이 이마를 긁적였다.

"아뇨, 딱히 무슨 일이라기보다 저희 디자인팀에 새 팀장님이 와서 다들 예민해요."

"팀장님요?"

"미국 유명 자동차 디자인센터에 있던 사람이 스카우트되어서 왔거든요. 미국에서 무슨 상도 받았다던데. 젊은데 능력도 좋지."

"그래요?"

잠시 고개를 갸웃한 이랑이 곧 어깨를 으쓱했다. 어찌 되었든 자동차 디자인팀의 일은 자신과 크게 관련이 없었다.

"전 이만 가봐야겠어요. 힘내세요."

속으로 피식 웃는 것과 다르게 이랑은 예의상 말을 건넨 후 몸을 돌려 걸음을 옮겼다.

"저기, 잠시만요."

하지만 이랑은 갑자기 팔을 덥석 잡는 진석 때문에 얼마 못 가 걸음을 멈추고 말았다.

"네?"

"오늘 저녁에 혹시 바빠요?"

진석이 부담스러울 정도로 친절하게 말을 건넸다. 그를 보며 이랑이 자신도 모르게 미간을 설핏 찌푸렸다. 그러곤 새삼스런 눈으로 진석을 훑어보았다.

진석은 가끔 이렇게 마주칠 때마다 은근슬쩍 호감을 비치곤 했다. 디자인 분야에 일하는 남자답게 옷 입는 센스도 좋고 허우대도 멀쩡해 누가 봐도 괜찮다 싶었다.

하지만 거기까지.

그다지 만나고 싶을 정도로 감흥이 일지는 않았다. 그러나 거래처 사람이라 일단 반사적으로 이랑은 방싯 웃었다.

"네, 일이 많네요."

제일 흔한 핑계를 댔다. 문득 아마도 이런 태도 때문에 화영이 시식코너를 돈다고 하는 것일지도 모른다는 생각이 들었다. 그녀가 속으로 혼자 피식대며 웃고 있는데, 진석이 재차 입을 열었다.

"그래요? 그럼 언제 한가해요?"

진석이 끈질기게 물어왔다. 조금 쌀쌀하게 대꾸해야 하나, 아님 앞으로도 몇 번은 얼굴을 더 마주쳐야 하는 사람이니 적당히 친절하게 에둘러 거절을 해야 하나 잠시 고민에 빠졌다.

"정이랑."

그 순간, 바람결에 낮은 목소리가 실려 왔다. 두 사람이 동시에 목소리가 들린 쪽으로 고개를 돌리고 똑같이 화들짝 놀랐다.

"앗, 팀장님."

진석의 놀란 목소리를 들으며 이랑이 멍한 표정을 지었다.

"……오빠?"

뜻밖에도 그곳에는 원이 서 있었다. 아무런 마음의 준비도 없이 마주친 탓에 지금 이 상황이 꿈인지 현실인지 구분이 가지 않을 정도로 얼떨떨했다.

"오빠가 왜 여기에……."

이랑이 말에 대답은 없었다. 대신 원은 진석을 매섭게 노려보며 두 사람이 있는 곳으로 성큼성큼 다가왔다.

"두 분이 아시는 사이……?"

당황한 진석이 원과 이랑을 번갈아 살피는데, 원이 차갑게 입을 열었다.

"일단 그 손부터 놓으십시오."

"네?"

"손 놓으라고."

아직도 진석이 이랑의 손을 잡고 있었던가. 이랑은 불쑥 다가온 단단한 손이 진석의 손을 거세게 쳐내는 것을 보며 자신도 모르게 마른침을 꿀꺽 삼켰다.

"한진석 씨, 갑자기 사라졌나 싶더니 여기 있었네요."

"아, 그게……."

"오후에 있을 품평회 프리젠테이션 준비 다 됐습니까? 그것 때문에 다들 정신이 없는데 한진석 씨는 한가한가 봅니다."

"아, 아닙니다."

진석이 여전히 멍한 얼굴로 고개를 흔들고는 계속해서 이랑과 원을 번갈아가며 살폈다.

"제가 분명히 말했습니다, 이번 품평회 잘해도 본전일 거라고. 그런데도 이러고 있다니, 자신 있다는 걸로 받아들여도 되겠죠."

"네? 아……."

진석이 땀을 삐질 흘리기 시작했다.

"기대하겠습니다, 한진석 씨."

"그, 그게…… 팀장님."

머뭇거리며 그 자리에 계속해서 서 있는 진석을 보며 원이 와락 인상을 찌푸렸다.

"뭐 합니까?"

"네?"

"빨리 가서 품평회 준비 안 합니까?"

"네? 네!"

원의 호통에 진석이 서둘러 이랑에게 인사를 건네지도 못하고 후다닥 발걸음을 옮겼다. 순식간에 두 사람만이 남았다. 뜻밖의 카리스마 넘치는 모습에 왠지 자꾸 긴장이 되었다. 뭔가 몹시 잘못한 기분이었다.

"여긴 어쩐 일이야."

원이 성큼 이랑에게로 다가섰다.

"설마, 저 자식 보러……."

원의 눈썹이 꿈틀했다.

"아뇨, 아니에요."

마치 지금 당장이라도 진석을 잡으러 갈 것 같은 기세에 이랑이 서둘러 입을 열었다.

"모터쇼에 나가는 한성자동차 브로셔 작업을 저희 회사에서 해요. 그래서."

"그래?"

의외라는 듯 원이 이랑을 빤히 쳐다보았다.

"오늘 저녁에는 정말 바빠? 아님 시식코너 정리 중인 건가."

진석과 이야기를 나누는 모습을 다 본 것 같았다. 당황한 이랑이 뭐라 대답하기도 전에 원이 말을 이었다.

"우리, 할 이야기 있지?"

"네?"

이랑이 괜히 화들짝 놀랐다.

"다행인 줄 알아. 이렇게라도 마주치지 않았으면 뒷조사를 해서라도 집 앞으로 찾아갈 참이었어."

이랑의 눈동자가 더욱더 커다래졌다.

"그러니 자꾸 도망가지 마. 나도 그렇게까지 망가지고 싶지 않다고."

원의 말에 자신도 모르게 이랑이 입술을 질끈 깨물었다. 그리고 원의 말 한마디, 한마디에 제멋대로 반응하는 심장 덕에 정신이 없었다.

"긴장하면 입술 짓이기는 것도 그대로네."

어느새 다가온 원의 손길이 이랑의 입술을 쓰다듬고 있었다. 그의 손길이 닿은 입술에서 갑자기 열기가 올라왔다. 당황한 이랑이 서둘러 고개를 돌리며 원에게서 한발 물러섰다. 원이 아쉬운 듯 손을 내리며 나직하게 한숨을 내쉬었다.

"저녁에 봐. 전화할게."

"잠깐만요, 오빠."

"미룬다고 해결될 일 아니잖아."

"그렇지만……."

"나중에 봐."

이랑이 뭐라고 말할 사이도 없이 원이 건물 안으로 들어갔다. 그녀는 원의 뒷모습을 멍하게 바라보았다.

"이게 뭐야."

절로 넋두리가 튀어나왔다. 전혀 뜻밖의 장소에서, 그렇게도 마주치지 않으려고 피하던 원과, 아무런 마음의 준비도 하지 않은 채 마주치고 말았다. 마치 말 그대로 운명의 장난 같았다.

이제 막 내려앉기 시작한 어둠에 도시의 저녁이 파르스름하게 변해가고 있었다. 원이 차가운 바깥과 다르게 은은하면서도 따뜻한 조명으로 빛나는 카페를 바라보았다.

"휴!"

그것도 잠시, 원이 짧은 숨을 단단하게 내쉬고는 곧 흔들림 없이 걸음을 옮겼다. 카페에 들어서자마자 이랑이 한눈에 들어왔다.

"오래 기다렸어? 품평회가 생각보다 길어졌어."

갑작스런 인기척에 놀란 듯 이랑이 동그란 눈으로 자신을 바라보았다. 그 시선에 왠지 목이 뻣뻣하게 굳어왔지만 그는 아무렇지 않은 척 넥타이를 느슨하게 풀었다.

"피곤해 보이네요."

"아직 적응이 덜돼서. 꽤 긴장해 있거든."

"내일로 미뤄도 됐는데."

아무것도 아닌 그 말에도 혹시 날 염려해서 하는 말이 아닐까. 머릿속에서 생각이 제멋대로 피어났다. 바보처럼 괜찮다며 웃어 버릴 것 같은 감정을 애써 수습한 원이 무덤덤하게 입을 열었다.

"으름장 약발 떨어지기 전에 만나야지. 안 그러면 너 또 도망갈 거잖아."

원은 어깨를 으쓱하며 대수롭지 않게 말했다.

"입술 좀 그만 괴롭혀. 그리고 계속 그렇게 눈 피할 거야?"

습관적으로 입술을 깨물던 이랑이 나직한 원의 말에 흠칫 놀라며 고개를 들어 올렸다.

"왜 자꾸 시선을 피해."

"피하다뇨. 그럴 리가요."

원을 빠히 바라보던 이랑이 곧 아무렇지도 않게 말하고는 물컵을 들어 올려 입을 축였다. 너무 태연한 그 모습에 왠지 자꾸만 조급증이 일기 시작했다. 정말 그녀는 아무렇지도 않은 것일까.

"그럼 왜 자꾸 날 피하는 거야? 전화도 안 받고."

"아니에요. 오빠와 저, 그럴 사이 아니잖아요."

원이 자신도 모르게 눈썹을 꿈틀했다. 마음에 들지 않을 때 으레 나타나곤 하는 그의 버릇이었다.

"그럼 우리가 어떤 사인데?"

원이 직접적인 물음을 던졌다. 그녀는 잠시 흠칫하는 듯했으나 이내 평정을 찾았다.

"그냥 아는 오빠 동생 사이일 뿐이죠."

마치 뭘 그런 걸 물어보느냐는 태도였다.

"아는 오빠?"

고작 아는 오빠라니. 그런 말을 듣고자 이랑을 다시 찾은 것이 아니었다.

"아, 그것도 너무 친한 척이죠? 그렇다면 그냥 학교 선배는 어때요?"

아는 오빠로도 모자라 학교 선배의 일반적인 범주 안에 자신을 넣으려고 하다니. 전에 없이 거리감을 두려는 이랑의 태도에 원은 아래턱을 꽉 깨물었다. 자신이 아는 이랑은 차가운 말을 하지 못하는 성격이었다. 그런데도 이런 말을 한다는 것은 필시 일부러 그런다는 것밖에 볼 수 없었다.

"그만해, 정이랑."

"……."

"그따위 말장난으로 나 자극하려고 하지 마."

어금니를 질끈 깨문 원이 서늘해진 눈으로 다시 입을 열었다.

"네가 내 앞에 있는 것만으로도 제정신 아닐 정도로 충분히 자극적이니까."

두 사람의 주변 공기가 한결 서늘하게 가라앉았다. 아니, 분명 서늘한데, 그 이면은 언제라도 터질 듯 부글부글 끓어오르고 있는 중이었다. 뜨거운 머릿속을 식히기 위해 물을 곧장 들이켠 원이 나직하게 한숨을 내쉬었다. 그러곤 묘하게 삐뚤어진 미소를 살포시 지었다.

"그래서, 고작 그런 말장난이나 생각하려고 그날도 그렇게 먼저 도망친 거야?"

"그게 무슨……."

"무척이나 아찔한 밤이었지. 안 그래?"

이랑이 입술을 질끈 깨무는 것이 보였다.

"보통 아는 오빠와 그렇게 격렬하고……."

"그만."

이랑이 계속해서 원의 말을 끊으려 했지만 그는 아랑곳하지 않은 채 말을 이었다.

"뜨거우면서도 야한 밤을 보내진 않지."

삐딱한 미소를 머금은 원의 눈동자는 서늘한데 그 속에 울컥거리는 감정이 들끓고 있었다. 자꾸만 나쁜 마음이 들었다. 정말 그녀의 말처럼 자신이 아무것도 아닐지도 모른다는 생각, 그리고 이미 난 그녀에게 정말 그저 아는 오빠일 뿐일지도 모른다는 생각. 불안함에 심장이 제멋대로 날뛰었다. 그런 원을 아는지 모르는지 이랑이 담담하게 입을 열었다.

"네, 분명 정상은 아니죠."

원의 눈썹이 다시 꿈틀거렸다.

"오랜만에 만난 두 사람이 대뜸 섹스부터 했다? 누가 봐도 정상 아니지 않아요, 그거?"

순간 원의 얼굴이 무척 험악하게 변했다. 몹시 태연하게, 그러면서 작정이라도 한 듯 차갑게 말하는 이랑 덕분에 심장이 마치 터질 것처럼 빠르게 질주했다.

"일부러 그러는 거지?"

"네?"

"그런 말 그렇게 태연하게 하지 못할 너라는 거 누구보다 내가 더 잘 알아."

"제 모든 걸 안다는 식으로 말하지 마세요."

"아니, 난 알아."

"아뇨, 오빠는 몰라요. 예전의 저로 착각하지 마세요."

여전히 차갑기만 했다. 여전히 적응되지 않는 서늘함에 제멋대로 부르르 몸이 떨릴 것만 같았다. 원의 까만 눈동자가 차갑게 내려앉았다.

"그래, 물론 변한 것도 있겠지. 하지만 이건 분명히 알아. 내가 네 첫 남자라는 거."

그리고 이런 말을 듣는 와중에도 이랑이 안고 싶어서 손이 근질거린다는 것.

"정 떨어지게 만들려 했다면 작전 실패야. 오히려 마구 불타오르네."

"……!"

"다시 널 만난 후부터 그다지 이성적인 날이 없긴 했지만 말이야."

서늘한 눈동자를 한 원이 피식 웃었다.

"이렇게 화가 났던 적은 없었거든."

더욱더 나직하게, 속삭이는 것처럼 말을 한 원이 순간 자리를 박찼다.

"일어서."

애써 태연한 신색을 유지하던 이랑의 얼굴이 설핏 흔들렸다.

"네?"

"여기선 이야기를 제대로 할 수 없으니 일어서."

"갑자기 무슨……."

"정말 이성을 잃기 전에 어서."

말처럼 당장이라도 이성을 잃을 것만 같았다. 아니, 왜 이렇게 차갑게 구냐며, 그러지 말라며 애원이라도 하고 싶었다. 하지만 그런 속마음과는 다르게 여전히 나직한 목소리로 말한 원이 이랑의 팔을 잡아 일으켰다.

"오빠."

"안고 나갈까?"

예사롭지 않은 원의 기세에 이랑이 주춤거리며 일어섰다.

"대체 어딜 가려고……."

이랑의 말이 미처 끝나기도 전에 거친 손길로 그가 그녀의 손을 꽉 잡고 카페 밖으로 걸음을 옮겼다. 뭐라고 말하려던 이랑도 서늘한 원의 옆얼굴을 바라보며 입을 꾹 다물었다. 지금 원의 상태가 폭발하기 전의 고요함과 같다는 것을 깨달은 것 같았다.

"타."

"어디 가려는 거예요."

"제정신일 때 일어난 일에 대해선 어떻게 말할지 궁금해져서 말이야."

원이 이랑의 팔을 잡고 억지로 차에 태웠다. 아니, 태우려 했다.

"오빠!"

그런 원을 보고 이랑이 답답하다는 듯 소리쳤다.

"그래, 오빠지. 그냥 아는 오빠."

우습기 그지없다는 듯 원이 픽 웃었다. 웃고 있는데도 어찌나 서늘한 분위기가 풀풀 풍기는지, 그 분위기에 압도된 이랑이 자신도 조용해졌다. 순간 서늘한 까만 눈동자가 이랑의 입술을 훑고 지나갔다. 꾹 다문 앙증맞은 입술을 바라보니 이 와중에도 몸속 깊은 곳에서 알싸한 열기가 올라왔다. 순간 정신이 혼미해졌지만 어금니를 꽉 깨문 원이 다시 입을 열었다.

"타."

"이러지 마세요."

"뭘? 뭘 이러지 마?"

"그야……."

"정상이 아닌 걸로 그렇게 간결하게 우리 사이를 정의 내리면 끝이야? 넌 그래?"

다시금 이랑이 말문이 막힌 듯 입술을 앙다물었다.

"제발…… 입술 좀 짓이기지 마."

그러면서 원이 성큼 다가섰다. 조금이라도 움직이면 곧장 입술이 닿을 만한 거리였다.

"네가 그렇게 입술을 짓이기면…… 난 정신을 차릴 수가 없어."

닿을 듯 말 듯 한 거리에서 감질나게 속삭이는 목소리가 들려오자 이랑이 반사적으로 숨을 들이켰다. 아담한 어깨를 작게 들썩이는 그녀의 입술에서 긴장한 것이 역력한 떨리는 숨결이 흘러나왔다. 뻣뻣하게 굳어 파르르 떨고 있는 이랑의 입술에 안쓰러운 마음이 불쑥 올라왔다. 차갑게 얼어 있는 저 입술을 자신의 숨결로 따뜻하게 녹이고 싶다. 그 생각과 동시에 순간 짜릿한 열기가 척추를 타고 올라왔다. 당장이라도 떨리는 숨을 내뱉는 저 입술을 훔치고 싶어 안달이 났다.

"……!"

하지만 그 순간, 무엇에 놀랐는지 흠칫한 그가 한 걸음 뒤로 물러났다. 마치 울 것 같은 표정으로 입술을 하얗게 질리도록 꽉 깨문 그녀가 고개를 푹 숙였다. 조그만 정수리에서 흘러내린 결 좋은 머리칼이 하얀 얼굴을 가렸다.

하지만 찰랑거리는 머리칼 사이로 드문드문 얼굴이 보인다. 그런데 얼굴이 하얗게 질려 있다. 원은 거의 다 나갔던 이성이 제자리로 돌아왔다. 거칠게 몸을 돌린 그가 두 발자국 정도 뒤로 더 물러난 뒤 길게 숨을 가다듬었다.

"……미안. 내가 너무 흥분했다. 오늘은 그만하는 게 좋겠다."

그러곤 부드럽게 짓이겨지고 있는 이랑의 입술을 쓰다듬었다.

"이러다 다 트겠다."

언제 흥분했냐 싶게 금방 차분하게 돌아온 그의 목소리에 이랑의 속눈썹이 파르르 떨렸다. 곧이어 연한 갈색 눈동자가 조심스레 나타나 원을 다시 응시하기 시작했다.

'맙소사. 내가 무슨 짓을 한 거야.'

맑은 눈동자와 마주한 원은 스스로에게 욕설을 내뱉었다. 그가 거칠게 자신의 머리를 헝클었다.

"집에 데려다줄게."

"……."

"그것마저 안 된다고 하지 마."

저절로 튀어나오는 한숨을 속으로 삼킨 원이 이랑을 향해 차 문을 열어주었다.

언젠가 그런 적이 있었다. 학교에서 있었던 술자리 이후, 이랑을 집으로 데려다주기 위해 함께 걸음을 옮기던 두 사람의 발길이 그녀의 집 근처에서 멈춰 섰다. 술에 취하면 꼭 아이스크림을 찾는 그녀를 위해 원의 양손에는 그녀가 좋아하는 요거트 맛, 녹차 맛 아이스크림이 들려 있었다.

"맛있다."

이랑은 원이 사준 아이스크림을 한입 가득 베어 문 채 만족스러운 얼굴로 헤실거리기 바빴다.

"귀엽긴."

원은 술기운에 발그레하게 달아오른 이랑의 머리를 가만히 쓰다듬었다. 순간 그녀는 입안 가득 들어 있는 아이스크림도 잊은 채 멍하게 입을 벌렸다. 고작 그가 머리를 쓰다듬을 뿐인데 심장이 크게 뛰었다.

어디서 그런 용기가 났는지 그의 손을 덥석 잡아 쥐었다. 물론 거기에는 몸속을 가득 채우고 돌아다니는 알코올의 영향이 컸다. 갑작스런 이랑의 행동에 원이 의아한 표정을 지었다.

"좋아해요."

갑작스런 이랑의 고백에 원이 멈칫했다. 아이스크림이 바닥으로 곤두박질쳤다.

"너 지금……!"

당황한 원이 말을 채 이어가기도 전에 눈을 질끈 감은 이랑이 발뒤꿈치를 들어 올려 그의 얼굴을 향해 돌진했다.

"아야!"

두 사람의 입술이 세게 부딪쳤다. 신음 소리를 내뱉은 이랑이 다시금 발뒤꿈치를 원위치 시켰다. 원이 황당하다는 표정으로 이랑을 내려다보았다.

"오빠도 나 좋아하잖아요. 그쵸?"

당돌한 말이었다. 원이 실소를 내뱉었다.

"무슨 아가씨가 이렇게 대담해."

"네?"

"그래도 이건 아니지."

뜬금없는 말에 멍한 표정이던 이랑에게 원의 얼굴이 갑자기 혹 다가왔다.

"이왕 하는 거면 제대로 해야지."

이번에는 원의 차례였다. 다시금 서로의 입술이 맞닿았다. 그것은 이랑이 시도한 말 그대로의 입술 박치기와는 무척 달랐다. 몹시 부드러웠으며, 달콤하면서도 자극적이었다.

부드러운 뭔가가 이랑의 입술을 부드럽게 두드렸다. 거기에 혹한 이랑은 자신도 모르게 입을 살짝 벌렸다. 그러자 기다렸다는 듯 매끄러운 뭔가 불쑥 입속으로 들어왔다. 동시에 원이 이랑의 허리를 안으며 고개를 더욱 깊숙이 파묻었다. 그녀가 눈을 꼭 감으며 원의 옷깃을 잡아 쥐었다.

그 순간, 이 세상에 존재하는 사람은 오직 그들밖에 없는 것 같았다. 거기가 어딘지도 잊은 채 두 사람은 서로의 호흡을 들이마시며 치열을 쓰다듬고 혀를 휘감아 올렸다.

"하아."

어느새 원의 품속에 기대다시피 안겨 있던 이랑은 간신히 떨어진 입술 사이로 가쁜 숨을 들이켰다.

"아이스크림 싫어하는데, 오늘은 정말 맛있다."

그런 이랑의 이마에 자신의 이마를 콩, 하고 다정하게 부딪친 원이 싱긋 웃었다.

그땐 의심도, 걱정도 없이 그냥 그가 좋았는데. 그랬는데 지금은 왜 이렇게 된 것일까.

묘한 침묵이 내려앉은 차 안에서 이랑은 창밖만 응시하고 있었다. 빠르게 지나가는 바깥 풍경 사이로 간간이 운전에 집중하고 있는 원의 모습이 반사되어 눈에 들어왔다. 쭉 뻗은 콧날 밑으로 꽉 다문 입술이 현재 그의 심기를 고스란히 드러내고 있었다.

무거운 정적이 내려앉은 차는 두 사람과 상관없이 시원하게 달려 금세 이랑의 집 앞에 도착했다.

"여기 세워주세요."

"집 앞이야?"

"아뇨. 조금만 걸어가면 돼요."

"집 앞까지 가."

"괜찮아요."

원이 눈썹을 움찔했다.

"그래서, 이 밤길에 혼자 걷는다고?"

"골목길이니까 차 돌리기도 애매하고."

어물쩍 말을 돌린 이랑이 안전벨트를 풀었다. 원 역시 안전벨트를 풀었다.

"그럼 같이 걷자."

"그러지 마요."

고개를 절레절레 내저은 이랑이 차 문을 열었다. 그러곤 발걸음도 씩씩하게 서둘러 차에서 내렸다.

"엄마야!"

하지만 방금 전의 호기는 다 어디로 갔을까. 이랑은 차 문을 열고 발을 내딛는 것과 동시에 화들짝 놀라 다시 차에 올라탔다. 덩달아 놀란 원이 반사적으로 이랑에게 바짝 다가갔다.

"왜 그래?"

"저, 저기……."

"저기? 뭐가 있어?"

원이 의아한 눈으로 연신 열린 차 문밖을 살폈다.

"저기요!"

눈을 꼭 감은 이랑이 손가락을 펼쳐 어딘가를 계속해서 가리켰다. 하지만 아무리 살펴도 원의 눈에는 어둑한 밤거리밖에 들어오지 않았다. 의아한 표정으로 원이 입을 열었다.

"대체 뭐가……. 저거?"

아무것도 보이는 것이 없다 말하려던 찰나, 조그만 움직임이 포착되었다.

"보여요? 아직도 바로 앞에 있어요?"

이랑이 다급하게 묻자, 원이 눈을 깜빡이며 멍하니 그녀를 응시했다.

"멀리 갔어요? 아니면 아직도 빤히 바라보고 있어요?"

"설마, 고양이?"

"네, 그 고양이요. 쳐다보고 있었는데, 멀리 갔……. 엄마!"

힐끔거리며 고개를 돌리던 이랑이 다시금 화들짝 놀라며 원에게로 더욱 달라붙었다.

"아직 바로 앞에 있잖아요. 근데 왜 말 안 해줘요."

이랑은 원의 옷깃을 잡아 쥐며 흔들었다. 그에 멍한 표정을 짓고 있던 원이 이내 피식거리며 웃기 시작했다.

"어, 조심. 바로 앞에까지 왔다."

"꺅! 저리 가!"

능청스런 원의 말에 갑자기 차 안에 고성이 울려 퍼졌다. 그 소리에 놀란 것인지 고양이도 후다닥 도망갔다. 그런 상황을 꿈에도 알 리 없는 이랑은 제풀에 놀라 원에게 더욱 가까이 다가가며 그의 팔을 단단하게 감싸 안았다. 원의 미소가 더욱 짙어졌다.

"아직 있어요? 그 노란 눈으로 쳐다보고 있어요?"

"노란 눈이 무서워?"

"노랗게 빛나는 게 안 무서워요?"

어떻게 그럴 수 있냐는 듯 되묻자 원이 다시 피식 웃었다.

"그래, 무서워."

"갔어요?"

"응."

그제야 이랑은 실눈을 떠서 차 문밖을 살폈다. 그러곤 잔뜩 긴장한 어깨를 풀며 안도의 한숨을 내쉬었다. 놀란 가슴을 쓸어내리기도 잠시, 이랑은 왼팔 가득 감싸 안고 있는 원의 단단한 팔을 발견하고는 다시금 화들짝 놀랐다.

"미, 미안해요."

"미안할 것까지야."

분위기가 영 우습게 되어버렸다. 서둘러 원의 팔을 놓은 이랑이 머쓱해하며 몸을 돌렸다.

"저 갈게요."

"혼자? 고양이 멀리 안 갔어. 저기 노란 눈 안 보여?"

순간 이랑이 흠칫했다.

"네가 마음에 들었나. 여기를 자꾸 흘깃거리는 게 다시 올 것 같은데."

"그만해요."

이랑의 얼굴이 울상으로 변했다.

"생각보다 크네. 길고양인가. 무릎까지는 오겠는……."

"오빠! 그만하라니까요."

이랑이 파르르 떠는 데 반해 원의 얼굴에는 작은 미소가 맺혔다. 그는 이랑이 고양이를 무서워한다는 건 미처 몰랐다. 그녀의 말대로 어쩌면 원은 생각보다 그녀에 대해 잘 모르고 있는 것인지도 모른다. 하지만 뭐랄까, 생각보다 알아갈 것이 많다는 것은 그리 썩 나쁘지 않을 듯했다. 이렇게 귀여운 모습이라면 얼마든지 알아갈 가치가 있지 않은가. 거기까지 생각한 원이 빙긋 웃으며 달래듯 말했다.

"알았어, 알았어. 미안해. 대신 집 앞에까지 데려다줄게."

곧장 차에서 내린 그가 성큼성큼 다가와 손을 내밀었다.

"가자."

이랑의 눈동자에 잠시 갈등의 눈빛이 어렸다. 너무나 당연하게 내밀어진 커다란 손을 보고 있자니 많은 생각이 들었다. 이 손을 잡자니 방금 전까지 있는 대로 센 척하던 것이 다 무산이 될 것 같고, 그렇다고 잡지 않자니 어디선가 노란 눈으로 바라보고 있을지 모를 고양이가 너무 무서웠다. 유독 고양이에 약한 이랑이었다.

이랑을 바라보던 원이 한숨을 푹 내쉬더니 그녀의 손을 꼭 잡앉다. 긴장해서 차갑게 얼어 있던 손에 순식간에 훈훈한 온기가 돌았다. 그 온기에 왜 이리도 마음이 덜컥 놓이는지. 결국 이랑은 못 이기는 척 그의 손을 잡았다.

"길이 좀 어둡네."

누군가 옆에 있어서일까. 늘 걸어 다니던 길인데도 달랐다. 무엇보다 손에서 올라오는 온기에 희한하리만치 마음이 진정되었다. 지금 당장 고양이가 나온다 하더라도 그다지 무섭지 않을 듯했다.

"늦은 시간에는 조심해야겠다. 치마 너무 짧은 거 입고 다니지 말고."

한숨을 속으로 삼키기도 잠시, 그답지 않게 말을 늘어놓는 원을 보며 결국 이랑이 피식 웃고 말았다.

"못 본 사이에 잔소리가 늘었네요."

"잔소리? 이게?"

"네."

담담한 이랑의 대답에 원이 고개를 갸웃하더니 곧 피식 웃었다.

"그래, 이런 게 잔소리구나."

새삼스럽다는 듯 말한 원이 이랑과 맞닿은 손을 들어 올려 자신의 볼에 부비다 손등에 슬쩍 입을 맞췄다.

"잔소리하는 사람들의 마음이 이런 거였다니. 앞으로 잔소리라고 다 싫어하면 안 되겠어."

저녁이 되어 조금 자란 수염이 손등에 까슬하게 와 닿았다. 몹시 친밀한 그의 행동에 이랑은 자신도 모르게 마른침을 꼴깍 삼켰다. 괜히 민망해서 그에게 잡힌 손을 서둘러 **빼냈다.**

"다 왔어요."

"벌써?"

왠지 못마땅한 표정으로 원이 눈앞의 아담한 건물을 응시했다.

"건물 보안은 괜찮아? CCTV는?"

"있어요."

이랑의 대답에도 성에 차지 않는지 원이 꼼꼼하게 건물 주변을 차근히 훑었다.

"몇 층?"

"3층이요."

그런대로 보안이 괜찮다 싶은지 원이 만족한 얼굴로 다시 이랑을 바라보았다.

"아직 일에 적응하느라 조금 정신이 없어. 그래서 연락 자주 못해. 그래도 밤에는 꼭 전화할 테니까 잘 받아."

예전의 원은 이런 자세한 사정 설명을 잘 못하는 사람이었다. 시간의 흐름은 그에게도 많은 변화를 준 것 같았다.

"그리고……."

원이 잠시 머뭇거렸다.

"너무 보고 싶으면 찾아올지도 몰라. 귀찮아도 이해해."

"네?"

"어쩔 수 없어. 원인 제공은 네가 한 거야."

말을 마친 원이 이랑의 손을 다시 잡았다. 그의 엄지손가락이 이랑의 손바닥을 은밀하게 쓸어내리며 작은 동심원을 그렸다.

"보내기 싫다."

한숨처럼 내뱉는 그 말이 이랑의 심장을 툭, 건들리고 지나갔다. 간신히 진정되었던 심장이 또 이랑의 통제를 벗어났다. 속절없이 약해지는 마음을 다잡기 위해 그녀가 입술을 질끈 깨물고 원의 손에서 손을 빼냈다.

"조심해서 가요."

보내기 싫은데 억지로 보내는 것이 역력한 표정으로 원이 이랑에게서 손을 뗐다. 이랑 또한 무에 그리 아쉬운지 자신도 모르게 미적거리며 원을 바라보다 곧 조심스레 발걸음을 옮겼다. 건물 입구에서 다시 뒤돌아보니, 여전히 원이 그 자리에 우두커니 서서 지켜보고 있었다.

"가요."

이랑이 재촉하고 나서야 원이 겨우 몸을 돌렸다.

"나 진짜 가."

"네."

잠시 더 이랑을 흘끗거리던 원이 드디어 발걸음을 옮겼다. 멀어지는 원의 뒷모습을 가만히 쳐다보던 이랑도 건물로 들어섰다. 기계적으로 발걸음을 옮겨 집 안에 들어오자 절로 한숨이 나왔다.

도대체 뭐가 뭔지 알 수가 없었다. 문에 기대선 이랑은 한동안 멍하니 허공을 응시했다. 손바닥을 간질이던 그의 손길이 자꾸만 생각났다. 괜히 입안이 바싹 말랐다.

"무슨 생각을 하는 거야. 그만해."

이랑은 과장되게 머리를 탈탈 털며 허물을 벗듯 옷을 벗었다.

"자자! 어서 씻고 자자. 아무 생각도 하지 말고."

그러곤 스스로에게 다짐이라도 하는 것처럼 수없이 중얼거리며 욕실로 향했다.

따뜻한 물에 하루의 피로를 흘려보내자 어쩐 일이 더욱더 노곤해지는 듯했다. 무척이나 많은 일이 있었던 하루였다. 마치 영화 세 편은 찍은 것 같은 느낌을 받으며 이랑은 다 마르지 않은 머리를 대충 털어내고는 침대에 누웠다. 그리고 막 눈을 감았을 즈음 기다렸다는 듯 휴대폰이 울렸다. 원이었다.

—나야.

나직한 그의 음성에 말문이 턱 막히기도 잠시, 이랑은 이내 아무렇지도 않은 척 입을 열었다.

"잘 도착했어요?"

—매정해.

갑자기 무슨 말인가.

"뭐가요?"

—빈말이라도 차 한잔하고 가라고도 안 하고. 고양이도 멀리 쫓아줬는데.

어울리지 않게 그가 응석을 부리자 이랑이 자신도 모르게 미소를 머금었다.

"고양이는 알아서 도망간 거 아니었어요?"

─어라? 이제 와서 모른 척?

"늦은 시간이기도 했잖아요."

─그럼 다음에는 일찍 데려다줄게.

맙소사. 이런 능글맞은 말장난이라니. 확실히 많은 것이 변했다.

─후후! 얼른 자. 내일 연락할게.

이랑이 전화기를 내렸다. 달콤한 그의 인사에 그녀의 얼굴 근육은 자꾸만 제멋대로 움직였다. 마음이 제멋대로 선들거리기 시작한 것이다.

어둠이 내려앉은 바깥 풍경과 다르게 사무실 안은 환하게 빛나며 훈훈한 온기가 가득했다. 책상에 앉아 모니터를 바라보는 원은 어둠이 온 것도 모른 채 몇 시간째 움직이지도 않고 업무에 집중하고 있었다.

"후우."

원이 뻑뻑한 눈을 문지르며 길게 한숨을 내쉬었다. 이제 일에 서서히 적응해가고 있기 했지만 아직까지 긴장을 놓을 수가 없었다. 마이클의 추천으로 어린 나이에 팀장이 되었기에 더욱 부담이 되었다. 그래서 남들보다 더 많이, 더 열심히 일을 해야 했다.

그렇게 잠시 피곤한 눈을 감은 채 의자에 기대어 있던 원이 다시금 허리를 세웠다. 그러다 문득 창밖을 바라보았다. 어느새 어둠이 내려앉은 풍경이 펼쳐져 있었다. 서둘러 고개를 돌려 시계를 확인한 원이 한숨을 푹 내쉬었다. 저녁 시간이 지나도 한참 지나 있었다. 적당히 일하다 일찍 퇴근해서 이랑을 보려던 계획이 다 물거품이 되고 말았다.

"이런."

혀를 쯧, 하고 찬 원이 다시금 의자에 털썩 기댔다. 그러곤 옆에 놓인 휴대폰을 들어 의미 없이 빙글빙글 돌렸다.

이랑은 지금 퇴근을 했을까. 퇴근했다면 집에 갔을까. 그것도 아니라면 다른 약속이 있을까. 저녁은 먹었을까. 오늘 하루 일은 힘들지 않았을까.

한번 물꼬를 튼 생각은 물음에 물음으로 계속해서 이어졌다. 사소한 것 하나하나, 심지어 이랑이 오늘 먹은 점심 메뉴는 무엇인지까지 궁금해졌다.

'이래서 의처증이 생기는 건가.'

원은 자신도 모르게 피식 웃었다. 할 수만 있다면 하루 종일 이랑의 옆을 졸졸 따라다니며 그녀의 일상생활을 하염없이 바라보고 싶었다. 그렇게 온종일 바라보고 있을 수 있다면 말을 나누지 않아도 좋았고, 손을 잡지 않아도 괜찮았다. 그저 지켜보고만 있어도 미소가 지어질 것 같았다.

"뭘 그렇게 생각해?"

창밖을 보며 이랑을 떠올리고 있던 원이 고개를 돌렸다. 언제 들어왔는지, 세련된 옷차림을 한 여자가 빙긋 미소를 지으며 서 있었다. 의자에 편하게 기대어 있던 원이 자세를 반듯하게 곧추세 웠다.

"네가 왜 여기 있는 거야?"

"오랜만에 보는데 할 말이 그게 다야? 이거 섭섭한데."

"그럼 무슨 말을 해야 하는데."

제법 오랜만에 보는 것인데도 원이 무덤덤하기만 하자, 여자가 과장되게 고개를 절레절레 흔들었다.

"시간이 지나도 당최 변하질 않네. 그래, 이래야 최원이지. 안 그래?"

"한국은 언제 온 거야."

"얼마 안 됐어."

"여긴 왜 있는 건데."

"뭐, 너처럼 마이클 호출이지."

장난스럽게 말을 건네는 여자, 민영을 보며 원이 어깨를 으쓱했다.

"미국에서 빈둥거리고 있는데 마이클 연락이 왔더라고. 옛날 처럼 다시 한 번 드림팀으로 일해볼 생각 없냐고 말이야."

"그래서 온 거야?"

"거절할 이유 없잖아? 너와 함께하는 건데. 정식 출근은 내일 인데 너한테 먼저 말하고 싶어 들러봤어."

민영이 친근한 말투로 말을 건네자 원이 결국 작게 웃었다.

"그런 의미로 잘 부탁해요, 최 팀장님."

민영이 환하게 웃으며 손을 내밀었다. 원도 자리에서 일어나 민영의 손을 가볍게 쥐었다.

"그래, 잘해보자."

미국에서 같이 합을 맞췄던 민영이 팀에 들어오면 사실 원에게 큰 도움이 되었다. 적어도 자신 편 한 명은 확보가 되기 때문이었다.

"뭐야, 오랜만에 만났는데 겨우 이 정도로 인사 끝이야?"

"퇴근해야지."

"퇴근? 잘됐다. 그럼 우리 맛있는 거 먹으면서……."

"선약이 있어."

"선약? 중요한 선약이야? 오랜만에 보는 나보다 더?"

꼬치꼬치 캐묻는 민영을 잠시 바라보던 원이 한쪽 입꼬리를 슬쩍 들어 올렸다. 갑작스런 원의 미소에 민영이 말문이 막힌 듯 눈을 깜빡거렸다.

"응."

간단하게 대답한 원은 자리에서 일어서 옷차림을 정돈했다.

"그럼 수고."

의미심장한 웃음을 매단 원이 그녀를 지나쳐 걸음을 옮겼다.

"야, 최워……. 아니, 팀장님?"

뒤에서 민영이 불렀지만 원은 들은 척도 하지 않은 채 어디론가 향했다. 때를 놓쳤지만 그래도 이랑의 집 앞으로 찾아가 볼 참인 것이다.

"저 웃음은 뭐야. 심장 떨리게."

홀로 남은 민영은 그런 원의 뒷모습을 바라보며 멍하니 중얼거렸다.

3

이른 아침, 베개에 고개를 파묻은 이랑은 세상모르게 곤히 잠에 빠져 있었다. 갖가지 생각들로 머리가 복잡해 새벽에야 겨우 잠이 든 참이었다.

딩동딩동.

간신히 잠든 이랑을 깨우는 초인종 소리가 집 안에 울려 퍼졌다. 깜짝 놀라 침대에서 일어난 이랑이 서둘러 시계를 확인했다. 아직 9시도 안 된 시간이었다.

"누구세요?"

토요일 아침 시간에 방문이라니, 비몽사몽 간에도 바짝 긴장되었다.

"나야."

"누, 누구……."

"나."

"오빠?"

틀림없이 원의 목소리였다. 이랑이 화들짝 놀랐다. 황급히 현관문으로 다가서던 이랑이 나가기 직전, 멈칫 멈춰 섰다.

'헉, 이 모습으로!'

스치듯 지나간 신발장의 거울에 비친 자신의 모습에 이랑은 경악을 금치 못했다. 머리는 산발이 되어 있고 제대로 못 자서 눈 밑은 퀭했다. 절대 이 꼴로는 나갈 수 없었다. 현관문 앞에 선 이랑이 안절부절못하며 다시 입을 열었다.

"갑자기 이렇게 오면……."

"안 나와도 돼, 차에서 기다릴게. 전화를 안 받아서 올라왔어."

"네?"

"조깅하러 가자."

"……네?"

뜬금없이 조깅이라니. 이랑의 표정이 멍하게 변했다.

"운동화는 있어?"

"운동화야 있지만……."

"그럼 천천히 준비하고 나와."

문밖에서 그가 나직하게 말했다. 이게 다 무슨 상황이란 말인가. 멍하니 서서 잠시 눈을 끔뻑거리던 이랑이 조심스레 원을 불렀다.

"오빠?"

"응."

기다렸다는 듯 현관문 밖에서 나직하게 대답하는 원의 목소리가 들렸다. 그제야 정신이 번뜩 들었다.

"자, 잠깐만. 아니지."

화장실로 향하려던 이랑이 다시금 현관문 밖에 있을 원을 향해 입을 열었다. 정신이 없어 기다리라는 말도 없이 씻으러 들어갈 뻔했다.

"차에 가서 편하게 기다려요."

"그래."

그제야 몹시 분주하게 움직였다. 양치를 하고, 세수를 하고 엉망진창인 머리를 수습했다. 한 듯 안 한 듯 화장도 하고 편한 옷을 챙겨 입었다. 그러는 와중에도 끊임없이 머리는 복잡하게 돌아갔다.

'웬 조깅? 미리 말이라도 하고 오지.'

그러다 문득 원이 전화를 했다는 말이 떠올라 서둘러 휴대폰을 집어 들었다.

"이런."

저녁에 세 번, 아침에 두 번. 무려 다섯 통이나 전화를 했는데도 자신은 까마득히 모르고 있었다. 진동으로 해놓은 탓인 것 같았다. 난감한 듯 이마를 긁적이고 마지막으로 거울을 보고 상태를 체크한 뒤 서둘러 운동화를 꺼내 신었다. 그러고는 다급하게 현관문을 열고 걸음을 옮겼다. 아니, 옮기려 했지만 얼마 못 가 금방 멈추고 말았다.

"오빠?"

현관문 맞은편 벽에 기대어 있던 원이 이랑을 보고 빙긋 웃으며 반듯하게 섰다.

"다 했어?"

"차에서 기다리는 거 아니었어요?"

"그냥."

"계속 여기 서 있었어요?"

"이 문 너머에 네가 있다고 생각하니까……."

잠시 머뭇거리던 원이 머쓱하게 다시 입을 열었다.

"발길이 떨어지지 않아서."

"……!"

순간 이랑의 말문이 막혔다. 갑작스런 방문, 거기다 뜻밖의 말까지. 지금 원은 원 투 펀치에 이어 강력한 어퍼컷을 날리며 정신을 혼미하게 만들고 있었다.

"그게 뭐라고…… 다리 아프게."

쓸데없이 먹먹해진 이랑이 원에게 중얼거리곤 현관문을 쿵 닫고 가타부타 말없이 발걸음을 옮겼다.

짜증이 났다. 다른 남자 같으면 신경질이 머리끝까지 뻗쳤을 갑작스런 방문에 쓸데없이 두근거려서 짜증이 났고, 편안한 차림마저 색다르게 다가와 설레는 것이 또 짜증이 났다. 대책 없이 마음을 뒤흔드는 그의 미소에 두방망이질 치는 심장 때문에 괜히 신경질이 난 이랑이 쿵쾅거리며 계단을 내려갔다.

"그러다 다친다."

"내가 어린애예요!"

하물며 설마 이 계단에서 넘어질까 걱정해주는 그의 말에 비죽 심술이 솟아올랐다. 하지만 신경질적 걸음과 달리 이랑의 얼굴에는 어느새 슬며시 미소가 걸렸다. 자신의 뒤에서 들려오는 목소리와 발소리가 그렇게 듣기 좋을 수가 없었다.

'이런, 이게 아니지.'

이랑은 서둘러 애써 표정을 굳혔다. 너무 갑작스러워서 얼결에 끌려나왔지만 이대로 원의 뜻대로 움직일 수는 없었다. 이랑은 건물 밖으로 나가자마자 자신을 따라 곧장 내려온 원을 보고 짐짓 표정을 굳히며 허리에 척 손을 올렸다.

"이렇게 갑자기 오면 어떻게 해요."

"전에 말했잖아, 이럴 수도 있다고."

"네?"

"거기에 대한 원인도 이야기했어. 다 너 때문이라고."

"말도 안 돼."

"말 돼. 거기다 충분히 예상 가능한 결과였지."

친히 말을 정정한 원이 그녀의 매서운 표정은 보이지도 않는지 덥석 손을 잡아끌었다. 너무 자연스럽게 손을 잡아오는 통에 어찌할 수도 없이 그녀는 손을 빼앗기고 말았다.

"내가 전화 받으라고 했잖아."

"그건…… 진동으로 해놔서."

"일부러 안 받은 건 아니고?"

"그건 아니에요."

"그럼 됐어."

이랑을 차에 태운 원이 능숙하게 운전석으로 돌아와 앉았다.

"정말 운동하려고 왔어요?"

어깨를 으쓱한 그가 별다른 말 없이 핸들을 돌렸다.

"그런데 뭔 운동이에요."

"너무 말랐어. 몸도 약하고."

"내가?"

이랑이 어이없어하며 손을 들어 자신을 가리켰다. 대체 어딜
봐서 몸이 약하단 말인가. 몸 튼튼한 걸 자랑 삼아 살아오던 이랑
이었다.

"운동 좀 하고, 잘 먹으면서 딱 5킬로그램만 찌우자."

이랑이 뜨악한 표정을 지었다. 간신히 식단조절해가며 몸매 유
지하고 있는데 이게 웬 말이란 말인가. 그런 이랑의 생각은 알지
도 못한 채 원은 뭐가 그리도 좋은지 엷게 미소를 띠고 여유롭게
핸들을 돌렸다.

"다 왔어."

"운동 안 해도 충분히 튼튼해요."

"안 돼."

나름 항변이란 걸 해보았지만 원에게는 먹히지 않았다. 이랑은
결국 원에게 이끌려 차에서 내리고 말았다. 하지만 운동이라고는
평생 숨쉬기운동과 출퇴근 시간의 걷기운동밖에 해본 적이 없던
이랑에게 조깅이란 상당히 부담스런 것이었다.

"그런 표정 지어도 안 봐줄 거야."

하지만 원은 작정이라도 한 듯 기어코 이랑의 손을 잡고 천천히 뛰기 시작했다. 결국 이랑도 그에게 끌려 천천히 뛰는 수밖에 없었다.

잘 조성된 한강공원에는 조깅과 산책을 하는 사람들, 그리고 자전거를 타는 사람들까지 이미 많은 인파로 북적이고 있었다. 그 중에 천천히 뛰는 두 사람이 있었다. 아침의 상쾌한 강바람이 그들을 스치고 지나갔다. 생각보다 나쁘지 않은지 울상이던 이랑의 얼굴에도 어느새 방싯 미소가 떠올랐다. 원 역시 빙긋 웃었다.

"좋지?"

하지만 이랑은 별다른 대답 없이 머쓱하게 시선을 피했다.

'진짜 귀여운 짓만 골라 한다니까.'

피식 웃은 원은 이랑 너머 유유하게 흐르는 강물로 시선을 돌렸다. 크게 숨을 들이켜자 속이 시원하게 뻥 뚫리는 느낌이었다. 그렇게 두 사람은 여유롭게 뛰다 걷다를 반복하며 강바람을 즐겼다. 그러던 중 예사로 주변을 훑어보던 원이 갑자기 멈칫했다.

"잠깐만."

원은 별다른 말 없이 이랑을 홀로 세워놓고는 어디론가 향했다. 이랑의 그의 뒷모습을 의아하게 바라보다 이내 원이 그러했듯 숨을 고르며 한강을 바라보았다.

자박자박.

잠시 후, 어디를 다녀온 것인지 양손에 뭔가를 든 원이 조심스레 다가섰다. 그는 일정하게 들썩이는 조그만 어깨를 보고 있자니 또다시 바보처럼 웃음이 새어 나왔다.

"큼."

자꾸만 올라가려는 입술을 애써 끌어 내린 원이 그녀에게 더욱 가까이 다가섰다.

"여기."

"응? 웬 아이스크림이에요?"

"너 좋아했잖아. 아직도 술 먹으면 아이스크림 꼭 찾아?"

원의 얼굴에 묘한 미소가 떠올랐다. 아이스크림을 보자마자 그날이 떠올랐다. 풋풋하기만 하던 당돌한 듯 수줍은 고백, 그리고 달콤하기만 했던 두 사람이 첫 키스까지. 은근한 미소를 띤 원이 나직하게 말을 이었다.

"그날, 우리 첫 키⋯⋯."

하지만 그의 말은 미처 끝을 맺지 못했다.

"잘 먹을게요."

그의 말을 서둘러 끊은 이랑이 냉큼 아이스크림을 빼어 갔다. 그날 일을 다시 언급하는 것이 불편한지, 아니면 또 다른 이유가 있는 것인지. 이랑은 양손에 아이스크림을 꼭 쥔 채 한입 가득 그것을 베어 물었다. 원이 보기엔 너무 달아 별로일 것 같은 아이스크림이 꽤 마음에 들었는지 이랑의 얼굴에 이내 작은 미소가 맺혔다. 덩달아 작은 미소를 머금은 원이 자신도 모르게 손을 들어 올렸다.

"⋯⋯!"

순간 동그래진 이랑의 눈동자가 파르르 떨렸다. 그런 그녀의 하얀 볼에는 어느새 커다란 원의 손이 올라가 있었다. 보드라운 볼을 슬쩍 쓰다듬은 그는 조금 더 욕심을 내 그녀의 입가를 조심스레 만지작거렸다.

"다 묻었잖아."

천천히 이랑의 입가에 묻은 아이스크림을 쓸어내린 원은 까만 눈동자로 그녀를 응시하며 손을 자신의 입에 가져다 댔다. 단맛이 마음에 들지 않는 듯 눈썹을 움찔한 그가 나직하게 말했다.

"달다."

"오빠?"

"녹는다."

이랑의 볼이 발갛게 달아올랐다. 마치 놀란 토끼처럼 동그래진 이랑의 얼굴을 보고 있자니 그는 아이러니하게도 갈증이 일었다. 이래서야 원, 아이스크림이 아니라 꼭 자신이 녹아서 주체할 수 없을 정도로 흐물거리는 것 같지 않은가.

"괜히 사줬나 봐."

"······?"

"미치겠네."

옅은 갈색 눈동자에 사로잡힌 원의 까만 눈동자가 묘한 열기를 머금기 시작했다. 뭔가를 느낀 것일까. 이랑이 살짝 눈을 내리깔며 윗니로 아랫입술을 살짝 깨무는 것이 보였다. 적어도 아이스크림보다 곱절 이상은 맛있을 것 같은 빨간 입술이 제멋대로 달콤한 향을 내며 원을 유혹하고 있었다.

"나 말이야."

"……."

"네 입술에 묻은 아이스크림한테도 질투가 난다고 하면 미친 놈 같을까?"

"네?"

"네가 맛보는 게 내 입술이면 얼마나 좋을까."

나직한 그의 속삭임에 이랑의 어깨가 눈에 띄게 뻣뻣하게 경직되었다.

"이런, 이런."

원의 얼굴이 한층 더 이랑에게 가까워졌다. 반사적으로 숨을 멈추는 이랑을 보는 원의 목울대가 순간 크게 움직였다. 조그만 입술이 자꾸만 자신을 맛보라며 손짓을 해대고 있었다. 당장이라도 닿을 것처럼 두 사람의 입술이 가까워졌다.

"……!"

그러기도 잠시, 닿을 듯 말 듯 아른거리던 입술에서 간신히 시선을 뗀 원이 이랑의 손을 잡아챘다. 어느새 녹아내린 아이스크림이 그녀의 손을 따라 흐르고 있었다. 원이 손등을 타고 흘러내리는 아이스크림을 슬쩍 핥았다.

"녹잖아."

나직한 목소리와 달리 원의 입술은 더욱더 바짝 말라가고 있었다.

툭.

아이스크림이 아래로 떨어졌다. 하지만 그들 중 떨어진 아이스크림에 신경을 쓰는 사람은 아무도 없었다. 여전히 이랑을 강렬하게 응시하던 원이 입술로 쓸듯이 손가락을 훑고 지나갔다.

손가락 하나하나에 입을 가볍게 맞춘 그가 손바닥에 뜨거운 숨을 불어넣었다. 손바닥에서부터 열기가 온몸으로 퍼지기 시작했다. 손바닥에 따뜻한 숨을 불어넣은 그가 조금 더 고개를 올려 손목에 입술을 꾹 눌렀다. 뜨거운 그의 입술에 닿은 맥박이 마치 튀어나올 것처럼 팔딱거리는 것이 느껴졌다.

"후후."

이랑의 손목에 여전히 입술을 붙인 채 그가 낮게 웃었다. 지독하게 낮은 그 웃음에 이랑의 호흡이 조금 가빠졌다. 아프지 않을 정도로 손목을 살짝 깨문 원은 고개를 살짝 돌려 깨문 부분을 달래듯이 핥았다.

"흡."

원의 까만 눈동자에 속절없이 잡힌 이랑이 자신도 모르게 입을 살짝 벌리고 달뜬 숨을 뱉어냈다. 달콤하기만 한 그 숨결에 저릿한 열기가 올라오기도 잠시, 눈에 띌 정도로 들썩이는 가슴을 바라보던 원의 까만 눈동자에 웃음기가 스치고 지나갔다. 설핏 이랑의 손에 힘이 풀리는 것이 느껴졌다.

"칠칠맞게."

아니, 사실 정작 더 위험한 것은 자신이었다. 조금 더 시간이 흘렀다면 이랑이 아니라 자신의 이성이 먼저 무너졌을지도 모른다. 아쉬움을 짓궂은 웃음으로 무마한 원은 여전히 끈적거리는 눈빛으로 이랑을 가만히 응시하다 겨우 그녀에게서 손을 뗐다. 이랑은 여전히 아무런 말 없이 어깨를 들썩이고 있을 뿐이었다.

"이제 그만 가볼까? 오후에 회사에 들어가 봐야 해."

"아⋯⋯."

이랑 또한 자신만큼이나 아쉬운 것일까. 화들짝 놀라는 이랑의 모습에 자꾸만 미련이 생겼다.

"그렇게 아쉬운 표정 짓지 마. 보내기 싫어지잖아."

볼이 발갛게 달아오른 이랑을 보며 원이 씩 웃었다. 그러곤 이랑의 손을 꽉 잡았다. 아직 묘한 열기가 다 가시지 않은, 여전히 뜨겁기만 한 손길이었다.

"집에 데려다줄게."

이랑은 별다른 말 없이 그저 원이 이끄는 대로 천천히 걸음을 옮겼다. 그런 그녀의 볼은 여전히 발갛게 달아올라 있었다.

차 안에서 가볍게 손을 흔든 원이 탄 차가 점점 멀어졌다. 멀어지는 차의 뒤꽁무니를 바라보며 이랑은 한참이나 멍하게 서 있었다. 잠시 후, 그동안 참았던 숨이 일시에 길게 터져 나왔다. 원의 옆에 있는 것만으로도 숨이 막혀 호흡곤란이 왔다.

원이 자신을 강렬하게 응시하던 그 모습이 다시금 떠올랐다. 마치 유혹하기로 작정이라도 한 사람처럼 뜨거운 숨을 불어넣던 탐스런 입술, 끝이 보이지 않는 까만 눈동자, 보드랍기 그지없는 그의⋯⋯.

자신도 모르게 바보처럼 입을 헤, 벌리고 있던 이랑은 서둘러 입을 꾹 다물었다. 자꾸만 얼굴 근육이 제멋대로 놀고 있었다. 무슨 생각을 한 것인지 이랑이 서둘러 전화기를 꺼내 들었다. 상황을 객관적으로 바라보고 정신을 차리라 바른말을 해줄 수 있는 화영이 필요했다.

"화영아, 나야."

-오냐.

"좀 보자."

-갑자기? 안 돼, 나 저녁에……

"나 급해. 잠깐이면 돼."

이랑이 우격다짐으로 약속을 잡았다. 그러더니 서둘러 택시를 잡았다. 지금 당장 이 마음을 누군가에게 털어놓지 않으면 답답해서 죽을 것만 같았다.

이랑이 탄 택시는 마치 그녀의 갑갑한 마음처럼 느릿느릿하게, 활기찬 기운으로 가득한 주말 서울 거리를 가로질렀다.

"시원한 물 한 잔만 먼저 주세요."

그렇게 제법 시간이 걸려 화영과 만나기로 한 카페에 도착한 이랑은, 들어가자마자 시원한 물을 부탁해 연달아 들이켰다. 그러고 있자니 화영이 놀란 표정으로 약속 장소에 나타났다.

"무슨 일 있어?"

어리둥절한 화영을 보며 이랑이 한숨을 푹 내쉬었다.

"나 진짜 미친 것 같아."

"갑자기 무슨 말이야."

"그때랑 똑같아. 시도 때도 없이 오빠 생각만 하고, 설레어하고."

화영이 이랑을 가만히 바라보았다. 친구가 두서없이 말을 내뱉는 통에 멍하니 있다, 그제야 이해가 간 표정으로 이내 한숨을 푹 쉬고는 자리에 앉았다.

"둘이 만났어?"

"응."

"근데 뭐가 이렇게 찜찜해? 사고라도 친 얼굴이다?"

"쳤어, 사고."

화영이 돌연 눈을 반짝이기 시작했다.

"뭐? 무슨 사고?"

"……잤어."

"잤어? 뭘 잤다는……. 헉! 설마!"

보기 드물게 화영이 화들짝 놀라는 모습을 보며 이랑이 어깨를 축 늘어뜨렸다.

"너랑, 최원이랑?"

"……."

"정말? 어쩌다가?"

무척이나 반짝이는 화영의 눈빛을 부담스럽게 바라보던 이랑이 복잡한 표정으로 고개를 푹 숙였다.

"어땠어? 잘하디? 실해?"

"뭐?"

"생긴 건 아주 실하게 생겼는데, 까보지 않고서는 모르는 거잖아."

이랑은 미간을 잔뜩 찌푸리며 다시 화영을 바라보았다.

"잠깐, 너 처음이었잖아. 와우, 첫 상대가 최원 정도면……."

"이화영!"

이랑이 자신도 모르게 소리를 빽 질렀다. 격렬한 이랑의 반응에 화영이 입을 쩝 하고 다셨다.

"알았어, 알았어. 궁금한 걸 어떻게 하냐."

그러면서 화영은 잔뜩 이랑 쪽으로 내밀었던 몸을 원상 복구시켰다. 하지만 여전히 몹시 궁금하다는 눈빛이 반짝이고 있었다.

"그래서, 그게 끝이야? 아닌 것 같은데."

"오늘 아침엔 집에까지 찾아왔더라. 갑자기 운동하자며."

"쯧! 이래저래 같이 땀만 흘렸겠네."

"나도 말끔하게 정리하려고 했어. 근데, 오빠가……."

이랑이 어물쩍 말을 흐렸다. 복잡해 보이는 이랑의 표정을 보며 화영이 어깨를 으쓱했다.

"뭐, 잘됐네. 그때 못다 한 사랑을 이루면 되잖아."

"말이야 쉽지."

"최원 정도면 누가 봐도 객관적으로 괜찮지. 안 그래?"

"근데…… 잘 모르겠어."

이랑의 말이 이해가 되지 않는지 이번에는 화영이 미간을 찌푸렸다.

"뭘?"

"오빠가 왜 그러는지 잘 모르겠어."

"좋으니까 그러겠지."

"그런 말 안 했는데?"

"뼈와 살이 불타는 밤을 보내고, 집까지 찾아오며 적극적인 구애를 하는데 무슨 말이 더 필요해."

"적어도 그런 긴밀한 관계가 되려면 서로의 마음 교환이 먼저 아니야?"

"마음 교환?"

복잡한 이랑의 얼굴을 보며 화영이 턱을 괴고 잠시 생각에 잠겼다. 눈을 깜빡이며 나름의 생각을 정리하는 것처럼 보였다.

"과거에 썸을 타던 사람이 다시 연락하는 경우는 딱 두 가지래. 혹시 너 아니?"

"뭐? 뜬금없이."

"하나는 단 한 번도 상대를 진심으로 사랑하지 않았을 때."

"……."

"나머지는 여전히 그 사람을 사랑하고 있을 때. 네 눈에는 최원은 어디에 속할 것 같아?"

"그건……!"

"최원 성격에 마음에도 없는 사람과 그렇게 시간을 보낼까?"

조목조목 말하는 화영을 보고 있자니 또 속절없이 말문이 막혔다. 물론 화영의 말도 맞았다. 적어도 이랑 자신이 아는 원이라면, 마음에도 없는 상대에게 그렇게 시간과 공을 들일 사람이 아니었다. 하지만 불현듯 과거의 일을 떠올린 이랑이 미간을 잔뜩 찌푸렸다.

"근데 그때도 이랬어. 속절없이 나를 흔들어놓고 제멋대로 훌쩍 떠나버렸다고. 그 뒤에 혼자 남겨진 내가 어쨌는지 잘 알잖아."

어느새 이랑의 목소리가 조금 격양되어 있었다.

"휴…… 아직도 그때 일이 신경이 쓰여?"

"키스까지 나눈 후였어. 고백까지 한 상태였고. 근데 고백을 받은 당사자가 아무런 말도 없이 어느 날 갑자기 미국으로 가버렸어. 어떻게 그 기분을 잊어. 그동안의 내 시간이 마치 허공으로 공중분해 되는 것 같았다고."

"그럼 차라리 툭 터놓고 물어봐."

화영이 무덤덤하게 말하자, 이랑이 별다른 대구 없이 거칠게 한숨을 푹 내쉬더니 한참 뒤에 다시 입을 열었다.

"……그건 못하겠어."

뜻밖의 대답에 화영이 미간을 찌푸렸다.

"뭐? 왜?"

"나는 그냥 장난이었다고, 그러면 어떻게 해……."

그러면 정말 아플 것 같았다. 그리고 정말 끝을 내야 했다. 그때는 더 이상 원에게 이런 어설픈 원망도, 여지도 남겨두면 안 되었다. 정말 말끔하게 원의 모든 것을 뇌리에서 지워야 했다. 그리고…… 이랑은 그게 겁이 났다.

"허, 나 참."

결국 화영이 고개를 절레절레 흔들었다. 이랑은 복잡한 얼굴로 머리를 마구 헝클었다. 머릿속이 뒤죽박죽 엉켜 터지기 일보 직전이었다.

"하아! 미치겠다, 진짜."

자신이 너무 한심하고 답답했다. 5년 전 자신을 버리고 미련 없이 떠난 그에게 이렇게 또다시 속절없이 흔들리고 있었다. 정신을 차리고 보니 어느새 그의 수렁에 빠진 뒤였다.

"이 답답아, 차라리 속 시원하게 털어놓고 물어보라니까."

"그렇지만……."

"여자들의 문제점이 뭔 줄 알아? 속 시원하게 털어놓을 자신도 없으면서 혼자서 문제를 만들고, 상상하고 답을 내린다는 거야. 넌 지금 그 사람의 마음이 궁금한 거잖아. 그럼 물어봐. 언제까지 그렇게 애매하다면서 혼자 힘들어할래?"

한심하다는 표정을 지은 화영이 혀를 쯧 하고 차더니 말을 이었다.

"부디 생각의 수렁에 빠지지 않길 바란다."

생각이 너무 많아지면 가끔 생각에 잡아먹히는 아이러니한 상황이 벌어지기도 한다. 생각의 굴레에 빠져 무엇이 중요한지, 왜 이 생각을 하기 시작했는지를 잊어버리는 것이다. 그래서 생각이 너무 길어지면 용기가 짧아지는 경우가 생긴다.

"이건 시간을 끈다고 해결될 문제가 아니야. 오히려 빨리 털어놓는 게 나을 것 같다, 난."

화영의 말이 맞았다. 이건 시간을 끈다고 해서 달라질 일이 아니었다. 하지만 그렇다고 그렇게 간단하게 해결될 일도 아니었다. 화영을 만나면 속이 시원해질 줄 알았건만 오히려 머릿속이 더욱 복잡해졌다. 이러지도 저러지도 못할 마음에 이랑이 다시금 길게 한숨을 내쉬었다.

창문 사이로 따뜻한 햇살이 노곤하게 비춰 들었다. 모니터를 바라보고 있던 원이 뻐근한 목을 주무르며 자리에서 일어섰다. 잠시 바깥바람도 쐴 겸 커피나 한 잔 가지러 갈 생각이었다.

"진석 씨, 오늘 카탈로그 제작할 업체 잘 안다면서요?"

"네, 몇 번 도움 준 적 있죠."

"거기 담당자가 그렇게 예쁘다던데."

"아, 이랑 씨요?"

조용히 걸음을 옮기던 원의 발걸음이 멈칫했다.

"이랑 씨 예쁘죠. 일도 잘하고. 홍보팀에서도 칭찬이 자자하더라고요."

"이거, 회의에 진석 씨도 참석해야 하는 거 아닌지 몰라."

"제가 거길 왜요."

분위기가 제법 화기애애했다. 원은 가볍게 웃으며 이야기를 나누는 사람들에게 천천히 다가갔다. 그런 원의 얼굴에는 알게 모르게 싸한 냉기가 흘렀다.

"한진석 씨."

"그렇지만 디자인팀에서 사람이 필요하면 꼭 절……."

"이봐요, 한진석 씨."

스타카토로 딱딱 끊어 부르는 원의 목소리가 좀 더 커졌다. 순간 농담을 나누던 무리에 싸한 정적이 내려앉았다.

"티, 팀장님!"

제풀에 놀란 진석이 후다닥 자리에서 일어났다.

"뭔가 재밌는 일이 있나 봅니다."

"아닙니다. 아무것도 아닙니다."

진석이 어색하게 웃으며 과장되게 손을 내저었다.

"방금 들어보니 이번에 나오는 신차 카탈로그 제작 미팅이 있다던데."

"네, 잠시 뒤에 있을 예정입니다."

"그 회의, 제가 직접 들어가보죠."

"네? 거긴 왜……."

잔뜩 기합이 들어가 있던 진석의 얼굴이 설핏 흔들렸다. 다른 사람도 아닌 팀장이 직접 그런 회의에 들어간다는 것이 도저히 이해가 가지 않았기 때문이다.

"왜, 제가 가면 안 됩니까?"

"물론 가셔도 됩니다. 그렇지만."

허둥대는 진석을 보며 원이 무덤덤하게 말을 내뱉었다.

"신차 카탈로그가 어떻게 만들어지는지 궁금해서요. 봐놓는다고 나쁠 건 없지 않습니까."

"그, 그렇죠. 그렇습니다. 30분 뒤에 회의실로 가시면 됩니다. 담당자에게는 제가 일러놓겠습니다."

진석이 과하게 긍정하며 어색하게 웃자, 원은 가볍게 고개를 끄덕이고는 휴게실로 가려던 발길을 다시 돌려 사무실로 향했다. 되지도 않는 농담을 내뱉던 진석이 몹시 마음에 들지 않았다. 하지만 덕분에 이랑이 온다는 것을 알게 되었으니 이번은 그냥 넘어가주기로 했다.

자신이 생각해도 말도 안 되는 일로 억지를 부렸다. 남이 보면

저 사람 참 한가하다 할 정도로 쓸데없는 짓이었다. 하지만 그 모든 것이 이랑의 이름이 더해지는 그 순간 원에게는 하나도 쓸데없지 않은 일이 되어버렸다.

갑자기 뜻밖의 이벤트에 당첨된 것 같은 기분이 들었다. 이번 일을 핑계로 적어도 한 시간 이상은 이랑의 얼굴을 마음 편하게 볼 수 있을 것 같았다.

원은 전면 창을 통해 비치는 자신의 모습을 보며 괜히 옷깃을 가다듬었다. 흐트러진 넥타이를 가지런하게 정돈하고 접어 올린 소매도 꼼꼼하게 내려 단추까지 잘 채웠다. 그러곤 먼지도 없는 양복 상의를 괜히 이리저리 살피며 손으로 털어냈다. 마지막으로 멋스럽게 올라간 머리까지 만지작거렸다. 데이트하러 가는 것도 아닌데 괜히 마음을 설레었다.

"흠."

어쩐지 초조해진 원은 갑자기 시계를 흘끔거렸다. 아직 5분도 채 지나지 않았다. 25분이나 더 기다려야 했다. 잠시 책상을 초조하게 두드리던 원이 의자에 앉았다. 그러곤 서둘러 마우스를 잡고 카탈로그 제작에 들어갈 신차에 대해 빠르게 눈으로 쭉 훑었다.

"유니크, 아니, 색다름을 추구하는 젊은 세대를 겨냥한 차로, 파격적 디자인으로……."

어느새 원은 자신도 모르게 이랑의 앞에서 할 말을 읊조리며 연습하고 있었다. 그러는 와중에도 연신 시계를 흘깃거렸다. 그리고 정확하게 약속 시간 10분 전, 원은 발걸음도 가볍게 사무실을 나섰다.

"안녕하세요."

이랑이다. 원은 회의실로 들어서는 이랑을 보며 자신도 모르게 슬쩍 올라가는 입술 끝을 간신히 끌어 내렸다.

"처음 뵙겠습니다. 디자인 3팀장 최원입니다."

무덤덤한 원을 바라보는 이랑이 놀란 표정을 숨기지 못한 채 입을 멍하니 벌렸다. 그 모습에 왜 이리도 만족감이 드는지. 그는 자꾸만 놀라는 이랑의 얼굴을 보는 것이 재미있어지고 있었다. 그러고 있자니 그녀의 옆에 서 있던 한 남자가 넉살좋게 웃으며 입을 열었다.

"어이쿠, 디자인 팀장님께서 이렇게 직접 미팅에 다 오시다니. 이거 무척 긴장되는데요. 하하! 전 이번 신차 카탈로그 제작을 맡은 업체 과장입니다."

"제가 아직 회사에 온 지 얼마 안 돼서 아직 일을 배우는 입장이나 다름없습니다. 그래서 이번만 직접 참여해서 일의 진행과정을 지켜보기로 했습니다."

"그러시군요."

눈을 껌벅거리며 서 있는 이랑이 느껴졌다. 하지만 원은 전혀 아무렇지도 않은 척하며 계속해서 과장과 대화를 나누었다.

"모르는 게 많습니다. 잘 부탁드립니다."

"저희야말로 잘 부탁드려야죠."

"그나저나 이쪽은……."

태연한 원의 시선이 드디어 이랑에게로 향했다.

"저희 직원입니다. 정 대리, 뭐 하나. 인사드려."

그제야 화들짝 놀란 이랑이 정신을 차리는 모습이 보였다. 그런 이랑을 바라보는 원의 눈동자에 웃음기가 맴돌았다.

"정이랑입니다."

여전히 당황한 얼굴을 숨기지 못한 채 이랑이 고개를 살짝 숙였다.

"잘 부탁드립니다, 정 대리님."

한쪽 입술을 슬쩍 끌어 올린 원이 손을 내밀었다. 그에 이랑이 미간을 슬쩍 찌푸리는 것이 보였다.

'이 맛에 남자들이 이벤트를 하는 건가.'

물론 일반적으로 남자들이 하는 이벤트와 상당히 달랐지만 원은 그저 즐겁게 이랑의 얼굴을 응시했다.

"정 대리, 기다리시잖아."

마치 원의 의중을 파악이라도 할 것처럼 눈을 가늘게 뜬 이랑이 한숨을 푹 내쉬었다. 그러곤 자신을 향해 뻗어 있는 원의 손을 조심스레 쥐었다.

"저도 잘 부탁드립니다."

어딜.

"얼마 전 모터쇼 브로셔 작업을 정 대리님이 하셨다고 들었습니다."

이렇게 쉽게 이랑의 손을 놓을 수는 없었다. 원은 태연하게 말을 이어가며 그녀의 손을 꽉 쥐었다. 보드라운 작은 손에 묘한 파동이 일어났다.

"마음에 들더군요."

어찌 보면 단조롭기까지 한 그의 음색이었지만, 그와 반대로 손길은 무척이나 뜨거웠다.

"이번 작업도 잘 부탁드립니다."

그는 많은 사람들이 주변에 있는데 오로지 이랑만이 눈에 들어왔다. 연한 갈색 눈동자로 자신을 응시하는 얼굴만이 크게 확대되어 자꾸만 손에 힘이 들어갔다. 하지만 이 이상은 손을 잡고 있을 수가 없었다.

"이만 회의 시작하죠."

무엇보다 계속해서 손을 잡고 있다가는 정말 이랑을 끌어당겨 버릴지도 모른다는 생각이 들었다. 마치 본드가 붙은 것처럼 딱 달라붙어 떨어지기 싫은 손을 원이 겨우 떨어뜨렸다. 그의 눈에 이랑이 입술을 질끈 깨무는 것이 보였다.

"정 대리, 우리도 앉자고."

과장의 말에 고개를 끄덕인 이랑이 여전히 조금은 딱딱하게 굳은 채 자리에 앉았다.

"이번에 출시될 신차 영상부터 보시겠습니다."

모두가 자리에 앉자 회의실에 곧 불이 꺼졌다. 주변이 깜깜해지자 원은 그제야 피식 웃음을 터뜨렸다. 상상했던 것 이상으로 이랑과 같은 공간에 앉아 있는 이 시간이 무척이나 즐거웠다. 자꾸만 바보처럼 히죽대며 올라가는 입술을 숨기기 위해 원은 양손을 들어 깍지를 꼈다. 그러곤 이랑을 응시했다. 빔 프로젝트의 빛이 반사하며 반짝이는 그녀의 말간 얼굴이 보였다.

'왜 저렇게 예쁜 거야.'

알록달록한 빛을 반사하는 이랑의 얼굴은 그야말로 화사하게 빛이 났다. 다른 남자들이 보는 것조차 두려울 정도로. 남들이 알면 고개를 절레절레 흔들 생각을 스스럼없이 하며 원은 이랑의 얼굴을 꼼꼼히 살폈다.

언제 봐도 늘 색다르게 다가오는 얼굴이었다. 과연 저 얼굴에 정말 태연해지는 날이 오긴 올까. 일정한 속도로 팔랑이는 속눈썹을 보고 있자니 문득 쓰다듬어보고 싶다는 충동이 들었다.

시선을 느낀 것일까. 이랑이 역동적으로 끊임없이 변하는 화면에서 눈을 떼 원 쪽으로 슬그머니 돌렸다.

"⋯⋯!"

이랑의 어깨가 눈에 띄게 흠칫했다. 놀란 것이 고스란히 느껴지는 그 눈동자에 다시 웃음이 났다. 그 미소를 발견한 이랑이 황급하게 고개를 돌렸다. 마주 보던 그 시간이 너무 짧게 끝이 나서 그는 아쉬운 마음이 밀려들었다.

잠시 후, 어떻게 지나갔는지도 모를 영상이 끝이 나고 회의실에 환한 불이 들어왔다. 테이블 위에 올렸던 손을 내린 원이 아무일도 없었다는 듯 입을 열었다.

"영상을 보셨으면 아시겠지만, 디자인 자체가 지금까지와 다르게 제법 파격적입니다."

본격적인 미팅의 시작이었다. 원은 차분하게 요지만 간추려, 조금 무뚝뚝하다 싶은 말투로 준비한 말을 나직하게 이어 나갔다.

"색다름을 추구하는 젊은 세대를 겨냥해 나온 차이니만큼⋯⋯."

회의실 안의 사람들의 시선이 모두 원에게 집중되었다. 그 와중에도 원은 자꾸만 이랑에게로 향하는 시선을 애써 자제하려 애썼다. 하지만 그것도 잠시, 결국 원은 자신도 모르게 이랑을 흘깃거리고 말았다. 일할 때 이랑은 어떤 모습인지 무척이나 궁금했다.

"……!"

순간 원의 얼굴이 미세하게 흔들렸다. 이랑이 자신을 빤히 바라보고 있었다. 마치 기습공격을 받은 것처럼 머릿속이 하얗게 백지로 변하는 것 같았다.

잠시 시간이 멈춘 듯했다. 연한 갈색 눈동자가 오롯이 원에게 향해 있었다. 그 모습에 왠지 가슴이 몹시 벅차올랐다. 마치 공간을 뛰어넘은 듯 두 사람의 시선이 맞닿아 떨어질 줄을 몰랐다.

"……장님."

"……."

"팀장님?"

원이 자신도 모르게 멍하게 이랑을 바라보고 있다, 옆에서 제법 크게 자신을 부르는 소리에 화들짝 놀라 그제야 정신을 차렸다.

"큼! 네."

이런, 순간 여기가 어딘지 잊어버렸다. 당황한 원이 서둘러 이랑에게서 시선을 뗐다. 하지만 이랑의 앞에서 어수룩한 모습을 보일 수는 없는 일. 원은 의도한 침묵이었다는 것처럼 헛기침을 하며 목을 가다듬었다. 그러곤 언제 그랬냐 싶게 무덤덤하게 계속해서 말을 이어 나갔다.

"그래서 카탈로그에서도 독특하면서도 세련된, 유니크한 감성을 잘 풀어내야 합니다."

덩달아 화들짝 놀란 이랑 또한 더 이상 원을 바라보지 않았다.

"제가 말한 것들을 잘 반영해서 젊은 사람들의 눈길을 사로잡을 수 있는 디자인으로 잘 부탁드립니다."

"잘 알겠습니다. 팀장님께서 말씀하신 것들을 잘 체크해서 초안 잡아보도록 하겠습니다."

다행히 별 탈 없이 회의가 끝이 났다. 속으로 안도의 한숨을 삼킨 원이 자리에서 일어났다.

"수고하셨습니다."

여전히 무덤덤한 얼굴로 형식적인 인사를 건넨 원이 이랑을 응시했다. 알 수 없는 원의 시선에 다시금 이랑이 입술을 질끈 깨무는 것이 보였다.

'귀엽긴.'

원의 까만 눈동자에 웃음기가 스치고 지나갔다.

원을 필두로 한성자동차 측 사람들이 곧 회의실을 빠져나갔다. 이랑의 시선은 자연히 다른 사람들과 함께 걸음을 옮기는 원의 뒷모습에 고정되었다.

"하아."

문밖으로 원의 모습이 사라지고 나서야 이랑이 꾹 참았던 긴 한숨을 푹 내쉬었다. 그와 한공간에 있다는 것만으로도 모든 신경이 잔뜩 곤두서 숨 쉬는 것조차 조마조마한 기분이었다.

"정 대리, 나 잠깐만. 친구가 기다리고 있어. 1층에서 봐."

대체 얼마나 애절한 친구 사이기에 이렇게 한성자동차에만 오면 친구 타령인 것인지. 어쩐지 멍한 상태로 서 있는 이랑을 보며 말한 과장이 신나는 얼굴로 회의실을 빠져나갔다. 순식간에 홀로 남겨진 이랑은 자신도 모르게 의자에 털썩 주저앉았다.

나갈 때 눈길 한 번 주지 않고 매정하게 걸음을 옮기던 그의 뒷모습이 떠올랐다. 아무렇지도 않아야 하건만 왠지 심장이 욱신거렸다. 아무리 흔들리지 말자 다짐해도 심장이 제멋대로 반응했다.

"그냥 아는 사이잖아. 뭘 섭섭해 하고 그래."

머리를 콩콩 쥐어박은 이랑이 서둘러 자리에서 일어섰다. 그와 함께 있었던 이 공간에서 어서 벗어나고 싶었다.

탁.

그렇게 막 다이어리를 가방 안에 챙겨 넣고 있는데, 뒤에서 회의실 문이 닫히는 소리가 들렸다. 친구를 만나고 온다던 과장이 벌써 온 것인가 싶어 이랑은 대수롭지 않게 고개를 돌렸다. 그런데 오늘만 해도 벌써 두 번째, 이랑은 또다시 멍청하게 입을 벌렸다.

"몹시 좋은 상사를 뒀네요, 정 대리님."

회의실 문을 닫은 원이 몹시 여유롭게 이랑에게 다가왔다.

"이렇게 좋은 기회를 몸소 만들어주시다니."

"오빠."

"억지로 핑계 가져다 붙이며 회의에 참석한 보람이 있어."

어느새 바짝 다가온 원이 나직하게 웃음을 흘렸다. 낮은 그 웃음소리에 왠지 뒷목에 소름이 오소소 돋고 숨이 턱 막혔다.

"왜……"

입안이 바짝 말라 말이 제대로 이어지지 않았다.

"왜?"

이랑의 말을 그대로 따라 하며 원이 그녀를 사이에 둔 채로 팔을 뻗어 책상을 짚었다. 그가 가까이 다가선 만큼 이랑이 주춤거리며 뒤로 물러났다. 하지만 이내 딱딱한 책상에 막혀 더 이상 갈 곳도 없었다.

"왜 모른 척한 거예요?"

"뭘?"

"왜 날 모른 척했냐고요."

애써 태연한 척하는 것과 달리 목소리가 슬쩍 떨려 나왔다. 그것이 고스란히 드러났는지 원이 피식 웃었다.

"알은체하면 혼날까 봐. 난 정이랑이 제일 무섭거든."

무덤덤한 말을 뱉어내는 그의 입술이 바로 눈앞에서 움직이고 있었다. 이랑의 시선이 자신도 모르게 원의 입술에 가만히 고정되었다. 입술을 꾹 깨문 이랑이 까만 눈동자를 피해 서둘러 고개를 돌렸다.

"그런……"

"근데 미안. 네가 마음을 열 때까지 참으려 했는데."

갑작스런 그의 사과에 이랑의 눈동자가 커졌다.

"아까부터 너무 예뻐 보여서 도저히 못 참겠다."

"네?"

"싫으면 지금 돌려. 미리 말하는 거야."

원이 더욱 가까이 다가왔다. 가까이 다가온 원과의 거리만큼 물러설 공간이 이랑에게는 없었다. 어떻게 해야 할지 모르겠는 마음에 이랑의 눈동자가 불안하게 방황하고 있을 때, 닿을 듯 말 듯 다가온 원이 낮게 중얼거렸다.

"피하지 않으면 더 좋고."

웃음기가 살짝 섞인 그 말에 대답할 시간도 없이 곧장 원의 입술이 다가왔다.

"읍."

열기를 품은 두 사람의 입술이 맞닿았다. 갑자기 다가온 원의 입술에 놀란 이랑이 뻣뻣하게 굳었다. 제멋대로 덜컹거리던 심장이 잠시 멈추나 싶더니 이내 그 어느 때보다 더 격렬하게 뛰기 시작했다. 뻣뻣하게 굳은 이랑이 귀여운지 살짝 입술을 뗀 원이 손을 들어 부드럽게 눈을 쓸어내렸다.

커다란 손아래 갇힌 눈이 저절로 닫혔다. 눈이 보이지 않으니 상대적으로 다른 감각이 더욱 살아났다. 가까이 있는 그의 숨결이 고스란히 전해졌다. 그가 낮게 웃는 것인지 작은 파동이 느껴졌다. 그 파동에 따라 모든 감각이 일시에 바짝 서며 온몸이 저릿저릿해졌다.

다시 입술이 맞닿았다. 뜨거운 열기를 품은 그의 입술에 이랑의 가슴이 크게 들썩였다. 굳어 있는 이랑의 입술에 잠시 온기를 불어넣은 원은 이내 이랑의 입술을 깨물었다. 흠칫하며 이랑의 입술이 살짝 벌어졌다. 그 기회를 놓칠세라 그녀의 입안으로 재빨리 들어간 원이 따뜻한 이랑의 속을 마음껏 헤집고 다니기 시작했다. 웃을 때 가지런하게 드러나는 이랑의 치열을 마음껏 쓰다듬기도 하고, 마음에 들지 않으면 습관적으로 꾹 깨무는 입술을 마치 제 것인 양 마음껏 물고 빨았다.

"하아."

제법 긴 입맞춤 후, 살짝 떨어진 입술 사이로 누구의 것인지 모를 나른한 한숨이 흘러나왔다. 여전히 커다란 손안에 갇힌 이랑의 눈은 꾹 감겨 있었다. 마치 현실에서 한참 동떨어진 공간에 원과 단둘이 남겨진 것 같았다. 현실감이 느껴지지 않아 이랑은 자신도 모르게 입술을 질끈 깨물었다.

"입술 짓이기지 말라니까."

낮게 읊조린 원이 꼭 깨문 이랑의 입술에 다시 가볍게 입을 맞췄다.

"자꾸 이상한 상상, 하게 된단 말이야."

위험할 정도로 낮은 그 목소리에 아랫배에서 시작된 짜릿한 감각이 다리 힘이 풀리게 만들었다.

"이제 그만……."

그를 밀쳐내야 한다는 생각이 끊임없이 머릿속을 맴돌았다. 하지만 도저히 그럴 수가 없었다. 손끝에 힘이 하나도 들어가지 않았다. 그저 힘없이 중얼거리는 것밖에 할 수가 없었다.

"이랑아, 나 사실……."

귀 바로 옆에 맞닿은 그의 입술에서 나직한 목소리가 흘러나왔다. 귓속으로 들어오는 따뜻한 그의 숨결에 정말 다리에 힘이 풀리려는 그 순간이었다.

"팀장님은 어딜 가신 거야."

"글쎄. 사무실에도 안 계시던데."

회의실 밖에서 웅성거리는 소리가 들려왔다. 곧장이라도 문을 열고 누군가 들어설 듯해 이랑이 소스라치게 놀랐다. 동시에 이랑은 반사적으로 원을 확 밀치고는 옆으로 물러섰다. 정신이 번쩍 들었다.

"저 먼저 가보겠습니다."

옆에 놓인 가방을 아무렇게나 잡아 쥔 그녀가 서둘러 걸음을 옮겼다. 뒤에서 원이 다급하게 부르는 소리가 들렸지만 이랑의 발걸음은 더욱더 빨라질 뿐이었다.

어떤 사람이 언제 들어올지 모르는 그곳에서 정신을 잃고 원에게 매달려 달뜬 숨을 내뱉었다. 그러다 정말 누군가 들어와 보기라도 했다면, 그랬다면…… 생각하는 것만으로도 아찔해졌다.

"정 대리, 왜 이렇게 늦게 내려와."

"아."

"뭐야. 무슨 일 있었어? 얼굴이 왜 그렇게 빨개?"

과장이 의아한 표정을 지었다. 서둘러 고개를 내저은 이랑이 애써 웃음을 머금었다.

"아뇨, 아무 일도 아닙니다."

"가자고."

"네."

옛날과 똑같았다. 마치 불에 뛰어드는 나방처럼 또다시 원에게 현혹되어 앞뒤 가릴 것 없이 자꾸만 그에게 휘둘리고 있었다.

더 이상 자신을 믿을 수가 없었다. 아무리 이성적으로 원에게 흔들리지 않으려고 마음먹어도 정작 그와 마주하면 언제 그런 다짐을 했는지 새까맣게 잊어버리고 말았다. 그만큼 그는 아찔했고, 치명적이었다.

'아냐. 이건 내가 요즘 너무 제한된 인간관계를 가져서 그래.'

하지만 이랑은 요즘 늘 머릿속 대부분을 차지하고 있는 원의 모습을 결코 인정할 수 없다는 듯 고개를 휙휙 내저었다. 그리고 다부진 표정으로 입술을 질끈 깨물었다. 생각해보니 요즘 정말 폐쇄적인 삶을 살았다. 그렇게 늘 만나는 몇몇 사람들만 만나서 시야가 좁아진 것인지도 몰랐다.

내성을 키워야 했다. 무슨 방법을 쓰든 마음이 좀 더 단단해지기 전까지 원과 마주치지 말아야 했다. 그의 눈짓에, 손짓에, 웃음에 흔들리지 않을 수 있을 때까지 시간이 필요했다. 이성적인 태도로 그를 쿨하게 대할 수 있어야 했다. 설사 그게 진정으로 쿨하지 않고 그저 그런 척하는 것일지라도 좋았다. 일단은 그런 어른스러운 자세를 가질 마음가짐을 만들어야 할 필요가 있었다.

4

기다란 손가락이 톡, 톡 일정한 박자를 타며 책상을 두드렸다. 일정한 소리 사이로 복잡한 심경이 담긴 한숨 소리가 나직하게 흘러나왔다. 커다란 책상에 가만히 앉아 휴대폰을 노려보고 있는 원이 바로 한숨의 주인공이었다.

"흠."

회의실에서의 일이 있은 후, 도망치듯 나간 이랑과 아무리 해도 연락이 닿지 않고 있었다. 응답이 없는 전화기를 붙들기 있기를 한참, 서서히 걱정이 되기 시작했다. 혹시 무슨 일이 있는 것일까, 그것도 아니라면 일부러 받지 않는 것일까. 회의실에서 이랑과 함께 있을 때와 다르게 급격하게 기분이 저조해졌다.

"저, 팀장님."

그때 누군가 사무실에 조심스레 들어와 원을 불렀다. 슬쩍 미간을 찌푸린 채로 고개를 들어 올리자 진석이 보였다. 원의 인상이 더욱더 험해졌다. 이랑과 한창 달콤할 때 회의실 밖에서 떠들썩하게 자신을 찾은 장본인이었다. 덕분에 이랑이 화들짝 놀라서 자신을 피해 휠휠 도망가 벼렸다.

"무슨 일입니까."

의도하지는 않았지만 말에 가시가 잔뜩 박혔다. 그런 원의 기세를 느낀 것일까. 진석이 주춤했다.

"아, 다름이 아니고 오늘까지 해오라고 하셨던 보고서입니다."

조심스레 진석이 내미는 파일을 받아 든 원이 별다른 말 없이 내용을 슬쩍 훑었다. 오전까지만 해도 무척이나 부드러웠던 원의 분위기가 급변한 데 자신이 일조한 것을 모르는 진석이 긴장한 기색이 역력한 채로 섰다.

"제가 지시한 사항이 다 반영되지 않은 것 같습니다."

"네?"

"다시 해오세요."

당황한 진석이 멍한 표정으로 원을 응시했다.

"어떤 부분이……."

원이 자신도 모르게 제법 험하게 얼굴을 찌푸렸다.

"어린아이 가리키듯 잘못된 부분 하나하나 지적해드려야 합니까?"

"아, 아닙니다."

"가보십시오."

"네."

파일을 집어 든 진석이 후다닥 사라졌다. 꽁지가 빠지게 사라지는 뒷모습을 보고 있자니 다시금 울컥 화가 올라왔다.

'일도 제대로 못하면서 중요한 타이밍에 방해나 하고.'

방금 전 진석이 내밀었던 엉망진창이던 보고서를 떠올리며 한숨을 푹 내쉰 원이 미간 사이를 손가락으로 꾹꾹 눌렀다.

드르륵.

마침내 휴대폰이 몸을 부르르 떨었다. 순간 환해진 낯빛으로 휴대폰을 들기도 잠시, 이내 원의 얼굴은 실망으로 흐려졌다. 기다리는 이랑의 연락이 오기는커녕, 계속해서 쓸데없는 사람들만 자신을 찾고 있었다. 원은 민영의 이름이 뜬 휴대폰을 미련 없이 다시 내려놓았다.

"후우."

신경질적인 한숨을 내쉰 원은 애써 컴퓨터 화면으로 시선을 돌렸다.

똑똑.

억지로 정신을 붙들어 일에 집중하고 있는데, 문을 두드리는 노크 소리에 원이 고개를 돌렸다.

"네."

대답이 나가자마자 문이 벌컥 열렸다.

"너, 치사하게 이럴래?"

민영이었다. 전화를 해도 받지 않자 사무실로 직접 찾아온 것 같았다.

"소리 지르더라도 문 닫고 해. 다 들겠다."

"아차."

그제야 정신을 차린 것인지 민영이 바깥쪽을 한 번 휙 훑어보고는 서둘러 문을 닫았다.

"왜."

"전화는 왜 안 받는 건데?"

"몰랐어."

전혀 뜸 들이지 않고도 술술 거짓말이 나왔다. 표정 하나 변하지 않는 원을 잠시 노려보던 민영이 이내 한숨을 푹 내쉬었다.

"이래서 사람들이 외사랑이 힘들다고들 하는가 봐."

"뭐?"

"너한테 일방적으로 목매는 내가 너무 불쌍하다는 생각은 안 들어?"

"헛소리는. 왜 왔는데?"

"이봐, 이봐, 안부도 묻지 않고 곧장 용건부터 궁금해하다니."

원이 피식 웃음을 터뜨렸다. 도도한 외모와 다르게 시원시원한 성격 덕분에 참 편한 친구였다, 민영은.

"매일 보는데 새삼 안부는."

"매일? 아니거든. 우리 정확하게 사흘 만에 얼굴 보는 거거든."

"그 정도면 매일이지."

원이 무덤덤하게 대꾸하자, 무슨 말을 하겠냐는 식으로 민영이 고개를 절레절레 흔들었다.

"오늘 저녁에 시간 좀 내."

"왜?"

"그냥 한 번쯤은 이유 없이 그래, 라고도 좀 해봐라. 넌 어떻게 항상 꼬박꼬박 이유를 묻고 그러냐?"

민영이 울컥하는 표정으로 말을 이었다.

"단 한 번도 '왜'라는 말을 안 한 적이 없는 거 알고 있냐, 이 정 떨어지는 자식아?"

내가 그랬던가. 민영의 말에 원은 조금은 머쓱한 표정을 지었다.

"최원한테 뭘 바라. 너 그래서 여자나 만나겠냐? 나니까 이 정도도 이해하는 거지."

"쓸데없는 걱정은."

"쓸데없는 게 아니거든? 너 말이야, 다른 여자들은 이런 너 이해 못한다?"

왠지 열변을 토하는 민영을 보며 원이 피식 웃었다. 민영이 틀렸다. 애초에 사랑하는 여자에게 이런 행동을 할 리가 없지 않은가.

"날 다 안다고 생각하지 마."

씩 웃으면서 하는 말에 민영이 순간 말문이 막힌 듯 멍한 표정을 지었다.

"너, 너……."

"그래서, 저녁에 뭐 하려고."

어버버거리는 민영에게 다시금 원이 물었다.

"됐다, 됐어. 내가 졌다, 그래."

결국 민영은 포기했다는 듯 한숨을 푹 내쉬었다.

"저녁이나 먹자. 나 한국 오고 나서 한 번도 밥 먹은 적 없잖아."

"오늘?"

"안 된다고 하지 마. 나 아직 새 직장에 다 적응이 안 되어 조금 서러운 참이니까. 너까지 거절하면 무척이나 자괴감이 들 거야."

뭘 또 자괴감씩이나. 하지만 결국 원은 고개를 끄덕이고 말았다. 마이클의 제안이 있긴 했지만 따지고 보면 원을 보고 한국에 들어온 것이나 마찬가지인 민영에게 너무 무심한 듯했기 때문이다.

"알았다. 뭐 먹고 싶은지 생각해봐."

"비싼 데 가도 돼?"

"그래."

원의 대답이 꽤나 만족스러웠는지 민영이 얼굴 가득 환한 미소를 지었다.

"오케이. 나중에 봐요, 최 팀장님."

한쪽 눈을 찡긋한 민영이 들어올 때와 다르게 얌전하게 사무실을 나갔다. 순식간에 조용해진 사무실 안에 홀로 남은 원은 잠시 이마를 긁적였다. 이랑을 찾아가는 것은 다음으로 미뤄야 할 것 같았다.

어둠이 내려앉은 거리 사이로 하나둘 전등이 켜지며 저녁을 환하게 밝히기 시작한 시간이었다. 고급스러운 한 레스토랑 앞에 내린 이랑은 등을 꼿꼿하게 세웠다. 오랜만에 몸에 달라붙는 원피스를 꺼내 입었더니 저절로 힘이 들어갔다.

"하아."

아찔하게 올린 속눈썹이 어쩐 일인지 무겁게 느껴졌다. 퇴근하자마자 서둘러 집으로 가 옷을 갈아입고 화장도 꼼꼼하게 고쳤다. 자주는 아니지만 가끔 기분전환 삼아 종종 하던 차림이었다. 그런데 오늘따라 왜 이리도 몸에 맞지 않은 옷을 입은 것처럼 마음이 묵직한지 모르겠다.

'약속을 괜히 잡았나.'

갑자기 후회가 밀려들었다. 도저히 움직일 생각을 하지 않는 발걸음을 그 자리에 고정시킨 채 이랑은 눈앞에 있는 레스토랑을 물끄러미 바라보았다.

이랑은 지금 자신에게 꽤나 목을 많이 매던 남자를 만나러 온 길이었다. 고등학교 친구 SNS에서 자신의 사진을 보고 적극적으로 구애해서 몇 번 만난 적이 있던 남자였다. 직업, 외모, 성격 어느 것 하나 나쁘지 않았다. 다만, 흠이라면 마음이 가지 않는 것이랄까.

'아냐, 이러면 안 돼. 좋게 생각해야 돼.'

객관적으로 봤을 때 원보다 이 남자가 더 나았다. 젊은 나이에 벌써 자기 이름으로 된 카페 프랜차이즈를 운영하고 있는 능력 있는 CEO인 데다 집안도 무척이나 좋았다. 여자라면 당연히 이 남자에게 더 끌려야 했다. 다른 남자를 만난다면 이렇게 원에게 흔들리는 것은 흔적도 없이 사라질지도 모른다. 그렇게 되면 시도 때도 없이 떠오르는 원의 잔상도 지워질 것이다.

이랑은 불안하게 날뛰는 심장을 애써 무시하고 크게 한숨을 내쉰 뒤 드디어 발걸음을 움직였다. 은은한 음악이 흐르는 실내에 들어서자 레스토랑 한편에 앉아 있던 남자가 일어서서 이랑을 불렀다.

"이랑 씨."

훤칠한 자태를 드러내며 남자가 손을 흔들자, 이랑은 반사적으로 싱긋 웃음을 머금었다.

"동준 씨, 죄송해요. 제가 조금 늦었죠?"

"원래 미인은 클라이맥스에 등장해야 하는 법이죠."

장난스럽게 눈을 찡긋한 동준이 이랑의 앞으로 와 의자를 당겨 주었다.

"앉으시죠."

"감사합니다."

눈웃음을 지어준 뒤 의자에 앉았는데, 어쩐 일인지 한숨이 흘러나왔다.

"살짝 물어보니까 오늘 A코스 재료들이 신선하다 해서 그걸로 주문했어요. 괜찮으시죠?"

"네."

아무렇지 않은 표정을 짓고 있었지만 벌써부터 피곤했다. 들어오기 전에 그렇게 다짐했건만 억지로 웃는 얼굴 근육에 경련이 이는 것 같았다.

"그나저나, 우리 정말 오랜만이죠? 그동안 왜 이렇게 연락이 힘들었어요."

"바빠서요. 그동안 별일 없이 잘 지내셨죠?"

"저야 항상, 뭐. 하하."

동준이 사람 좋은 웃음을 짓는 사이 서버가 와인을 들고 왔다.

"와인 괜찮으시죠?"

"……."

"이랑 씨?"

"네?"

"와인 별로예요?"

"아, 아뇨. 괜찮아요."

와인을 보며 멍하니 있던 이랑은 서둘러 표정을 수습하며 웃음 지었다. 와인을 보니 제멋대로 원이 떠올랐다. 그날 마신 와인이 처음인 것도, 좋은 기억이 있는 것도 아닌데도 그랬다. 오로지 원과 했다는 그 이유만으로 모든 것이 다 그 중심으로 돌아가고 있었다.

'이 정도면 중증이다. 진짜.'

알게 모르게 한숨을 푹 내쉰 이랑은 서버가 따라준 와인잔을 조심스레 들었다. 그러곤 동준과 가볍게 부딪치고 한 모금 가볍게 머금었다. 와인 특유의 향과 함께 떫은맛이 입안을 감돌았다.

"여기 분위기 어때요?"

이랑이 고개를 들어 예사로 주변을 휙 훑었다.

"좋네요."

"음식 맛도 기대해도 좋을 거예요. 여기 셰프가 제법 유명하거든요."

"그래요? 동준 씨 말대로 정말 기대……."

말을 이어가던 이랑이 순간 흠칫했다. 무엇에 그리 놀랐는지 화들짝 놀란 그녀가 서둘러 시선을 내렸다.

"맙소사."

마치 거짓말처럼 원이 앉아 있었다. 그것도 멀지 않은 곳에. 이랑은 반사적으로 손을 들어 얼굴을 가리더니 손 너머를 연신 흘긋거리기 시작했다.

"이랑 씨? 왜 그래요?"

"아, 아뇨."

"누가 있어요?"

의아한 표정으로 동준이 고개를 돌렸다. 아니, 돌리려 했다.

"아뇨, 없어요. 없다니까요."

당황한 이랑이 과장되게 웃으며 동준의 손을 덥석 잡아 쥐었다. 순간 동준이 놀란 표정을 지으며 자신의 손등 위에 놓인 이랑의 손을 멍하니 바라보았다.

"이랑 씨, 지금……."

믿기지 않는다는 듯, 짐짓 감격스러운 그 얼굴에 그제야 정신을 차린 이랑이 서둘러 손을 떼어냈다.

"아, 죄송. 아무도 없다는데 자꾸 돌아보시려고 하니까. 하, 하."

머쓱한 표정으로 어색하게 웃은 이랑이 이내 과장되게 눈을 끔

삐거렸다.

"갑자기 눈에 뭐가 들어간 것 같아서 그랬어요."

"눈에? 괜찮아요?"

"네, 괜찮아요."

이랑은 애써 웃음을 지으며 대답했다. 그때, 애피타이저가 나왔다. 잠시라도 시야를 가려주는 서버가 다가와 얼마나 다행인지 몰랐다.

아직 원은 자신을 보지 못한 것 같았다. 하지만 그가 언제든지 이랑을 발견할 수 있었다. 안 그래도 불편하던 자리가 더욱더 못 견딜 정도로 좌불안석이 되었다.

입안도 바짝바짝 마르기 시작했다. 아직 마음이 단단해지지 않았다. 쿨해지기는커녕 원을 보기만 해도 심장이 제멋대로 벌렁거리고 있었다. 마치 엄마 몰래 나쁜 짓을 하다가 들켰을 때의 심정이라고나 할까.

"그럼 즐거운 시간 되십시오."

마지막 접시를 내려놓은 서버가 정중하게 인사를 건네고는 몸을 돌렸다. 그런 서버의 옷깃을 꽉 잡아 쥔 이랑이 자신도 모르게 애절하게 입을 열었다.

"가지 마세요!"

순간, 이랑의 테이블에 엄청난 침묵이 맴돌았다. 맞은편에 앉아 있던 동준은 멍하니 입을 벌렸고, 졸지에 발길이 묶인 서버는 화들짝 놀라 자신의 옷깃을 잡고 있는 이랑을 바라보았다.

"……손님?"

"저기, 그게…… 그러니까."

서버의 옷깃을 더욱더 세게 잡으며 이랑이 간절한 표정을 지었다.

"가지 마시고…… 물 좀 더 달라구요."

여전히 이랑의 손은 서버의 옷깃을 잡고 있는 상태였다.

"알겠습니다. 근데 그러려면 옷을 놔주셔야……."

난감한 표정으로 서버가 손을 가리키자, 그제야 알았다는 듯 과장된 웃음을 터뜨린 이랑이 미적거리며 손을 뗐다.

"어머, 죄송해요. 손이 거기 가 있는지도 몰랐네요."

"그럼 물 가져다드리겠습니다."

아아, 임은 가셨습니다! 푹신한 레스토랑 카펫을 밟으며 주방을 향하여 난 작은 길을 걸어서 나를 떨쳐버리고 가셨습니다!

이랑은 서버가 사라지는 그 순간, 당장이라도 세상이 무너질 것만 같은 절망적이 표정을 지었다. 안절부절못하며 손을 뻗은 그녀가 잡히는 대로 벌컥벌컥 들이켰다. 잔속에 담긴 붉은 액체가 곧장 이랑의 입속으로 사라지기 시작했다.

"……!"

자신이 들이켜는 것이 와인이라는 것을 깨달을 그 무렵, 이랑은 그대로 얼음이 되었다. 까만 눈동자와 정면으로 눈을 마주치고 말았다.

"켁."

꿀꺽꿀꺽 잘 넘어가던 와인이 갑자기 목에 턱 걸렸다. 사레가 들린 것처럼 기침이 튀어나왔다.

"콜록콜록."

"괜찮아요?"

고개를 푹 숙인 후 괜찮다는 표시로 끄덕거렸다. 그러는 와중에도 기침은 멈추지 않고 계속해서 튀어나왔다.

"이런."

앞에 앉아 있던 동준이 당황하며 이랑 쪽으로 다가왔다. 그러더니 다정하게 등을 두드려주며 냅킨을 건넸다.

"괘, 괜찮아요."

보지 않아도 옆얼굴에 꽂히는 이글거리는 시선에 마치 얼굴이 타버리는 것 같았다. 언제 터질지 모르는 불안한 폭탄을 안고 있는 듯 불안해진 이랑이 서둘러 동준의 손을 떼어냈다.

"죄송해요. 사레가 걸렸나 봐요."

"괜찮아요?"

"네, 괜찮아요."

그제야 동준이 안심한 듯 제자리로 돌아갔다. 그런 그를 바라보며 이랑은 입술을 질끈 깨물었다. 동준이라는 방패막이 사라진 지금, 이랑은 왜 당장 자리에서 일어나지 않았는지 몹시 후회가 되기 시작했다. 몸을 가리고 있던 동준이 없어지자 이글거리는 시선이 적나라하게 느껴졌다.

"여기 물이요."

"네."

동준이 건네는 컵을 받아 들었다. 그러자 볼에 꽂히는 시선의 열기가 더욱더 뜨거워졌다. 이래서야 아무것도 못할 것 같았다.

간신히 물을 몇 모금 들이켠 이랑은 왜 하필 이 레스토랑으로 온 것인지 애먼 동준이 다 원망스러울 지경이었다.

'잠깐. 내가 왜 이렇게 죄 지은 것처럼 있어야 하는 거야?'

자신이 이토록 잘못한 것처럼 안절부절 못할 이유도, 원이 저토록 화난 것처럼 자신을 바라볼 이유도 없었다. 두 사람은 그럴 사이가 전혀 아니었다.

차라리 잘되었다. 원과 재회했을 때, 원래 이랑은 그날 그에게 무척 근사해진 자신을 보여주려 했었다. 뜻하지 않은 원과의 원나잇 이후 모든 것이 흐지부지되긴 했지만, 그때 보여주려 했던 것을 지금 보여주면 될 것 같았다. 거기까지 생각한 이랑은 애써 피하던 원을 시선을 정면으로 응시했다. 나 이런 여자야, 하는 표정으로 싱긋 웃어주려 했다.

하지만 웬걸, 금방 그녀의 얼굴은 눈에 띄게 흔들리기 시작했다. 그와 마주 보고 앉은 사람의 뒷모습은 요리 보고 조리 봐도 여자가 분명했다.

'감히 다른 여자랑 이런 데를 왔단 말이지.'

자신도 모르게 마치 바람난 남편을 훔쳐보는 것처럼 이랑은 잔뜩 못마땅한 표정을 짓고 있었다. 물론 그녀의 머릿속에는 자신 또한 원이 아닌 다른 남자와 함께 있다는 생각은 어디론가 사라지고 없었다. 자신은 남자랑 와도 되고, 원은 여자랑 오면 안 된다는 법이 있기라도 한 것처럼 이랑이 눈을 가늘게 떠 여자의 뒷모습을 연신 살폈다.

앞모습의 상태는 어떤지 모르겠지만 일단 뒷모습은 충분히 경계 대상감이었다. 정성스레 세팅된 머리하며, 그 머리를 자연스럽게 쓸어 넘기는 손길까지. 그것도 무려 목 라인과 브이 라인이 살아 있는 여자만이 할 수 있다는 한쪽으로만 머리를 다소곳하게 모아놓은 상태였다. 마음에 드는 남자에게 자신의 여성스러움을 극도로 어필하려는 것이 틀림없었다. 이랑의 이마에 빠직 힘줄이 솟았다.

"이랑 씨?"

"……."

"이랑 씨!"

"아! 네?"

테이블 위에 놓인 자신의 손을 동준이 살짝 흔들지 않았다면 이랑은 계속해서 원의 테이블을 노려볼 뻔했다.

"괜찮아요?"

동준이 걱정스런 표정을 짓고 있었다. 자신의 손을 토닥이는 동준의 손을 반사적으로 피하려던 이랑은 무슨 생각을 한 것인지 그대로 손을 두었다.

"네, 괜찮아요. 약간 멍했네요."

싱긋 웃어준 뒤 원을 흘깃 바라보니 아니나 다를까. 그의 표정이 무척이나 험악해져 있었다. 그 표정에 묘한 쾌감이 올라왔다.

'흥! 나도 이런 근사한 남자랑 왔다고.'

마치 어린아이가 비교를 하는 것처럼 유치한 생각을 한 이랑은 동준을 향해 다정한 웃음을 지었다. 동준을 만난 뒤 처음으로 나온 무척이나 살가운 표정이었다.

"놀라셨죠?"

"제가 놀란 게 문젠가요. 혹시 무슨 문제가 있나 싶어 걱정했 잖아요. 그나저나, 와인이 다 떨어졌네요. 한 잔 더 할래요?"

"좋죠."

이랑은 원을 의식하며 눈꼬리를 더욱 곱게 휘었다. 누가 봐도 저 테이블 분위기가 참 좋구나 싶을 정도로 환하게.

고급스럽고 우아한 레스토랑 안은 도란도란 이야기를 나누는 사람들 사이로 부드러운 웃음소리가 허공을 맴돌았다. 은은한 와 인 향에 홀로 심각한 표정이 된 원은 자신도 모르게 주먹을 불끈 쥐었다.

'최소 두 잔째.'

아까 눈 마주쳤을 때 와인을 마시던 모습을 봤으니, 이랑은 지 금 최소 두 잔 이상의 와인을 마시고 있다는 말이 되었다. 이랑이 와인에 얼마나 약한지 몸소 경험해서 잘 알고 있었다. 물론 자신 의 앞에서라면 그런 것은 상관이 없었지만 지금 이랑의 앞에 원이 아니라 다른 남자가 있었다.

원의 눈동자가 더욱더 깊게 가라앉았다. 이랑과 눈이 마주쳤을 때 순간 헛것을 본 줄 알았다. 너무 보고 싶어서 보이는 환상 말이 다. 하지만 진짜였다. 진짜 정이랑이 앉아 있었다. 다만, 문제는 이랑의 맞은편에 앉은 사람이 자신이 아니라는 것 정도랄까. 원은 이랑의 이름을 부르는 남자의 뒷모습을 바라보며 아래턱을 꽉 깨 물었다.

분명 이랑도 자신을 본 것이 맞았다. 그런데도 저렇게 태연하게 앉아 있다는 것은 대략 두 가지 경우가 있을 수 있다. 첫 번째, 저 남자와 아무 사이가 아닐 때. 그리고 두 번째, 저 남자가 자신보다 더 중요한 남자일 때. 거기까지 생각한 원의 눈동자에 불길이 일었다.

"원아, 안 먹어?"

자신보다 더 중요한 남자라니. 물론 아닐 수도 있지만, 그럴 수 있다고 생각하는 것만으로도 머리가 어질할 정도로 화가 솟구쳤다.

"원아?"

"……."

"야! 최원!"

앞에 앉아 있던 민영이 크게 원의 이름을 부르자 그제야 정신이 돌아왔다.

"뭘 그렇게 봐?"

"아니."

"누구, 아는 사람이라도 있어?"

예사로 고개를 돌린 민영이 주변을 슥 훑어보고는 다시금 원에게로 시선을 돌렸다. 그리고 그 순간, 원은 보았다. 민영을 바라보는 이랑의 시선을.

"이 시간만은 나한테 집중을 좀 해주지?"

앞에서 민영이 뭐라고 하고 있었지만 이미 원에게는 들리지 않았다. 지금 그에게 중요한 것은 이랑의 생각이었다.

"저녁을 사달라는 건 표면적인 의미고, 그 속에는 많은 뜻이 내포되어 있었단 말이야."

아무렇지도 않게 웃고 있는 것도 잠시, 분명 민영의 얼굴을 확인한 이랑의 눈동자가 제법 많이 흔들렸다. 그리고 지금까지 이랑은 눈에 띌 정도로 인상을 찌푸린 채 자신을 노려보고 있었다. 그 눈동자 안에는 약간의 배신감, 그리고 충격이 가득했다.

"갑자기 미국에서 뚝 떨어진 우리 둘은 팀에서 조금 낯선 사람들이잖아. 그러니까 우리끼리 잘 힘을 합해서……."

민영이 계속해서 주절주절 말을 이어가고 있었다. 하지만 원의 눈동자는 이랑에게만 집중되어 있었다. 그런 까만 눈동자에 웃음기가 슬쩍 스치고 지나갔다. 마음이 조금 놓였다. 꽉 물고 있던 아래턱도 편안하게 풀었다.

'나랑 게임을 하자, 이거지.'

당장이라도 자리에서 일어나 이랑의 손을 잡고 이곳을 벗어나려던 생각을 조금 수정했다. 커다란 눈망울로 자신을 노려보는 것조차 귀여워 죽을 지경이었다. 이 정도면 중증일지 모르겠지만, 다른 남자와 있는 와중에도 끊임없이 자신을 의식하고 있다는 것을 알아차린 지금, 조금은 더 다른 남자와 이랑을 그대로 둘 참을성이 생겼다. 그래서 장단을 맞춰주기로 했다.

단, 더 이상 와인만 마시지 않는다면.

그렇게 원은 매의 눈으로 이랑의 와인잔을 감시하기 시작했다.

한편, 이미 얄팍한 수가 다 드러났다는 것을 아는지 모르는지 이랑은 누구 보란 듯이 열심히 동준에게 예쁘게 웃어주었다. 하지만 그것도 잠시, 곧 입가에 경련이 이는 듯했다.

의식적으로 남에게 보여주기 위한 미소는 무척이나 사람을 피곤하게 만드는 것이었다. 그 사실을 이런 기회로 알게 될 줄은 몰랐다 생각하며, 이랑은 다시금 원의 테이블을 흘깃 살폈다. 슬쩍 미소를 띤 얼굴로 앉아 있는 원이 보였다. 그 모습에 억지로 짓고 있던 미소가 설핏 무너져 내렸다.

'진짜 못해먹겠네.'

속으로 신경질적으로 중얼거린 이랑이 억지로 표정을 가다듬으며 동준을 향해 입을 열었다.

"저 잠시만요."

"네."

자리에서 일어선 이랑은 무릎 위에 놓여 있던 냅킨을 아무렇게나 둔 뒤 서둘러 화장실로 향했다.

"휴……."

차가운 물을 틀어 손을 담그자 절로 짜증 섞인 한숨이 푹 나왔다. 다른 남자와 다정한 모습을 보여주려 했건만 웬걸, 시간이 갈수록 이랑의 감정만 들끓어 오르고 있었다.

"나랑 키스한 지 며칠이나 지났다고! 근데 벌써 다른 여자랑 이런 델 온단 말이야?"

잔뜩 신경질적으로 중얼거린 이랑이 차가운 물을 철떡철떡 쳤다.

"키스도 저 여자랑 하지 왜 나한테 한 거래."

마음에도 없는 말이었지만, 하면 할수록 더욱더 성질이 울컥거리며 올라왔다. 왜 이렇게 신경질이 나는지 생각할 생각도 하지 않은 채, 그렇게 이랑은 성질을 내고 있었다.

"짜증나, 진짜."

한 번 더 물을 철퍽철퍽 쳐낸 뒤 그녀가 물을 껐다. 물이 쏟아지던 것이 멈추자 순간 화장실 안에 조용한 침묵이 내려앉았다. 그 침묵에 또다시 한숨이 새어 나왔다. 원에게 벗어나려고 다른 남자를 만나러 왔더니 거짓말처럼 다시 그와 마주치고 말았다. 마치 누군가 내려다보면서 장난을 치는 것 같았다.

어쩌면 처음부터 무리였는지도 모른다. 원을 상대로 그런 어쭙잖은 모습을 보여주려고 했던 것도, 이런 어설픈 장난을 치려고 했던 것도 모두 다 말이다. 여전히 그는 이랑이 상대하기엔 조금은 버거운 상대였다.

더 이상 여기에 있을 자신이 없었다. 안 그랬다가는 엉뚱한 동준에게 신경질을 낼지도 몰랐다. 그건 동준에게도 예의가 아니었다. 아니, 이미 예의가 아닌 짓을 벌이고 있었다. 원을 잊자고 다른 남자를 만나기로 하다니.

이랑이 고개를 절레절레 흔들었다. 원을 만난 뒤, 모든 것이 뒤죽박죽으로 엉킨 것만 같았다. 돌아가자마자 동준에게 말해 이 레스토랑을 나가야 할 것 같았다. 이랑이 거울을 보고 기합을 넣듯 크게 숨을 들이켰다. 그렇게 단단히 마음을 먹고 화장실을 나섰건만, 얼마 못 가 그녀의 그런 결심은 어디로 갔는지 흔적도 없이 사라지고 말았다.

"정이랑."

나가자마자 원과 딱 마주쳤다. 방금 전까지 짜증난다며 신경질을 내던 모습은 어디로 갔는지 이랑의 발걸음은 원의 앞에서 딱 멈춰서고 말았다. 설마 자신을 기다린 것일까.

"……오빠."

마치 한숨처럼 그를 부르기도 잠시, 이랑은 강렬한 원의 눈빛에 꼼짝달싹할 수 없이 매인 사람처럼 가만히 서 있었다. 원은 그녀를 가만히 응시하다 나지막이 입을 열었다.

"재미없지 않아?"

"네?"

뜬금없는 물음이었다. 하지만 원은 더 이상 아무런 말을 하지 않은 채 이랑의 손을 강하게 움켜쥐었다. 그러곤 화장실 옆에 위치한 작은 문 쪽으로 향했다.

"오빠?"

낯선 곳으로 향하는 것에 당황한 이랑이 그를 불러보았지만 원의 걸음은 멈추지 않았다.

탁.

이랑과 함께 작은 공간에 들어선 그가 단단하게 문을 걸어 잠갔다. 그 후 다시금 강한 눈길로 이랑을 가만히 응시하기 시작했다.

조용한 침묵이 내려앉았다. 그 침묵에 왠지 목이 바짝 말라왔다. 원과 마주하고 있는 사이로 알싸한 먼지 냄새가 올라왔다. 낯선 공간은 원래 휴게실이었던 듯했으나, 지금은 창고로 쓰는 곳

같았다.

"그래서, 어땠어?"

그가 얼굴을 성큼 들이밀었다.

"네, 네?"

"날 두고 저울질하니까 어땠냐고."

"그게 무슨……."

이랑은 모른 척 말을 이어가려 했지만 곧 말문이 딱 막히고 말았다. 흔들림 없이 자신을 응시하는 까만 눈동자에 그렇지 않다는 말이 도저히 나오지 않았다. 아무런 말을 하지 못하는 이랑을 보며 원이 피식 웃었다. 말하지 않아도 다 안다는 그 웃음에 발끈하려는 찰나, 원이 다시 말을 이었다.

"뭐, 형식적 취조는 여기까지. 답은 이미 알고 있거든."

알 수 없는 그의 말에 이랑의 미간이 움찔했다. 뭔지는 잘 모르겠지만 왠지 그의 손바닥 위에 있는 것만 같은 느낌이 들었다.

"그날 기억해?"

"네?"

"우리 말이야, 다시 만났을 때도 꼭 이랬는데."

그의 말투가 은근해졌다. 동시에 두 사람의 얼굴이 한결 더 가까워졌다.

"그때, 내가 무슨 생각 한 줄 알아?"

이랑은 아무런 말을 하지 못했다. 아니, 아무런 말도 할 수가 없었다. 조금이라도 움직이면 닿을 것 같은 그의 얼굴 앞에서 감히 입을 열 수가 없었다. 그런 이랑을 바라보는 까만 눈동자에 웃음기가 살짝 어렸다.

"이런 생각."

홀린 듯 까만 눈동자를 바라보고 있자니 원의 단단한 다리가 이랑의 허벅지 사이로 불쑥 끼어들었다. 언제 웃음기가 어렸냐는 듯 눈동자가 더욱더 까맣게 가라앉았다.

"저런 생각."

낮은 읊조림 사이로 그의 입술이 깃털처럼 가볍게 이랑의 입술을 스치고 지나갔다.

"……!"

이랑의 눈동자가 더욱더 커졌다. 지독히 자극적인 숨결을 내뱉는 그의 입술이 어느새 이랑의 귓가로 다가갔다. 동시에 팔을 잡고 있던 손이 그녀의 허리를 강하게 움켜쥐었다. 이랑의 입에서 자신도 모르게 가쁜 호흡이 튀어나왔다. 그 호흡에 맞춰 원이 이랑의 귓불을 살짝 깨물었다.

"아앗."

놀라서 자신도 모르게 휘청거리는 이랑의 허리를 원이 단단하게 잡아왔다.

"또 이런 생각."

고개를 좀 더 내린 원이 이랑의 목에 얼굴을 파묻고 깊은 숨을 들이켰다. 목에 닿은 뜨거운 그의 숨결에 가슴이 들썩일 정도로 호흡이 가빠졌다.

"하아."

갑자기 몹시 갈증이 났다. 마치 회사에서 원과의 갑작스런 키스 이후, 그 열기가 아직 사라지지 않고 내부에 잠식하고 있었던 것처럼 그의 손길이 닿자마자 화르륵 불타올랐다. 뜨거운 열기에 머릿속이 어질해졌다.

"그리고 회사에서는 말이야, 또 무슨 생각을 한 줄 알아?"

묘한 기대감이 들었다. 그는 또 어떤 생각을 했을까. 아니, 무척 궁금하기도 했지만 한편으로는 더 이상 듣고 싶지 않기도 했다. 백 마디의 말보다 그저 어서 빨리 그의 입술이 다가와 바짝 마른 자신을 촉촉하게 적셔줬으면 하는 성마른 조급증이 밀려왔다. 이미 원에게 사로잡혀 버린 지금, 이랑은 지금 여기가 어딘지, 그리고 왜 왔는지조차 까맣게 잊어버리고 있었다.

"아……!"

이랑이 가슴이 들썩일 정도로 잔뜩 떨리는 숨을 들이켰다. 그녀의 허리를 꽉 감싸 쥔 원은 하체를 바짝 붙여왔다. 두 사람의 하체가 한 치의 빈틈도 없이 딱 맞아떨어졌다.

"이런 야한 생각."

이랑은 가쁜 숨을 내쉬며 원의 팔뚝을 의지하듯 꽉 잡았다. 분명 몇 겹의 천이 두 사람 사이를 가로막고 있는데도 그 어느 때보다 더 자극적으로 느껴졌다. 그런 이랑을 바라보며 한쪽 입술 끝은 삐뚜름히 들어 올린 원이 슬쩍 몸을 떨어뜨렸다. 그러곤 몸매라인이 고스란히 드러나는 원피스를 입은 이랑의 몸을 대놓고 훑어보았다.

"그렇게 난 정신을 못 차렸는데, 넌 나한테 한 번도 보여주지 않은 이런 예쁜 모습으로 딴 남자를 만나러 왔단 말이지."

못마땅한 표정으로 눈썹을 찌푸린 그의 까만 눈동자에 짜릿한 감각이 척추를 타고 올라 온몸을 뒤흔들었다. 질투 섞인 그 눈동자에 왜 이런 만족감이 드는지는 모르겠지만 묘한 쾌감이 올라왔다.

그가 질투를 하고 있다.

그 사실 하나만으로도 그 전까지 솟구치던 짜증은 거짓말처럼 순식간에 아드레날린으로 바뀌기 시작했다. 그리고 그렇게 온몸으로 퍼진 이상야릇한 호르몬은 다른 여자의 뒷모습이나 훔쳐보던 이랑을 세상에서 둘도 없는 대담한 여자로 만들었다.

'이렇게 질투를 할 거면서 감히 다른 여자와 여길 왔단 말이지.'

전신을 돌아 다시 머리로 돌아온 아드레날린이 이성을 흐릿하게 했다. 여전히 자신이 다른 남자와 온 것은 생각지도 않은 채 이랑은 언제 당황했냐는 듯 앙큼한 미소를 머금었다.

"거짓말."

팔을 들어 올린 그녀가 그의 가슴팍에 가만히 손을 올려놓았다.

"말과 행동이 사뭇 다르네요."

이랑이 해사하게 웃었다. 그저 웃으며 가슴에 손을 대고 있는 것뿐인, 어찌 보면 아무것도 아닌 행동이었건만, 그런 이랑을 바라보는 원의 목울대가 크게 출렁거렸다.

이랑은 더욱더 진하게 웃으며 손가락으로 작은 동심원을 그리기 시작했다. 그 손길에는 차마 말로 표현하지 못하는 질투, 그 질투를 대놓고 드러내놓지 못하는 조급함, 그리고 아직 정체를 모르는 미지의 여성에 대한 경계심 등이 복잡 미묘하게 섞여 있었다. 그리고 그런 복잡한 감정 중 가장 많은 부분을 차지하고 있는 것은 바로 미지의 여성에 대한 잔뜩 날이 선 경계심이었다. 그 모든 것이 이랑답지 않은 끈적거림을 동반한 말로 튀어나왔다.

"그런 사람치고는 너무 금방 다른 여자와 왔다고 생각하지 않아요?"

이랑이 그린 동심원이 원의 가슴에 파동을 일으키고 지나갔다. 여전히 앙큼한 미소를 짓고 있는 그녀를 내려다보던 원이 피식 웃었다. 그의 얼굴에 웃음이 감돌자 이번에는 반대로 이랑의 얼굴에 맺혀 있던 웃음기가 사라졌다.

"왜 웃어요?"

"명백한 도발이군."

"네?"

그가 이런 자신의 감정을 알아차린 것일까. 자신도 모르게 마치 속마음을 들키기라도 한 것처럼 발끈하는 이랑의 얼굴 쪽으로 원의 고개가 천천히 아래로 향했다.

"여자들은 잘 몰라. 이런 긴장관계에서는 국지적 도발이 훨씬 더 위험하다는 걸."

"그게 무……. 읍!"

감질나게 닿을 듯 말 듯 스쳐 지나가기만 했던 두 사람의 입술이 드디어 만났다. 마치 목마른 사람이 맑은 샘물을 만난 것처럼 원은 이랑의 숨결을 하나도 남김없이 곧장 들이켰다. 원의 가슴팍에 놓인 이랑의 손은 어느새 그의 와이셔츠 자락을 구기며 꽉 잡아 쥐었다. 이랑의 몸속에 차곡차곡 쌓이던 아드레날린이 고작 입맞춤 하나로 격발되는 것처럼 활활 불타오르기 시작했다.

쿵.

거친 호흡을 나누던 중 이랑의 등이 벽에 작은 소리를 내며 부딪혔다. 하지만 두 사람은 거기에 아랑곳하지 않은 채 계속해서 서로의 입속을 탐닉하기에 바빴다.

"하아."

살짝 떨어진 입에서 누구의 것이지 모를 나른한 긴 한숨이 튀어나왔다. 이랑의 입술을 마음껏 탐한 원의 입술이 조금씩 아래로 향하기 시작했다. 아름다운 곡선을 그리며 휘어진 가느다란 목줄기를 훑어 내리는 동시에 이랑의 허리를 감싸고 있던 원의 손이 슬쩍 위로 올라가 원피스 지퍼를 조금씩 내렸다. 활짝 벌어진 원피스 지퍼 덕분에 그녀의 여린 어깨가 고스란히 원의 눈앞에 노출되었다. 공기에 노출된 맨살에 오소소 소름이 돋았다.

"……!"

순간 열기로 흐릿해졌던 이랑의 눈동자가 다시 맑아졌다. 그런 이랑을 아는지 모르는지 등을 구부린 원이 이랑의 원피스 자락을 이빨로 살짝 물어 더욱더 아래로 내렸다. 동시에 원의 눈동자가 더욱더 까맣게 내려앉았다. 거의 다 벗겨지다시피 한 원피스 사이로 드러난 앙증맞은 속옷 아래 감춰진 봉긋한 가슴이 바로 그의 눈앞에서 들썩이고 있었다. 원의 목울대가 크게 움직였다. 그의 고개가 자연히 자신을 유혹하는 조그만 둔덕으로 향했다. 작은 공간 안의 공기가 한층 더 후끈 달아오르기 시작한 그때, 원은 자신도 모르게 눈썹을 잔뜩 찌푸렸다.

"여기까지."

언제 열에 들떴냐는 듯 멀쩡해진 이랑이 원의 얼굴을 양손으로 잡았다. 원하던 바를 이루지 못한 원의 얼굴이 못마땅하게 변해 있었다.

"왜……."

"국지적 도발이라면서요?"

"뭐?"

"난 평화주의자라 전쟁을 일으킬 생각이 없거든요."

슬쩍 웃음을 흘린 이랑이 원의 볼을 양손으로 톡톡 두드렸다. 그러곤 손을 내려 흘러내린 옷을 잡고 그에게서 한발 벗어났다.

"정이랑."

원이 마치 앓는 듯 이랑의 이름을 부르며 이마를 짚었다. 하지만 아랑곳하지 않으며 이랑은 서둘러 옷깃을 여몄다. 그러면서 원 모르게 안도의 한숨을 작게 내쉬었다. 태연해 보이는 바깥 신색과 다르게 심장은 무척이나 빠르게 콩콩거리며 뛰고 있었다. 순간 살갗에 와 닿은 차가운 공기가 아니었다면 그대로 정신을 잃은 채 원에게 매달릴 뻔했다.

'그건 절대 안 되지.'

고개를 절레절레 흔든 이랑이 손을 뒤로 돌려 원피스 지퍼를 끌어 올리기 시작했다.

"……!"

그때, 이랑의 손을 단단한 손이 덥석 잡아선 못 움직이게 만들었다.

"내가 해줄게."

잔뜩 아쉬움에 섞인 한숨을 내쉴 때는 언제고, 어느새 멀쩡하게 되돌아온 원의 목소리가 뒤에서 들려왔다. 그 목소리에 왜 또 다시 뒷목에 소소한 소름이 돋는지 이랑은 당최 모를 일이었다.

"됐어요. 내가……."

"가만. 이렇게 만든 사람이 책임을 져야지. 안 그래?"

이랑은 자신의 손을 부드럽게 잡아 내리는 원의 손길에 이끌려 결국 팔을 아래로 내리고 말았다. 원피스 자락의 지퍼가 천천히 위로 올라가기 시작했다. 아직 달아오른 공기가 채 식지도 않은 순간이어서 그럴까. 그 소리마저 무척이나 자극적으로 들려 이랑은 자신도 모르게 입술을 질끈 깨물었다.

드디어 지퍼가 끝까지 올라갔다. 이랑은 다시금 빈틈없이 몸을 감싸는 원피스의 촉감을 느끼며, 의미를 알 수 없는 한숨을 작게 내쉬었다. 그리고 그 속에는 약간의 아쉬움이 섞여 나왔다.

이랑의 그런 한숨을 들은 것일까. 그가 손을 들어 그녀의 뒷목을 부드럽게 쓰다듬었다. 그 부드러운 손길에 다시금 머릿속이 혼미해졌지만 간신히 정신의 끈을 놓지 않은 이랑이 단호하게 몸을 돌렸다. 이랑을 바라보는 원의 눈동자에는 여전히 아쉬움이 가득했다.

"아깝다."

"……?"

"애써 벗겨놓은 걸 다시 입히는 것만큼 비효율적인 것도 없는데."

알 수 없는 말을 중얼거린 원의 까만 눈동자가 어딘가에 줄곧 고정되어 있었다. 그 눈동자를 따라 시선을 내리니, 맙소사! 원은 지금 타이트한 원피스 자락 위로 봉긋 드러나는 이랑의 가슴을 뚫어져라 바라보고 있었다.

"오빠!"

진심 안타깝다는 그 시선에 이랑이 소리를 빽 질렀다. 아쉽다는 듯 시선을 들어 올린 그가 장난스럽게 어깨를 으쓱했다. 그 모습에 그녀는 피식 웃고 말았다.

"이제 그만 나가볼게요."

하지만 이내 애써 표정을 정돈한 이랑이 문을 향해 발걸음을 옮기기 시작했다. 언제까지고 여기에 있을 수는 없었다.

"일단 오늘은 비긴 걸로 하자. 사정이 무엇이든 나도 다른 여자와 왔으니 할 말은 없지."

나직한 그의 목소리가 들려왔다.

"하지만 이번이 마지막이야."

문을 향해 등을 돌린 이랑을 그가 뒤에서 안아왔다.

"앞으론 절대 다른 남자랑 있는 모습 보이지 마."

작지만 힘 있는 목소리에 마른침이 넘어갔다.

"그땐 정말 전쟁이 일어날지도 몰라."

다시금 아랫배에서 찌릿하고 아찔한 감각이 올라왔다. 동시에 그가 이랑의 뒷목에 깃털처럼 가벼운 입맞춤을 남겼다. 살짝 닿았다 떨어진 여전히 뜨거운 그의 입술 감촉에 숨결이 떨려 나왔다.

"평화주의자 정이랑 양께서 그걸 바라진 않겠지."

약간의 장난기가 섞인 다정한 그 목소리에 심장이 제멋대로 반응했다. 그리고 불현듯 신경질이 올라왔다. 이 남자는 이제 여기서 나가는 순간 다른 여자에게로 가야 했다. 그의 말대로 무슨 사정이 있든 이 남자를 다른 여자에게 보내야 하는 것이다. 그 순간, 입맞춤으로 다 소진된 아드레날린이 사라진 자리에 다시금 질투, 조급함, 경계심 등이 가득 섞인 짜증이 차오르기 시작했다.

"그리고 한 가지 더."

"……."

"와인도 절대 안 돼. 이미 두 잔이나 마셨잖아. 더 이상은 위험해."

염려 섞인 그의 말에 울컥 감정이 올라왔다. 지금 그는 나가자마자 다른 여자에게 갈 거면서 마치 자신의 애인이라도 된 양 행동하고 있지 않은가.

"와인은 나랑 있을 때만 마실 수 있는 술이야. 그러니까……."

원을 가만히 바라보던 이랑의 입이 제멋대로 움직였다.

"난 이제 집에 갈 거예요."

"……뭐?"

그 여자에게 가지 말라고 그를 잡을 수도 없었다. 그를 잡을 수 있는 명분이 자신에게는 없다. 그래서 이랑은 말도 안 되는 억지를 부려보기로 했다. 왜 이런 억지를 부리는지 그런 것 따위는 일단 나중에 생각하기로 한 채.

"그러니 오빠도 그만 집에 가요."

보지 않아서 그의 표정이 어떤지는 모르겠다. 그래서 이랑은 더욱더 용감하게 말을 이어갔다.

"각자 자리에 가서 미안하다고 정중하게 사과한 뒤 곧장 집으로 가는 거예요. 곧장."

'곧장'이란 말에 악센트를 넣어 강하게 발음한 이랑이 단단하게 잠긴 문손잡이를 잡아 잠금장치를 풀었다.

"이랑아?"

"나 먼저 갈게요."

원의 목소리를 못 들은 척하며 문을 연 이랑이 빠르게 공간을 빠져나왔다. 그러곤 원에게 말했던 대로 동준에게 갑자기 급한 일이 생겼다 진심으로 사과한 뒤 서둘러 레스토랑을 빠져나왔다.

"하아."

놀라서 동그래진 동준의 눈동자가 떠올랐다. 그에게 미안했다, 진심으로. 어찌 되었든 자신은 동준을 이용한 것밖에 되지 않았다.

머릿속이 뒤죽박죽이었다. 최원 따위 아무것도 아니라며 다른 남자를 만나러 왔는데, 그랬는데 오히려 그에게 더욱더 흔들리게 되어버렸다. 대체 왜 이렇게 되어버렸는지, 지금 뭐가 어떻게 흘러가고 있는 것인지도 모를 정도로 모든 것이 엉망이 되어버렸다.

5

어둠이 짙게 내려앉은 거리에 안개가 어스름하게 깔렸다. 바깥 풍경과 다르게 주백색의 포근한 빛으로 들어찬 카페 한구석, 딱딱하게 얼굴이 굳은 이랑이 까칠한 볼을 문질렀다. 앞에 놓인 물잔을 들어 벌컥벌컥 들이켜봤지만 답답함은 당최 가시질 않았다.

'어떻게 해야 하는 거지.'

아니, 앞으로 어떻게 하는지가 중요한 것이 아니었다.

'대체 최원이 뭐라고.'

문제는 바로 이것이었다. 최원은 자신에게 어떤 존재인가. 대체 무슨 존재이기에 이토록 진득하게 남아 이랑을 괴롭히는 것일까. 이랑이 눈을 꾹 감았다.

'정말 그냥 아는 오빠, 그 정도로 끝낼 자신 있니, 정이랑?'

스스로에게 물었다.

"……."

한참의 시간이 지났다. 무슨 생각을 하는 것인지 눈을 감고 있는 이랑이 속눈썹이 파르르 떨렸다. 답이 나왔다. 그냥 아는 오빠, 그 정도로 끝낼 자신이 없었다. 다시 한 번 그가 무슨 사이냐고 물어온다면, 그렇다면 이랑은 이제 태연하게 그냥 아는 오빠라고 말하지 못할 것 같았다. 그러기엔 그와 너무 많은 것을 해버렸다. 달뜬 호흡을 나누었으며 그의 손길을 느꼈다. 그리고 무엇보다 이렇게 시도 때도 없이 그의 생각에 사로잡혀 아무것도 못할 정도가 되어버렸다.

그런 이랑의 앞으로 누군가 불쑥 다가왔다.

"이 늦은 시간에 여기서 청승맞게 뭐 하는 짓이야?"

어느새 다가온 화영이 혀를 작게 차며 이랑의 앞에 앉았다.

"왔어?"

"이 암울한 분위기는 뭐지?"

화영이 눈살을 작게 찌푸리며 이랑의 얼굴을 살폈다.

"나…… 큰일 났어."

"큰일? 대체 무슨 일인데?"

화영이 이랑 쪽으로 몸을 바싹 기울였다.

"오빠……."

"오빠?"

화영이 고개를 갸웃하더니, 이내 뭔가를 알아차린 듯 테이블을 손으로 탁 쳤다.

"최원?"

"응."

"최원이 왜? 네가 좋대? 아, 아니지. 그건 이렇게 암울할 일이 아니지. 그럼 뭐야. 또 말없이 사라졌어?"

"아니, 아니야."

"그럼 대체 뭔데?"

"나 진짜 미쳤나 봐. 오빠 때문에 모든 게 엉망진창이 되었어."

"뭐?"

"이러려고 한 게 아닌데, 다신 흔들리지 않으려 했는데."

화영이 미간을 움찔했다.

"도도한 척도 해봤고, 닳은 여자인 척도 해봤고, 그리고 다른 남자도 만나봤고 그랬는데."

이야기를 이어갈수록 감정이 복받치기 시작했는지 이랑의 목소리가 점점 더 커지기 시작했다.

"그게 안 돼. 자꾸 흔들려. 이거 왜 이런 거지, 화영아? 나 정말 미친 거야?"

이랑이 간절하게 바라보자 화영이 한숨을 내쉬었다.

"결국 또 최원이네."

나지막하게 혀를 쯧, 하고 찬 화영이 말을 이었다.

"둘이 대체 무슨 일이 있었던 거야."

복잡한 얼굴로 미처 말을 이어가지 못하는 이랑을 보며 화영이 고개를 절레절레 흔들었다.

"내 앞가림도 못하는 나한테 이런 연애상담이라니. 하여간 최원, 정이랑."

그러곤 또다시 한숨을 푹 내쉰 후 손을 번쩍 들었다.

"여기 시원한 물 좀 갖다 주세요."

어째 신경질적인 화영의 목소리가 울려 퍼지는 가운데, 그 앞에 앉은 이랑이 어깨를 축 늘어뜨렸다.

"아직도 그렇게 최원이 좋으냐."

"……뭐?"

갑작스런 화영의 말에 이랑이 고개를 들었다. 빙글빙글 웃고 있는 화영이 눈에 들어왔다. 왠지 울컥 감정이 올라왔다.

"아니야."

"아니긴. 흔들린다며?"

"좋아한다고는 안 했거든."

"오호, 그저 감정이 미친 듯이 널뛰기 할 뿐, 절대 좋아하는 것은 아니다?"

"절대 아니야."

"절대 아니야라. 우리 정이랑이 그렇게 감정 따로 머리 따로 노는 사람이었던가?"

"아니라니……. 하아!"

빙글거리며 웃는 화영의 모습에 이랑이 불만스런 표정으로 다시 입을 열었지만 이내 다시 꾹 다물었다. 말을 이어갈수록 불리한 것은 자신이었다.

"귀엽긴."

화영이 피식 웃었다. 그러는 사이 잔뜩 암울하게 가라앉았던 분위기는 어느새 사라져 있었다. 여전히 축 처져 있긴 하지만 그래도 조금은 가벼워진 이랑의 얼굴을 보며 화영이 더욱더 장난스럽게 입을 열었다.

　"그나저나 상당하네. 내공이 많이 올랐어."

　"어?"

　"감히 최원을 상대로 발칙한 밀당을 할 생각을 하다니. 많이 컸어."

　"뭐? 지금 중요한 건 그게 아니거든?"

　이랑이 자신도 모르게 발끈했다. 어이없어하는 이랑을 보고 화영이 다시 빙긋 웃었다.

　"이제 기운이 좀 나?"

　"어?"

　"다시든 뭐든 좋아하는 사람이 생겼으면 이렇게 기운이 펄펄 나야지, 너처럼 세상이 다 끝난 사람처럼 그러고 있는 게 말이 되냐?"

　"좋아하는 거 아니라니까!"

　이랑이 소리를 빽 질렀다.

　"뭐, 일단 그건 그렇다 치고."

　화영이 대수롭지 않게 이랑의 말을 넘겼다.

　"아니야. 아니라니까. 절대 아니야!"

　"강한 부정은 곧 강한 긍……."

　"이화영!"

이랑의 거센 반발에 화영이 어깨를 으쓱하며 항복하는 것처럼 양손을 번쩍 들었다.

"알았다, 알았어."

피식 웃으며 말하는 화영을 흘겨본 이랑이 다시금 어깨를 축 늘어뜨렸다.

"나 진짜 어떻게 하지."

"나한테 묻는 거야? 내 말 듣지도 않을 거면서."

"너 진짜."

눈에 힘을 주는 이랑을 보며 결국 화영이 키득대며 웃음을 터 뜨렸다.

"진짜 귀엽다니까."

한참을 작게 웃은 화영이 직원이 가져다준 물을 시원하게 들이 켠 뒤 다시 입을 열었다.

"뭘 고민해. 잘하고 있는데."

"내가?"

"남자 앞에서 양념도 칠 줄 알고. 이제 다 컸어."

"양념?"

"뭐, 도도함 한 스푼, 밀어내기 두 스푼, 당기기 작은 한 스푼, 그리고 결정적으로 매력 가득 그런 것들이랄까."

"내가 그랬다고?"

자기가 언제 그랬냐는 듯 눈을 동그랗게 뜬 이랑이 검지로 자 신을 가리켰다.

"그럼 네가 한 발칙한 짓들이 뭐라고 생각하는 거야? 뭐, 조금 어설프긴 했지만 원래 그런 건 어설플수록 더 먹히는 법이거든."

당최 무슨 말인지. 이랑이 이해 가지 않는 시선으로 눈만 끔뻑거리자 화영이 다시금 씩 웃었다.

"계속 그렇게만 해. 그럼 머잖아 최원이 백기를 들 테니까."

"계, 계속 이렇게 하라고?"

"그래서 말인데, 미는 김에 한 번 더 세게 밀어볼까?"

"어?"

"결정적인 이 순간에 최원을 조금 더 미치게 만들어보자고."

여전히 이랑은 멍해 있었다.

"넌 이 언니가 시키는 대로만 해."

의미심장하게 씩 웃는 화영의 눈동자가 부담스러울 정도로 흥미롭게 반짝이기 시작했다.

한창 나른한 오후 시간, 뻐근한 목을 주무르며 고개를 들어 올린 원은 김이 모락모락 나는 진한 커피를 한 모금 들이켰다. 며칠째 제대로 자지 못했더니 온몸이 삐걱거리는 느낌이 들었다.

"후우."

제멋대로 한숨이 튀어나왔다. 요즘 틈만 나면 이렇게 한숨이 나왔다. 그렇게 긴 한숨을 내쉬기도 잠시, 원은 자리에서 일어나 사무실 안을 서성이기 시작했다. 그의 한 손에는 휴대폰이 꽉 쥐어져 있었다.

-지금은 고객님이 전화를…….

벌써 몇 번째 들었을지 모를 차가운 기계음에 원이 질끈 눈을 감았다. 아무리 전화를 해도 이랑의 목소리는 결코 들을 수가 없었다. 계속된 야근에 집 앞으로 찾아갈 수도 없었다. 아니, 찾아가긴 했었다. 너무 늦은 시간이라 차마 벨을 누르지 못했을 뿐.

"젠장."

잡을 듯 말 듯 잡히지 않는 이랑 때문에 요즘 원은 정말 미치기 일보 직전이었다. 대체 뭐가 잘못된 것일까. 점점 더 참을성이 바닥나고 있었다.

똑똑.

핏줄이 도드라질 정도로 휴대폰을 꽉 쥐고 있던 원이 노크 소리에 손에 힘을 풀었다.

"……네."

나직이 대답을 한 뒤 휴대폰을 내려놓았다.

"최 팀장님."

민영이 문 사이로 빼꼼 고개를 내밀었다.

"어."

"준비됐어?"

"뭐가."

무뚝뚝한 원의 대답에 입술을 비죽인 민영이 사무실 안으로 들어왔다.

"조금 이따가 마이클이 오라고 했잖아."

"아……."

"요즘 왜 이러실까, 최 팀장님."

민영이 팔짱을 꼈다.

"너, 얼마 전 레스토랑에서부터 되게 이상한 거 알아?"

"내가?"

"그래, 네가. 그날도 그래. 한참 말도 없이 사라지더니, 나타나자마자 뭐? 가봐야겠어? 어떻게 그럴 수가 있어?"

"내가 그랬나."

무덤덤하게 읊조린 원이 미간을 문질렀다. 문득 피곤이 급작스레 밀려들었다. 중요한 일을 상기시켜준 것은 고마웠지만, 혼자 둘 시간을 주지 않는 민영이 피곤하게 느껴졌다.

"정신 차려, 최원. 너 이렇게 얼 빼놓고 있다가는……."

"1절만 하지?"

피곤이 가득한 목소리에 민영이 입을 꾹 다물었다. 원이 민영을 뒤로한 채 책상으로 돌아갔다. 그러곤 이내 아무 일도 없었다는 듯 모니터를 응시하며 일에 집중했다.

"아무래도 이상한데."

그런 원을 바라보던 민영이 고개를 갸웃했다.

"계속 여기에 있을 거야?"

"어?"

"아직 마이클한테 가려면 시간 좀 있잖아."

"그렇지. 그런데, 그 전에 같이 커피나……."

"바빠. 조금 이따 보자."

"어? 어, 알았어."

호기롭게 들어선 것과 달리 민영은 결국 아무런 말도 하지 못한 채 원의 사무실을 빠져나왔다.

"요즘 묘하네. 꼭 폭발하기 직전처럼. 내가 모르는 일이 있을 리가 없는데."

조심스레 문을 닫은 뒤 홀로 중얼거리고 잠시, 이내 민영은 아무렇지도 않은 얼굴로 어깨를 으쓱했다.

"뭐, 기분이겠지."

마치 자신이 모르는 원의 일은 없다는 것처럼, 그렇게 대수롭지 않게 중얼거린 민영은 원의 사무실을 다시 한 번 흘깃거리고는 자신의 자리로 향했다.

오늘 하루만 해도 벌써 백 번은 넘게 한숨을 내쉬고 있었다. 하지만 이랑은 그것도 모른 채 또다시 길게 숨을 내뱉으며 어깨를 축 늘어뜨렸다. 물론 입술은 잘근잘근 깨물고 있었다. 잠시 뒤 한성자동차에 들어가야 하기 때문일까. 마주치지 않을지도 모르는데 원과 맞닥뜨릴 상황을 자꾸만 준비하게 되었다.

"오빠 연락 받지 마. 혹시 만나면 무조건 차갑게. 마치 모르는 사람인 것처럼. 알았지?"

얼마 전 화영이 신신당부하던 말이 떠올랐다. 하지만 그게 말처럼 될까. 막상 원과 마주하면 약이라도 먹은 것처럼 아무런 생각을 할 수가 없었다.

레스토랑에서만 해도 그렇다. 아무리 문을 잠갔다고 하지만 누구나 드나들 수 있는 곳에서 그의 손길에 순간 정신을 잃을 뻔했다. 그 순간만큼은 거기가 어딘지 그런 것 따위는 생각하지 못할 정도로 원과 허겁지겁 호흡을 나눴었다. 그때의 모든 것이 적나라하게 다시 떠올랐다.

온몸을 스치고 지나가던 부드러우면서도 강한 손, 뜨거운 열기를 머금고 있던 입술, 흔들림 없이 자신을 응시하던 까만 눈동자. 그리고…….

"정 대리."

눈을 감고 생각에 잠겨 있던 이랑이 화들짝 놀랐다. 자신의 자리 바로 앞에서 과장이 그녀를 바라보고 있었다. 이랑은 자신도 모르게 뭔가 크게 잘못한 사람처럼 자리에서 발딱 일어났다.

"네, 네?"

"뭘 그렇게 놀라?"

"아……."

"얼른 나와. 한성자동차 들어가야지."

다행히 별 이상한 낌새를 느끼지 못했는지 제 할 말을 마친 과장이 이랑의 자리를 떠났다. 큰 죄를 지은 사람처럼 바짝 일어 있던 이랑이 어깨를 축 늘어뜨렸다. 회사에서 이런 외설스러운 생각이라니.

"대체 무슨 생각을 한 거야. 회사에서."

이랑은 자신의 머리를 마구 쥐어박았다. 시도 때도 없이 원을 떠올리다 못해서 이젠 별별 생각을 다 하게 되었다.

"정신 차려라, 정이랑."

정신 차리자는 말을 하루에도 몇 번씩 읊조리는 것을 아는지 모르는지. 그렇게 이랑은 다시 한 번 다짐하듯 눈을 부릅뜬 채 파일과 가방을 챙겨 들었다.

"시간이 퇴근 시간이랑 겹치겠다. 다 챙겨서 가자고."

"……네."

외근을 마치고 바로 퇴근할 생각에 신이 난 과장과 다르게 이랑의 얼굴은 시간이 갈수록 더욱더 비장하게 변했다.

하지만 그렇게 만반의 준비를 한 것이 무색하게 원은 머리카락 한 올도 보이지 않았고, 이랑은 무사히 미팅을 마쳤다.

"그럼 정 대리는 먼저 들어가. 난 친구랑 저녁 하기로 했어. 주말 잘 보내고, 월요일에 보자고."

과장이 이랑에게 인사를 건네고는 먼저 사라졌다. 이랑도 가방을 챙겨 들었다.

"이랑 씨!"

그런 이랑을 기다렸다는 것처럼 진석이 눈앞에 나타났다. 마치 작정을 하고 회의가 마치기만을 기다렸던 사람 같아 보였다.

"여긴 어쩐 일로……."

"지나가다 보니 유리문 사이로 이랑 씨 모습이 보이잖아요. 그래서 잠시 기다렸어요."

"저를요?"

이랑이 의아한 표정을 지었다.

"근데 제가 지금 빨리 가봐야 하는데……."

"퇴근 시간인데요?"

"네, 할 일이 있어서요."

"정말요? 아쉽네. 혹시 그래도 조금 여유나 있으면 같이 커피나 한잔 어때요?"

신경질이 와락 솟구치려 했다. 지금 자신은 이 건물 안에서 이러고 있을 여유가 없었다. 거기다 진석 또한 원의 팀원이 아니던가. 이랑은 자신도 모르게 미간을 잔뜩 찌푸렸다. 일단 이 건물에서 벗어나는 것이 급선무였다.

"제가 좀 바빠서……."

이랑이 다급하게 말하며 엘리베이터로 향했다.

"정이랑?"

설상가상, 진퇴양난, 첩첩산중, 엎친 데 겹쳤다!

"너……!"

멍하게 이랑을 바라보던 원이 그녀의 옆에 진석이 서 있는 것을 보고는 미간을 찌푸리며 성큼성큼 다가왔다. 그 기세가 얼마나 험악한지 진석은 자신도 모르게 주춤거리며 물러섰다. 이랑 또한 그런 원을 보고 반사적으로 뒷걸음질 치다, 순간 무슨 생각을 한 것인지 우뚝 멈췄다.

"무조건 차갑게. 마치 모르는 사람인 것처럼."

화영의 말이 다시금 뇌리에 번쩍 떠올랐다.

'그래, 무조건 차갑게. 모르는 사람인 것처럼. 정이랑, 파이팅!'

입술을 질끈 깨문 이랑이 애써 아무렇지도 않은 표정을 지었다.

"안녕하세요, 최 팀장님."

친밀한 사이가 아닌 척, 그저 몇 번 알고 지내는 표면적인 사이인 척. 그렇게 이랑은 최대한 사무적으로 보일 수 있도록 딱딱하게 인사를 건넸다. 그러자 원의 얼굴이 더욱더 못마땅하게 변했다.

'피하지 마. 여기서 시선을 피하면 지는 거야.'

무엇에 진다는 것인지 그런 생각도 하지 못한 채 이랑은 속으로 수없이 읊조렸다. 까만 눈동자를 피하지 않고 마주 본다는 것은 무척이나 힘든 일이었지만 이랑은 모든 기운을 짜내 애써 그의 눈동자를 똑바로 응시했다.

"누구야?"

잠시 마주 서서 서로를 바라보고 있자니 옆에서 한 목소리가 불쑥 끼어들었다. 여자, 그것도 무척이나 세련된 여자. 무엇보다 얼마 전 레스토랑에 원과 함께 왔던 그 여자였다. 원의 옆에 서 있는 여자를 바라보던 이랑은 자신도 모르게 울컥하는 감정에 얼굴을 더욱 딱딱하게 굳혔다. 원의 옆에 서서 자신을 이상하게 바라보는 여자의 표정에 괜히 기분이 확 상했다.

"아는 사람이야, 원아?"

자신과 원의 거리보다 그 여자와 원의 거리가 훨씬 더 가까웠

다는 별것 아닌 이유만으로도 성질이 올라왔다. 하물며 대화 내용
이 어째 친밀하지 않은가. 몹시 친밀하게 원을 부르며 자신을 위
아래로 훑어보는 시선에 이랑은 자신도 모르게 매섭게 눈을 치켜
떴다.

"바쁘신 것 같네요, 최 팀장님."

말이 삐딱하게 흘러나왔다.

"전 이만 가보겠습니다."

이랑이 몸을 휙 돌렸다.

"이, 이랑 씨, 같이 가요."

눈치 없이 진석이 따라붙었다. 이랑은 진석이 따라오는지도 모
른 채 신경질적으로 발걸음을 옮기기 시작했다.

"정이랑, 멈춰."

나직한 원의 말에 이랑이 자신도 모르게 멈칫했다. 하지만 이
내 아무 말도 못 들은 척 다시 걸음을 옮겼다.

"이랑……."

"원아, 어디 가려고? 마이클이 우리 불렀잖아."

"잠깐이면 돼."

"안 돼. 지금도 늦었어."

뒤에서 실랑이를 벌이는 소리가 들렸다.

'뭐? 원아? 거기다 우리?'

두 사람에게서 멀어지는 가운데도 귀를 활짝 열어놓고 있던 이
랑은 자신도 모르게 주먹을 불끈 쥐었다. 그렇게 뜨거운 뒤통수를
애써 무시하며 서둘러 회사를 빠른 걸음으로 빠져나갔다.

"이랑 씨, 도대체 팀장님과는 무슨 사이십니까? 설마……."

입술을 질끈 깨문 채 걷고 있자니 뒤따라온 진석이 더듬거리며 이랑에게 물어왔다. 그제야 진석이 따라온 것을 알아챈 그녀가 멈춰 섰다.

"여기서 뭐 하세요?"

"네?"

이랑의 질문이 이해가 가지 않는지 진석이 어리둥절한 표정을 지었다.

"그야 이랑 씨와 이야기가 끝나지 않았으니……."

도저히 표정 관리가 되지 않았다. 이랑이 자신도 모르게 크게 숨을 내쉬었다. 당장이라도 왜 이렇게 눈치가 없냐며 소리를 꽥 지르고 싶었다.

진정한 인연과 스쳐 가는 인연은 구분할 줄 알아야 한다. 법정 스님이 한 말이었다. 최선을 다해서 맺어야 되는 인연과 무심코 지나야 할 인연은 따로 있다는 것이다. 그런 구분 없이 모든 사람들과 헤픈 인연을 맺어놓으면 어설픈 인연들만 많아져서 온갖 간섭을 다 받는 법이다. 진실은 진실한 사람에게만 투자해야 좋은 결실을 맺는 법이고, 살아가는 데 필요한 사람 역시 그런 몇몇이면 충분하다.

"본론부터 말할게요."

이랑이 단호하게 말을 이었다.

"자꾸 이러시는 거 부담스러워요."

"네?"

"정말 모르시는 건지, 모르는 척하시는 건지."

진석이 당황한 것도 잠시, 이내 다급하게 말을 이었다.

"잠시만요, 이랑 씨. 몇 번 보지는 않았지만 전 이랑 씨가 마음에 듭니다."

"죄송합니다. 전 한진석 씨와 그럴 마음이 없습니다."

차갑게 말한 이랑은 미련 없이 몸을 돌렸다.

"이랑 씨?"

울상이 된 진석이 간절하게 불렀지만 이랑은 들리지 않는 척 매정하게 빠르게 걸음을 옮겼다. 그리고 애석하게도 몇 발자국 가지도 않아 어느새 진석은 이랑의 머릿속에서 까맣게 지워져 버렸다.

'짜증나. 대체 그 여자는 자기가 뭔데 내가 누구냐고 물어보는 거야?'

어느새 이랑은 원, 그리고 그의 옆에 서 있던 여자를 다시금 떠올리며 거친 숨을 내뱉고 있었다.

"우리?"

자꾸만 우리라고 두 사람을 함께 묶어서 칭하던 여자의 목소리가 반복 재생되었다.

"아, 짜증나."

그렇게 짜증을 내며 한성자동차를 벗어나 한참을 씩씩거리며 걸음을 옮기던 중, 이랑은 문득 든 생각에 자신도 모르게 그 자리에 우뚝 멈춰 섰다.

지금 이랑은 이상하리만치 화를 내고 있었다. 분명 지금 자신은 원을 피하고 싶어 했다. 심지어 오는 연락마저 피하지 않았던 가. 그런 주제에 다른 여자와 함께 서 있었다는 것만으로 이렇게 화를 내다니. 그건 아무리 생각해도 말이 되지 않았다.

"아직도 그렇게 최원이 좋으냐."

그 순간, 왠지 화영이 했던 말이 거짓말처럼 다시 떠올랐다.
"아······."
심장이 덜컹 내려앉았다. 순간 뇌리를 파고든 생각에 이랑은 눈을 질끈 감았다. 그랬다. 난 아직도 저 사람이 너무 좋았다. 그 래서 이렇게 화가 나는 것이었다.

아주 커다란 사실을 깨달았다. 혼자서만 이러지도 저러지도 못 한 채 끙끙 앓는 것은 원을 너무 좋아했고, 어쩌면 지금도 여전히 좋아하기 때문이었다. 애써 싫은 척, 지나간 과거인 척 그에게 흔 들리지 않으려 했지만, 결국 그가 또 좋아져버리고 말았다.

"졌다. 또 졌어······."
지지 않으려 했는데 또 졌다. 또다시 원에게 빠져버리고 말았 다. 아무리 그러지 않으려 있는 힘, 없는 힘 다 썼지만, 결국 과거 미해결 감정에 지고 만 것이다, 난.

잔뜩 험악하게 일그러진 그의 얼굴이 떠올랐다. 다정하지 않은 그 얼굴에 자꾸만 심장이 욱신거렸다. 그의 옆에 서 있던 여자가 자연스럽게 원의 팔을 잡는 모습도 연달아 떠올랐다. 심장이 제멋 대로 덜컹거렸다.

곧 울 것 같은 얼굴로 눈을 뜬 이랑은 입술을 잘근잘근 깨물며 복잡한 얼굴로 발걸음을 옮겼다.

Rrrrr.

어디로 가는지도 모른 채 그렇게 정처 없이 걸음을 옮기고 있자니 휴대폰이 울렸다. 원이었다. 다시금 이랑이 그 자리에 우뚝 멈춰 섰다. 그러곤 가만히 서서 휴대폰을 노려보았다.

"어떻게 하지."

정말 어떻게 해야 할지 모르겠다. 그가 이렇게 곧장 전화해줘서 좋아 설레는 마음 반, 받으면 안 될 것 같은 마음 반. 그렇게 복잡하게 엉킨 머릿속 때문에 당최 손가락이 움직이지 않았다. 이랑이 안절부절못하는 사이, 끈질기게 울리던 휴대폰이 잠시 멈췄다. 그러더니 곧장 메시지가 도착했다.

[일부러 안 받는 거 다 알아. 고민하지 말고 얼른 받아.]

액정을 확인한 이랑이 미간을 잔뜩 찌푸렸다. 마치 이랑이 어쩌고 있는지 다 지켜보고 있는 것 같았다.

다시금 휴대폰이 울렸다. 받아도 되는 것일까. 그렇게 고민하는 사이 벨소리가 다시 한차례 멈췄다.

[정말 이럴 거야? 내가 미치는 꼴을 봐야 받을래?]

흥분한 것이 고스란히 묻어났다. 연달아 울리는 벨소리에 결국 이랑은 휴대폰을 귀에 가져다 댔다.

"……네."

―어디야.

"……."

―설마, 그 자식이랑 같이 있어?

침묵을 어떻게 해석한 것인지 그가 버럭 소리 질렀다. 그 속에 담긴 격렬한 감정이 고스란히 느껴졌다.

"……아니에요."

―근데 왜 그 자식이랑 같이……. 후우!

화가 솟구치려는 것을 간신히 참는 듯 그가 말을 멈추고 거칠게 숨을 골랐다. 하지만 그것도 잠시, 그가 도저히 참지 못하겠다는 듯 거칠게 말을 이었다.

―언제까지 날 피할 거야? 거기다 대체 그 자식은 뭐야.

그답지 않게 잔뜩 흥분한 목소리에 이랑의 얼굴에도 감정도 서서히 차오르기 시작했다. 지금 자신이 어떤 마음으로 있는지 알지도 못한 채 무조건 몰아치는 그에게 울컥, 화가 솟구쳤다.

―다신 다른 자식이랑 있는 모습 보이지 말라고 했잖아.

"그런 거 아니에요."

―그럼 도대체 뭐야! 왜 그 자식이랑 같이 있는 거야?

두 가지 상반된 감정이 동시에 치고 올라왔다. 하나는 다른 남자와 있는 모습을 보기 싫어하는 소유욕을 보이는 그에게 속절없이 흔들리는 마음, 또 하나는 정의되지 않은 두 사람 사이에 대한 신경질이었다.

도대체 지금 두 사람은 무슨 사이일까. 실수로 인해 한 번 잔 사이? 그저 과거에 조금 알고 지냈던 아는 오빠 동생 사이? 그것도 아니라면…….

　－정이랑, 대답해.

　"……."

　－정이랑!

　아무런 말을 하지 않자 답답했는지 그가 재차 목소리를 높였다.

　"알지도 못하면서…… 아무것도 모르면서……."

　－뭐?

　왈칵 올라온 감정이 제멋대로 눈물샘을 자극했다. 원과 재회한 뒤 늘 안절부절못하며 그만 생각했다. 도대체 어떻게 해야 그와 과거 문제를 잘 매듭짓고 더 좋은 사이가 될 수 있을지 틈만 나면 그를 떠올렸다. 그런 자신은 알지도 못하면서 이렇게 화를 내는 그에게 섭섭한 마음이 들었다.

　그는 도대체 자신을 어떻게 생각하고 있는 것일까.

　"나보고 뭘 어떻게 하라고. 진짜 힘들어서 못해먹겠네."

　자꾸만 흘러내리는 눈물을 닦아내며 이랑이 신경질적으로 중얼거렸다. 이런 식으로밖에 해결할 수 없는 자신의 미련스러움에 대한 답답함, 그리고 지금까지도 여전히 원에 대해 남아 있는 감정의 잔재들이 자꾸만 흐느낌으로 차올랐다.

　－이랑아, 너 지금…….

　이랑의 흔들리는 목소리에 원이 당황한 듯 숨을 훅 들이켜며 말을 멈췄다.

도대체 우리 두 사람은 뭐예요?

입안에서 끊임없이 원을 향한 질문이 뱅뱅 맴돌았다. 하지만 입술을 질끈 깨문 이랑이 거칠게 눈물을 닦아냈다.

"끊어요."

─이랑아, 정이…….

이랑이 휴대폰을 귀에서 내렸다. 시야가 다시금 뿌옇게 흐려졌다. 그가 너무 좋았다. 그를 향해 자신의 존재가 무엇이냐, 나를 어떻게 생각하느냐 그렇게 물어볼 자신도 없을 만큼 그가 좋았다.

마음 한구석이 먹먹해졌다. 차라리 다시 만나지 않았다면 더 좋을 뻔했다. 그랬다면 이렇게 혼자 끙끙 앓을 일도, 하루 종일 그의 생각에 잡혀 아무것도 못하는 일 따위는 없었을 것이다. 그리고 무엇보다 그의 입에서 나올 대답이 두려워 물어보지 못하는 그런 소심한 자신과 마주치지 않을 수도 있었을 것이다. 이런 최악의 소심한 모습이라니. 누가 봐도 우습지 않은가.

"바보. 멍청이."

그렇게 고개를 푹 숙인 이랑은 한참이나 홀로 우두커니 서 있었다.

그 시각, 휴대폰을 꽉 쥐고 있던 원은 무슨 생각을 한 것인지 다급하게 옷을 챙겨 들었다. 이제 정말 참을성이 바닥나버렸다. 막 뛰쳐나가려던 그 순간 때맞춰 민영이 다가왔다.

"팀장님, 아까 회의할 때……. 뭐야, 어디 가게?"

"나 먼저 나간다."

"뭐? 안 돼. 마이클과 저녁 먹기로 한 거 잊었어? 사장님도 동석하는 자리야."

민영의 말에 원이 멈칫했다. 이랑의 흐느낌을 들은 그 순간부터 사고가 정지된 듯했는데 다시 제정신으로 돌아왔다. 당장이라도 뛰어나갈 기세이던 원이 멈춰 서자 민영이 한숨을 푹 내쉬었다.

"아까부터 대체 왜 이러는 거야? 너답지 않게."

"……."

"설마, 아까 그 여자 때문에 그래?"

원이 아무런 말을 하지 않았다.

"맙소사! 최원, 정신 차려. 그 여자가 누군지는……."

"거기까지."

"뭐?"

"덕분에 정신 차렸다. 그러니 그만하라고."

손에 쥐고 있던 양복 상의를 내려놓은 원이 나직하게 한숨을 내쉬었다.

"그래, 잘 생각했어. 고작 그런 여자가 뭐라고."

"그만."

"어?"

"더 이상 말 함부로 하지 마."

원은 놀라서 눈을 동그랗게 뜬 민영을 보며 차분하게 말을 이었다.

"고작이라는 단어와는 어울리지 않는 사람이야."

"뭐?"

"고작 그저 그런 여자였다면 내가 이럴 리가 없잖아?"

어느새 평소의 모습으로 되돌아온 원이 무덤덤하게 말을 마치고는 민영을 지나쳐 걸음을 옮겼다. 민영이 다급하게 원을 잡았다.

"어디 가? 너, 진짜 가려는 거야?"

어찌 보면 필사적이기까지 한 민영의 태도에 원이 피식 웃었다. 그러곤 자신의 팔을 단단하게 잡고 있는 손을 풀었다.

"지금은 안 가. 정신 차렸다니까."

"그럼 어디 가는데?"

"바람 좀 쐬러."

간단하게 대꾸한 원은 무심한 표정을 지은 채 아무렇지도 않은 걸음걸이로 사무실을 나섰다. 마주치는 직원들과 가벼운 목례를 나누며 엘리베이터를 탔다. 그렇게 아무 일도 없는 듯 잘 조성된 옥상 정원에 도착했다. 제법 세게 바람이 부는 난간까지 거침없이 발걸음을 옮긴 뒤에야 원의 발걸음이 멈췄다.

"후우."

어둑어둑 어둠이 내려앉기 시작하는 복잡한 도심을 내려다보는 원의 입에서 기다란 한숨이 튀어나왔다. 방금 전까지의 아무렇지도 않은 얼굴은 다 어디로 갔는지, 어느새 그의 얼굴은 이랑의 흐느낌을 들었을 때 딱 그 얼굴로 다시 돌아가 있었다.

"젠장."

난간을 쥔 손에 힘줄이 툭 불거졌다. 흐느낌이 뒤섞인 이랑의 목소리가 머릿속에서 도저히 떠나지 않았다.

아무것도 미련이 없는 듯 애써 가벼운 표정으로 훌쩍 한국을 떠나 홀로 비행기에 남겨졌을 때가 떠올랐다. 그때, 딱 지금처럼 몹시 기분이 더러웠다. 아니, 지금은 그때 비행기 안에서 자꾸 떠오르던 이랑의 얼굴을 애써 지울 때보다 훨씬 더 기분이 더러웠다.

언제였던가. 제법 찬바람이 불기 시작한 날이었다.

-원아, 빨리 집으로 좀 와야겠다.

이랑을 만나러 가는 길이었다. 지난밤 이랑의 귀여운 키스에 도저히 더 이상 마음을 주체할 수가 없었다. 당돌한 그녀의 고백에 아무리 마음을 단단히 먹으려 해도 그럴 수가 없다는 것을 깨달아 버렸다. 어디 한번 갈 데까지 가보자 하는 이기적은 마음을 주체할 수 없었다.

-집으로 무슨 편지가 왔는데, 네가 가기로 한 학교에서 온 것 같아.

하지만 갑자기 걸려온 전화에 원의 발걸음은 더 이상 앞으로 나가지 못한 채 그 자리에 딱 멈춰 섰다. 혹시 뭐가 잘못된 것은 아닌지, 급한 어머니의 목소리에 조급증이 들었다. 얼마나 힘들게 준비한 것인데 그래서는 안 되었다. 그래서 원은 이랑에게로 향하던 발길을 돌려 집으로 돌아갔다.

원이 오기를 기다렸는지 어머니가 곧장 서류를 건넸다. 원이 다급한 눈으로 서류를 훑었다. 문서를 바라보는 그의 눈썹이 움찔했다.

"왜 그래? 안 좋은 거야?"

"……"

"원아, 뭔데 그래. 왜, 오지 말래?"

"아뇨. 이번부터 유학생 장려 프로그램이 생겨서 학기 들어가기 전에 어학연수를 몇 달간 진행한다는 내용이에요."

"어머, 정말?"

어머니의 표정이 환하게 밝아졌다. 반대로 원의 얼굴은 어쩐 일인지 더욱더 어두워졌다.

"정말 잘됐다. 안 그래도 너 영어 때문에 부담스러워했잖아. 그래서 얼마나 당겨진 거야?"

"적어도 보름 뒤에는 출국을 해야 할 것 같아요."

"뭐? 고작 보름? 너무 급한데?"

호들갑을 떠는 어머니와 달리 원은 한숨을 푹 내쉬며 종이를 다시 접었다. 예고치 않게 당겨진 일정이 왠지 달갑지 않았다. 마음의 준비를 할 시간조차 주지 않는 학교 측의 과한 배려에 울컥 짜증이 올라왔다.

"갑자기 바빠지겠네. 그래도 중요한 건 미리 준비를 다 해놔서 다행이다. 그치?"

"……네."

"내가 이러고 있을 때가 아니지."

마지못해 대답하는 원을 아는지 모르는지 그의 어머니는 종종걸음을 옮기며 어디론가 향했다. 그런 어머니의 등을 가만히 바라보던 원은 별다른 말 없이 방으로 향했다. 침대에 털썩 누워 멍하니 천장을 올려다보았다.

"보름…… 보름이란 말이지. 후우!"

묵직한 침묵이 내려앉은 방 안에 나직한 중얼거림이 울려 퍼졌다. 그의 어머니처럼 좋아해야 할 마당에 왠지 자꾸만 한숨이 나왔다. 최소한 4년. 원이 그리는 대로라면 이번에 미국에 나가게 되면 적어도 4년 동안은 한국에 들어오지 못할지도 몰랐다.

"보름. 미국. 4년. 정이랑."

왜 이렇게 마음이 무거운지 이제야 알았다. 이랑 때문이었다. 내가 좋다는 것을 숨기지 못하는 그 맑은 눈동자 때문에 지금 이리도 마음이 흔들리는 것이었다. 너무 많이 좋아져 버렸다. 정해진 이별이 있기에 이러지 않으려 했는데, 결국 이렇게 되고 말았다.

이랑을 향한 발걸음을 되돌린 지금, 잔뜩 부풀었던 마음에 찬물을 끼얹은 것처럼 정신이 확 들었다. 석 달 이상 여유가 있던 시간이 갑자기 보름으로 줄어들었다. 갈 데까지 가보자 이기적인 마음조차 펼칠 수 없는 짧은 시간밖에 남지 않은 것이다. 눈을 질끈 감았다. 마음이란 놈이 대책 없이 저질러버린 감정을 수습할 길이 없어 갑자기 아득해지는 느낌이 들었다.

"원아, 뭐 하니. 어서 나와. 그러고 있을 시간이 없어."

밖에서 들리는 어머니의 목소리에 감았던 눈꺼풀을 들어 올렸다.

"그래도 힘들게 준비한 걸 아는지 더 좋게 풀려서 정말 다행이네. 힘들어도 신난다, 엄마는."

맞다. 이러고 있을 시간이 없다. 힘들게 준비한 이 모든 것이 더욱 좋게 흘러가고 있는데 이렇게 머뭇거릴 시간이 없었다. 이런 마음으로는 아무것도 되지 않을 것이 뻔했다.

이랑은……. 모르겠다. 지금 당장은 결론이 나질 않았다. 그래서 원은 일단 머릿속을 가득 채우는 맑은 눈동자를 차곡차곡 집어 깊숙한 곳에 집어넣었다. 그러곤 아무렇지도 않은 척 자리에서 일어났다.

그렇게 시작되었다. 그의 가장 깊숙한 곳, 억지로 꾸깃꾸깃 구겨 넣은 이랑을 향한 마음은 원도 모르게 마음속 깊은 곳에 진득하게 자리 잡아버렸다.

무척 비겁했다. 아무리 어찌할 바를 몰랐다 하더라도 미국으로 간다는 것 정도는 자신의 입으로 스스로 이야기했어야 했다. 지금 와 생각해보면 아무리 어른인 척해도 그때는 뭐 하나 깔끔하게 정리하지 못하는 애송이일 뿐이었다.

그렇게 풋풋한 감정을 외면하며 향한 미국에서의 생활은 원의 생각처럼 결코 낭만적이지 않았다. 눈물이 날 정도로 힘든 날이 더 많았고, 모든 걸 때려치우고 한국으로 돌아오고 싶은 적도 수백 번이었다. 그렇게 힘들 때 종종 이랑의 얼굴이 떠올랐다. 맑게 웃는 그 웃음이 그리웠다.

물론 그 세월 동안 계속해서 이랑을 떠올리며 오매불망 그리워했던 것은 아니다. 다른 여자들과 데이트도 했고, 즐기기도 했다. 하지만 이랑을 만나는 순간 원은 깨달았다. 차곡차곡 접어 깊숙한 곳에 보관해두었던 그 마음이 결코 사라지지 않았단 것을 말이다. 그리고 어쩔 수 없이 한 번 접었다 편 그 마음은 예전과는 비교도 할 수 없을 정도로 더 강하게 불타오르기 시작했다. 이제는 자신을 향한 설렘 가득한 올곧은 눈빛을 이제는 가질 수 있을 거라 생각했다. 하지만 정작 이랑의 마음이 어떨지, 그건 하나도 헤아리지 못했다.

－알지도 못하면서…… 아무것도 모르면서…….

이랑의 목소리가 다시금 귀를 맴돌았다.

-진짜 힘들어서 못해먹겠네.

여태 뭘 믿고 그렇게 자신만만했던 것일까. 울음기 섞인 이랑의 목소리에 머리를 거하게 한 대 얻어맞은 것 같았다. 심장이 철렁 내려앉으면서 덜컥 겁이 났다. 당장이라도 달려가서 안아주고 싶어 자꾸만 발이 움찔거렸다.

난간을 쥐고 있던 손을 푼 원이 똑바로 서서 깊게 심호흡을 했다. 거친 바람을 쐬고 있자니 뜨겁게 달아오른 머릿속이 조금은 차가워졌다. 무슨 생각을 하는지 쉽사리 파악이 되지 않는 까만 눈동자가 어둑해진 도심을 내려다보았다. 한결 진정된 듯 보였다.

"내가 너무 헷갈리게 했나 보군."

정말 사랑하는 사람은 헷갈리게 하지 않는다. 사랑하는 데 있어 가장 기본적인 전제조건이었다. 그제야 자신의 접근방법이 잘못되었다는 것을 깨달은 그가 완전히 차분해진 신색으로 걸음을 옮겼다. 일견 무덤덤해 보이는 얼굴 속, 눈동자는 그 어느 때보다 더 뜨겁게 타오르고 있었다.

6

어떻게 왔는지도 모르겠는데 어느새 정신을 차려보니 집이었다. 소파에 털썩 앉은 뒤에야 어떻게 내가 집에 온 거지 싶기도 잠시, 이랑은 이내 멍한 표정을 지었다. 분명 뭔가 많은 일이 일어났고 비참함이 가득한 하루였는데, 왜 그런 기분이 드는지조차 이해가 가지 않았다. 무척이나 느린 속도로 눈을 깜빡이던 이랑이 한참이나 멍하게 앉아 있다 비척거리며 일어섰다. 마치 허물을 벗듯이 그 자리에서 옷을 탈의한 뒤 천천히 욕실로 향했다.

쏴아.

온몸에 소름이 돋을 정도로 차가운 물이 쏟아져 내렸다. 온몸의 신경이 일시에 바짝 곤두섰다. 그러곤 곧 이가 달달 떨릴 정도로 추위가 그녀를 덮쳤다. 하지만 이내 따뜻한 물줄기가 내려오며 차갑게 언 이랑의 몸을 부드럽게 감쌌다. 순간 차갑게 굳어 있던 피부가 따끔거리기 시작했다. 뿌옇게 수증기가 피어나기 시작한 가운데, 이랑은 얼굴선을 흘러내리는 물줄기를 따라 천천히 눈을 깜빡였다.

그가 또 좋아지고 말았다. 아니, 화영의 말대로 난 여전히 그를 무척이나 좋아하고 있었는지도 모른다.

"……!"

그 순간, 이랑은 무슨 생각을 한 것인지 서둘러 수도꼭지를 내린 뒤 커다란 타월로 몸을 대충 감쌌다. 후다닥 욕실을 나선 그녀는 물기가 뚝뚝 떨어지는 손으로 가방을 뒤져 휴대폰을 꺼내 들었다.

-여보세요.

휴대폰 너머로 익숙한 화영의 목소리가 들려왔다.

-이 시간에 어쩐…….

"네 말이 맞았어."

뜬금없는 이랑의 말에 전화기 저편에서 잠시 침묵이 감돌았다. 그 잠시에도 조급증이 든 이랑이 서둘러 말을 이었다.

"네 말이 맞았다고. 난 오빠를 좋아하는 거였어."

-어?

"또 졌어. 오빠가 좋아지고 말았다고."

두서없는 말이 형체도 없이 허공으로 흩어지기 시작했다.

"이제 어쩌지, 나."

-이랑아.

"이렇게 또 너무 좋아져버려서 어떻게 해."

덜컥 겁이 났다.

"너무 좋아하는 게 티 나서, 혹시 질려서 또 떠나버리면 어떻게 하지."

여전히 원을 좋아하고 있다는 것을 알았는데, 그는 아닐까 봐, 예전처럼 속절없이 흔들리는 모습이 고스란히 원에게 비쳐 쉬운 여자처럼 보일까 봐 겁도 났고, 다른 사람들에겐 밥 먹듯이 쉬운 마음 감추기가 도저히 되지 않을 것 같아서 자꾸만 겁이 났다.

"오빠가 가버리면 어쩌지."

─이랑아.

"아니, 과연 내가 오빠를 잊을 수 있긴 할까."

─정이랑, 그만.

단호한 음색이 들려왔다.

─알겠으니까, 그만해.

어느새 이랑의 눈에는 눈물이 그렁그렁하게 맺혀 있었다.

─지금 어디야?

"집."

─그나마 다행이네. 길거리에서 헤매고 있었으면 잡으러 가야 하나 고민이었는데.

혼잣말처럼 읊조린 화영이 나직하게 한숨을 내쉬었다.

─이랑아.

"……어?"

그저 이름을 부르는 것뿐인데도 감정이 왈칵 차올랐다. 흐느낌이 잔뜩 섞인 어눌한 대답이 흘러나왔다.

─자꾸 바보 같은 짓 할래?

뜬금없는 엄한 소리에 이랑이 입을 멍하니 벌렸다.

─사랑을 시작하기도 전에 끝을 생각하는 거, 그거 되게 안 좋은 버릇이라고 했어, 안 했어. 그건 마치 추리소설을 뒤에서부터 읽는 것처럼 어마어마하게 김빠지는 짓을 하는 거라고. 그리고 바보야, 사랑에 이기고 지는 게 어디 있어. 좋아졌으면 그냥 좋아하면 되는 거지. 또, 최원을 좋아하게 된 게 그렇게 억울해?

잔소리를 이어가는 화영의 목소리를 들으며 이랑이 입을 꾹 다물었다.

─왜 그렇게 마음을 자꾸 막으려고 하는 거야? 그런다고 마음이 접혀?

"······."

─절대 안 그래. 사랑은 물과 같아서 막는다고 사라지는 게 아니라고. 결국 어디론가 유유히 흘러가게 되어 있어.

어째서 어렸을 때는 그렇게 간단했던 일이 어른이 되면 이리도 복잡하고 어려워지는 것일까. 차라리 대놓고 좋아하던 어릴 때가 나았다. 그때는 이렇게 복잡하지도, 생각을 많이 할 필요도 없었다. 앞뒤 잴 것 없이 그가 좋으면 그게 다였다.

"나······ 정말 이래도 되는 걸까?

─그러면 안 되는 이유는 또 뭔데? 이미 너도 알잖아, 마음이 원하는 일이 뭔지.

"마음이 원하는 일?"

─최원과 함께하고 싶잖아, 너.

"······!"

눈물방울이 아슬아슬하게 매달려 더욱 커다래진 이랑의 눈동자가 파르르 떨렸다. 눈을 질끈 감는 이랑의 눈동자에서 눈물방울이 툭 떨어져 내렸다.

아, 그렇구나. 이 모든 것은 그와 함께하고 싶어서 이런 거구나.

누군가와 함께하고 싶다는 것. 어느 정도 나이가 든 사람이 그런 생각을 가진다는 것은 무척이나 많은 의미를 가지고 있다. 아무것도 모르는 어릴 때와 다르게 어설픈 경험이 더해져 쓸데없이 상당히 신중해지기 때문이다. 거기에 자신은 이미 충분히 어른이라는 약간의 판단착오까지 더해지면 필수적으로 결정에 어려움을 겪을 수밖에 없다.

－유부남을 사랑하는 것과 같은 금단의 사랑도 아닌데 뭐가 걱정이야. 그냥 함께하면 되는 거지.

그래서 사람들은 누군가에게 그래도 된다는 확신 섞인 말을 듣고 싶어 한다. 딱 지금의 이랑처럼.

－그냥 마음 놓고 좋아해도 돼, 이랑아.

결국 이랑은 이 말이 듣고 싶었다. 원을 좋아해도 된다는 확신을 받고 싶었던 것이다. 순간 속이 시원해지는 느낌이 들었다. 고작 화영의 말 몇 마디에 속이 뻥 뚫린 듯해 자신도 모르게 실소가 튀어나왔다.

－어쭈, 웃어? 이제 웃음이 난다, 이거지?

화영은 그런 이랑이 마음에 들지 않는지 못마땅한 음색으로 말을 이었다.

　─난 순간 심장이 내려앉는 줄 알았다, 요것아.

　"미안. 그땐 아무 생각도 못하겠어서."

　─너 진짜 최원이랑 잘되기만 해봐라. 내 진짜 아주 두 사람을 같이 꽁꽁 묶어서……. 아니지, 그건 두 사람한테 좋은 일이니까 안 되고, 그럼 각자 묶어서…….

　엉뚱한 말을 내뱉는 화영 덕분에 이랑이 다시 피식 웃었다.

　─됐고, 오늘은 더 이상 복잡하게 생각하지 말고 일찍 자. 누누이 말하지만 생각도 너무 많이 하면 안 좋은 거야.

　"응."

　─그럼 이만……. 아 참! 시키지 않아도 알아서 잘하겠지만…….

　막 전화를 끊으려던 찰나, 화영이 다급하게 말을 이었다.

　─이제부터는 무조건 당기기다.

　"어?"

　─이젠 그만 밀어내고 무조건 당기라고. 다시는 아무 데도 못 가게 딱 붙들어 매. 알았지?

　마지막으로 당부의 말을 이어가는 화영의 목소리를 들으며 이랑이 또다시 피식 웃었다.

　"화영아, 내가 너 참 좋아하는 거 알지?"

　─뭐?

　"내 옆에 있어서 참 고마워."

　─뭘 또 간지럽게. 얼른 자.

　짐짓 퉁명한 말투와 함께 전화가 매정하게 끊겼다. 하지만 이랑은 그런 화영이 있어 얼마나 다행인지 몰랐다. 갈피를 못 잡던 마음이 가야 할 길이 정해졌다. 갑갑하던 속이 갑자기 후련해진 기분이었다.

"그래! 뭐, 안 되면 말고, 되면 좋은 거고."

빙긋 웃으며 중얼거린 이랑은 그제야 한기가 새어 들어오는 바람에 목을 부르르 떨었다. 씻다가 말고 뛰쳐나온 바람에 여전히 머리카락에서는 물방울이 뚝뚝 떨어지고 있었다. 아깐 어지간히 제정신이 아니긴 했나 보다.

타월을 여미며 후다닥 욕실로 향한 이랑은 서둘러 따뜻한 물을 틀고 몸을 녹였다. 그렇게 빨리 씻고 나와 곧장 침대로 향했다. 화영이 시키는 대로 오늘은 더 이상 생각을 하지 않고 정말 일찍 잠자리에 들어볼 참이었다.

하지만 한번 과부하가 걸린 머리는 마치 후유증에 시달리기라도 하는 것처럼 좀처럼 생각의 고리를 끊지 못했다. 침대에 누워서도 쉬이 잠들지 않아 결국 말똥말똥한 눈으로 천장을 올려다보았다. 그렇게 한참을 뒤척이고 있을 때였다.

Rrrrrrr.

머리맡에 둔 휴대폰이 울려댔다. 그런데 그녀가 발신자를 확인하자마자 헉 소리가 절로 튀어나왔다. 동시에 심장은 제멋대로 거세게 질주하기 시작했다.

"어쩌지, 어쩌지!"

원이었다. 당장이라도 받으라고 다그치는 이성과 다르게 손가락은 좀체 움직이지 않았다. 그렇게 어영부영 받지 못한 채 잠시 바라보고 있으니 벨소리가 곧 끊겼다. 막 실망하려던 찰나, 기다렸다는 듯 메시지가 들어왔다.

[집 앞이야. 전화 받을 때까지 아무 데도 안 갈 거야.]

이랑의 표정이 설핏 흔들렸다.

설마⋯⋯.

하지만 망설이는 것도 잠시, 얼마 못 가 침대에서 발딱 일어난 이랑은 후다닥 창가로 걸음을 옮겼다.

"⋯⋯!"

정말 그가 있었다.

창문으로 고개를 내밀자마자 원과 정확하게 눈이 마주친 이랑은 마치 얼음이 된 것처럼 뻣뻣하게 굳었다. 원은 휴대폰을 들고 살짝 흔들더니 다시금 전화기를 귀에 가져다 댔다. 동시에 이랑의 휴대폰이 맹렬하게 울렸다.

Rrrrr.

−나야.

"오빠? 이 시간에 왜 여기에⋯⋯."

−보고 싶으니까.

말문이 턱 막혔다.

−자꾸만 도망가는 정이랑이 뭐가 그렇게 보고 싶은지. 눈을 감아도 네 생각만 나고. 같이 있고 싶고, 만지고 싶고, 안고 싶고, 그리고 사랑을 나누고 싶고⋯⋯.

"그만해요."

다급하게 원의 말을 멈추는 이랑의 얼굴이 발갛게 변했다. 더 이상 원을 그대로 두면 또 무슨 말을 할지 몰라 이랑은 다급하게 말을 이었다.

"여긴 어쩐 일이에요."

3층 베란다에 선 이랑과 건물 바깥에 선 원이 말없이 서로를 응시하는 가운데 잠시 침묵이 흘렀다.

－사과하러 왔어.

"네?"

－미안했다.

갑작스런 그의 사과에 이랑이 멈칫했다.

－진작 말했어야 했는데, 좋지 않은 주제라 꺼내기 싫었나 봐.

"그게 무슨……."

－5년 전에 말이야, 정말 미안했어.

이랑은 자신도 모르게 상체를 기울여 창가에 바짝 붙어 섰다. 그러곤 눈을 가늘게 떠 원의 얼굴을 뚫어져라 응시했다. 하지만 어둠 속에 가려진 그의 얼굴은 지금 무슨 생각을 하는지 쉽사리 파악이 되지 않았다.

－당시에 무슨 사정이 있었는지는 그다지 중요한 것 같지 않아. 중요한 건 내가 아무 말 없이 널 두고 가버렸다는 거지.

대체 그는 왜 이런 말을 하는 것일까. 이랑이 당황한 표정으로 입술을 잘근잘근 깨무는 사이 그가 나직하게 말을 이었다.

－미안하다는 말을 늦게 해서 미안해.

"오빠?"

─세월이 지나도 여전히 난 이렇게 이기적인데, 넌 너무 착해빠졌어.

더럭 겁이 나기 시작했다. 무슨 의도로 말을 하는 건지 몰라 어떻게 대답해야 될지도 모르겠다.

─그냥 그렇다는 거야. 해야 하는 말이 더 많지만, 더 하면 구구절절하니까 오늘은 여기까지.

"잠깐만요, 오빠."

이랑이 다급하게 창문을 열었다. 그녀가 몸을 쑥 내밀자 가만히 서 있던 원이 움찔했다.

─뭐 하는 거야. 그러다 다쳐.

"무슨 일 있었어요?"

─뭐?

"갑자기 와서 왜 그런 이상한 말을 하는 거예요. 무슨 안 좋은 일 있었던 거예요?"

다급하게 말을 이어가는 이랑을 보며 원이 한숨을 푹 내쉬었다.

─진짜 착해빠져 가지고.

고개를 절레절레 흔드는 모습이 마치 어쩔 수 없다는 듯, 넌 이래서 피곤하다는 듯이 보였다. 그 행동에 이랑의 눈동자가 더욱 불안하게 떨리기 시작했다. 당장이라도 그가 가버릴 것 같았다.

"오빠, 잠깐만요. 지금 내려갈게요. 그러니까⋯⋯."

─아니, 오지 마.

"……네?"

ㅡ더 이상 다가오지 말라고.

단호한 원의 말에 이랑이 그대로 뻣뻣하게 굳었다.

ㅡ늦었다. 이만 가볼게.

"오빠?"

ㅡ잘 자. 오늘은 더 이상 아무 생각 하지 말고.

그가 미련 없이 전화기를 귀에서 내리더니 몸을 돌렸다.

"오빠. 오빠?"

아무리 불러보아도 그의 나직한 목소리는 더 이상 들리지 않았다. 귀에서 휴대폰을 내린 이랑은 입술을 꾹 깨문 채 원을 내려다보았다. 그러기도 잠시, 무슨 생각을 한 것인지 이랑은 신발도 제대로 신지 못한 채 날듯이 집밖으로 뛰어나갔다.

ㅡ더 이상 다가오지 말라고.

수없이 많은 물음표들이 머릿속을 맴돌았다.

왜? 왜 더 이상 다가가면 안 된다는 것인가? 난 이제 다시 그를 향해 다가갈 준비를 이제 막 끝마쳤는데, 그랬는데 대체 왜?

그의 단호한 목소리가 목에 탁 걸려 울컥거리는 감정으로 차올랐다. 대체 그가 무슨 말을 하는 것인지 이해가 가지 않았다. 난 이제 겨우 내 마음의 답을 알았는데, 왜 그러지 말라고 하는 것일까, 그는.

"……!"

없다. 그가 없다.

방금 전까지 원이 있던 곳으로 내려온 이랑은 흔적도 없이 사라진 그의 자취를 찾기 위해 정신없이 돌아다니기 시작했다. 혹시 어딘가에 숨었을까 싶어 건물 뒤편으로 돌아가 보기도 했다.

"오빠."

이랑이 작게 소리 내어 원을 불렀다. 하지만 아무런 대답도 들리지 않았다. 정신없이 주변을 헤집고 돌아다니던 그녀는 곧 망연자실하게 그 자리에 우뚝 멈춰 섰다. 방금 전까지만 해도 분명 그가 있었는데…… 아무리 둘러보아도 원이 없었다.

"오빠?"

여전히 아무런 대답이 들리지 않았다. 울렁거리는 감정이 식도를 타고 올라왔다. 정말 갔다. 그가 가버렸다. 나만 두고, 다가오지 말라며 차갑게 말을 던지고선 가버린 것이었다. 목에 걸려 있던 차가운 그의 목소리가 왈칵 울음으로 차올랐다.

"흑."

그가 또다시 가버렸다. 예전의 일을 깔끔하게 사과하고, 이젠 더 이상 미련이 없다는 것처럼 홀가분하게 돌아섰다. 그 사실이 미치도록 절망적으로 다가왔다. 이랑은 그 자리에 서서 흐느낌이 새어 나오는 입을 틀어막은 채 눈을 감았다. 그를 여전히 좋아하고 있다는 것을 깨달았는데, 원은 또다시 날 혼자 두고 가버렸다.

끝.

정말 아는 오빠 그 이상, 그 이하도 아닌 관계. 이렇게 최원과는 정말 끝이 나는 것인가.

"오…… 빠."

또다시 들켜버리고 만 것이다. 원이 좋아서 어쩔 줄 몰라 한다는 것을, 그걸 들켜서 그는 또 이렇게 이랑만을 두고 가버린 것이었다. 좋아한다고 그렇게 바보처럼 등신 팔푼이처럼 굴면 안 되었다. 그 결과 마음을 그렇게 주지 않으려 노력할 때는 다가오던 그가, 이렇게 마음을 놓자마자 기다렸다는 듯 차갑게 돌아서 버렸다.

"으흑."

생각보다 훨씬 더 많이 아팠다. 이제 막 시작하려는 찰나, 다시 마주한 그의 부재는 처음보다 훨씬 더 감당할 수 없을 정도의 아픔으로 다가왔다. 그렇게 차가운 새벽 거리에 혼자 남은 이랑은 어찌할 바를 모른 채 속절없이 새어 나오는 흐느낌을 내뱉었다.

바스락.

그 순간이었다. 무방비로 서 있는 그녀의 뒤로 낯선 손길이 불쑥 다가왔다. 갑작스런 인기척에 이랑이 반사적으로 바짝 얼었다. 남자인 것이 분명한 타인의 손길이 자신의 팔을 잡고 있었다. 눈물이 그렁그렁 맺힌 눈을 한 채 이랑이 마른침을 꼴깍 삼켰다.

"……!"

팔을 잡고 있던 손이 허리를 와락 감싸 안았다.

"엄마……."

"이랑아."

"오, 오빠?"

원의 목소리였다. 뻣뻣하게 굳어 별의별 상상을 다 하며 엄마를 찾던 이랑의 눈이 더 이상 커질 수 없을 정도로 커다래졌다.

"이게 지금 무슨 위험한 짓이야?"

이랑의 허리를 감싸고 자신의 쪽으로 돌린 원이 화난 것이 역력한 인상으로 말을 이었다.

"이 시간에 이러고 있으면 어떻게 해? 내가 가버렸으면 어떻게 하려고……."

하지만 얼마 못 가 원은 입을 꾹 다물었다.

"오빠? 정말 오빠 맞아요?"

눈물로 잔뜩 젖은 얼굴을 한 이랑이 그의 팔을 다급하게 잡았다.

"뭐야. 너 왜 울어?"

원이 잔뜩 찌푸렸던 인상을 풀고 의아한 표정으로 이랑의 얼굴을 살폈다. 걱정스런 음색에 커다란 눈망울에는 다시 맑은 눈물이 가득 고이기 시작했다. 동시에 안도의 흐느낌이 새어 나왔다.

"흐윽."

갑작스런 이랑의 흐느낌에 원이 멈칫했다. 예기치 않은 공격이라도 받은 듯 당황했다. 그렇게 놀라서 자신을 살피는 원의 얼굴에 왠지 더욱 눈물이 흘러나왔다.

"울어? 이랑아, 갑자기……."

어쩔 줄 몰라 하는 원을 보며 이랑이 손을 들어 올렸다. 천천히 원을 향해 뻗어 나간 손이 그의 목을 꽉 끌어안았다.

"……다행이다."

다행이다. 정말 다행이다. 그는 가버린 것이 아니었다.

"이랑아?"

"또 가버린 줄 알았어요. 날 두고, 또 혼자 가버린 줄 알았어요."

흐느낌 사이로 띄엄띄엄 이랑의 말이 흘러나왔다.

"이제 정말 끝일까 봐, 다시는 볼 수 없을까 봐……."

흐느낌 사이로 드문드문 이어지는 말을 듣던 원이 나직하게 한숨을 내쉬었다. 그러곤 손을 들어 이랑의 조그만 등을 감쌌다.

"그럴까 봐 너무 겁이 났어요."

원이 이랑을 감싸 안은 손에 힘을 꾹 더 주었다.

"그러지 않아서 정말 다행이에요."

이랑 역시 원을 감싸 안은 손에 더욱더 힘을 주며 그의 목덜미에 얼굴을 파묻었다.

원은 마치 자신에게 아이처럼 매달리는 이랑의 등을 부드럽게 쓰다듬었다. 왜 이랑이 이렇게 울고 있는지 이해가 된 지금, 가슴이 먹먹해졌다.

"바보 같긴. 내가 가긴 어딜 가. 아무 데도 안 가."

나직한 원의 속삭임을 들은 이랑이 원의 품 안으로 더 파고들었다. 원은 그런 이랑의 결 좋은 머리를 쓰다듬으며 나직하게 한숨을 내쉬었다. 이렇게 울게 만들고 싶지 않았는데 왜 이렇게 되어버린 걸까.

더 이상 그녀를 헷갈리게 하지 않으려면 일단 과거에 있었던 일을 사과하는 것이 먼저라는 생각이 들었다. 돌이켜보니 자신은 너무 뻔뻔하게도 미안하다는 말을 한 번도 하지 않았던 것이다.

그래서 먼저 사과를 하기로 했다. 그 후에는 그때 어떤 사정이 있었는지 설명을 하고, 또 그다음에는 이랑이 자신에게 어떤 의미였는지 설명을 하고…… 그런 식으로 이랑이 헷갈리지 않도록 차례대로 풀어 나가기로 마음을 먹었다. 어쩌면 만난 그 순간, 바로 했어야 할 그 행동을 이제야 하는 자신이 참으로 이기적이지만, 그렇게 하나씩 차근차근 해 나가려고 했다. 원 스스로에게 떳떳하기 위해 그런 절차가 반드시 필요했다.

그렇게 사과만 하고 멋지게 사라지려 했다. 하지만 창문 사이로 빼꼼 나타난 말간 얼굴을 보자마자 다가가고 싶어 발이 어찌나 움찔거리는지. 발걸음을 멈추기 위해 무척이나 애를 써야 했다. 미사여구 따위라곤 없는 단출한 사과였지만 다른 것에 퇴색되지 않도록, 그렇게 진심을 보여야 했다. 그래서 멀찍이 서서 사과를 했건만 외려 그것이 이랑에게는 전혀 다르게 다가갔나 보다. 거기까지 생각을 한 원이 이내 피식 웃었다.

"네가 무슨 기회를 차버린 줄 알아?"

원에게 매달려 있던 이랑의 몸이 움찔했다.

"편하게 잘 수 있는 마지막 밤을 제 발로 차버린 거야, 바보야."

알 수 없는 그의 말에 원의 목을 감싸고 있던 이랑의 손이 느슨해졌다. 그에 다시금 작게 웃은 원이 이랑을 감싼 손을 풀었다.

"내가 잘 자랬잖아, 아무 생각 하지 말고. 이제 편하게 잘 수 있는 날이 얼마 없을 텐데."

"그게 무슨."

"이제부터 내가 끈질기게 널 괴롭힐 거거든. 잠도 제대로 못 자게."

이랑은 볼을 부드럽게 쓰다듬는 원을 멍하니 바라보았다. 그 시선에 자꾸 바보처럼 웃음이 새어 나왔다.

"매일매일 찾아올 거야. 어떤 날은 자고 갈지도 몰라. 뭐, 얌전히 잠만 자지는 않겠지."

이랑의 눈이 화등잔 만하게 커졌다.

"피할 생각은 하지 마. 연락이 안 되면 매일 집 앞으로 찾아와서 귀찮게 할 거고, 문 안 열어주면 열어줄 때까지 두드릴 거야."

"왜……."

"왜냐니, 뭘 그런 당연한 걸 묻고 그래."

원이 씩 웃었다.

"대놓고 집적거리는 거지. 내 여자 되어달라고 구애하려는 거잖아."

"그렇지만 아깐…… 분명이 더 이상 다가오지 말라고 했잖아요."

"응, 넌 더 이상 움직일 필요 없어. 그냥 여기 가만히 있어."

원은 양손을 들어 이랑의 얼굴을 소중하게 감싸 쥐었다. 이랑은 여전히 믿기지 않는다는 표정으로 눈만 깜빡거리며 원을 응시하고 있었다.

"이젠 내가 갈 거야. 네가 어디에 있든, 거리가 얼마이든지 그런 거 생각하지 않고 무조건 네 옆으로 갈 거야."

원은 눈물로 촉촉하게 젖은 보드라운 볼을 쓰다듬었다.

"난 말이야, 막연하게 너에 대해 믿음이 있었던 것 같다. 언제라도 네가 그 자리에 있을 것 같다는 그런 믿음. 정말 이기적이지?"

"……."

"근데 더 어이없는 건 그 믿음대로 정말 네가 그 자리에 있었다는 거야. 정말 착해빠져가지고."

원이 자조적으로 피식 웃었다. 많은 것이 담겨 있는 웃음이었다. 지난 세월에 대한 후회, 비겁했던 자신에 대한 회한, 그리고 이랑에 대한 미안함과 같은 것들이 섞인 그 웃음을 본 이랑이 입술을 질끈 깨물었다.

"아까 네가 우는데 쇠망치로 한 대 두드려 맞은 것 같더라. 왜 난 네가 힘들 거라는 생각은 하지 못했을까. 그런 내가 얼마나 뻔뻔해 보였을까."

말을 마친 원이 나직하게 한숨을 내쉬었다. 그러더니 이내 작게 피식 웃었다.

"근데 이상하지. 그럴수록 네가 더 욕심이 나는 거야. 여전히 내가 좋아서 어쩔 줄 몰라 하면서도 끝까지 아니라는 듯 발뺌하는 것도 귀엽고, 다른 남자랑 같이 있는 거 보니까 돌아버리겠고."

원이 이랑의 이마에 가볍게 입을 맞췄다. 이마를 스친 입술이 조금 더 아래로 내려왔다. 그러는 중에도 까만 눈동자는 흔들림 없이 이랑을 응시하고 있었다. 원의 커다란 손에 얼굴이 잡힌 이랑이 마른침을 꼴깍 삼켰다.

"처음부터 끝까지 이기적이기만 한 남자라서 미안하지만."

조금 더 고개를 내린 원의 입술이 이랑의 입술을 가볍게 스치고 지나갔다. 연이어 고개를 반대 방향으로 돌린 원이 다시 한 번 이랑의 입술을 살짝 머금었다. 새털처럼 가볍게 스치고 지나가는 연이은 입맞춤에 그녀가 눈을 질끈 감았다. 바르르 떨리는 속눈썹을 보며 원이 나직하게 웃으며 손을 아래로 내려 이랑의 허리를 강하지만 부드럽게 옭아맸다.

"눈 떠."

작게 속삭이는 목소리에도 불구하고 여전히 눈을 꼭 감은 이랑이 고개를 좌우로 열심히 흔들었다.

"나 지금부터 되게 중요한 말 할 건데."

"......"

"어서."

연이은 원의 재촉이 이어지고 나서야 이랑이 겨우 주저하며 눈을 살짝 떴다. 옅은 갈색 눈동자에 긴장한 기색이 역력했다. 그와 반대로 까만 눈동자에는 웃음기가 스치고 지나갔다.

"어쩌면 오래전부터 그랬는데, 이제야 말하게 됐다."

잠시 말을 멈춘 원이 자신의 코로 이랑의 코를 살짝 비볐다. 몹시 친밀한 그 행동에 이랑이 멈칫했다. 원은 반사적으로 멀어지려는 이랑의 허리를 꽉 잡아 자신에게로 더욱더 밀착시켰다.

"많이 돌아온 만큼 잘 들어야 돼."

닿을락 말락 한 입술 사이로 나직한 말이 이어졌다.

"이랑아, 난 네가 너무 좋다."

늦은 밤, 차갑게 가라앉은 늦은 밤공기 사이로 감미로운 원의 목소리가 낮게 울려 퍼졌다.

조금 거칠다 싶을 정도로 그의 혀가 이랑의 입속을 제멋대로 휘젓는 가운데 원이 그녀의 허벅지를 은밀하게 쓰다듬었다. 허벅지를 타고 올라온 은밀한 손길은 곧 탄력 좋은 엉덩이를 꽉 잡아쥐었다.

"아."

엉덩이를 쥔 그가 이랑을 더욱 자신에게로 당겼다. 은밀한 곳에 와 닿는 마찰에 순간 이랑의 몸에 소름이 솟아올랐다. 이랑이 자신도 모르게 신음을 흘리며 원의 가슴팍을 꽉 쥐었다. 원이 더욱더 하체를 밀착시켜왔다. 어느새 볼록 솟아오른 그의 분신을 느끼며 이랑이 떨리는 숨을 들이켰다. 옷을 사이에 두고 계속되는 마찰이 직접 맞닿는 것보다 훨씬 더 은밀하고 감각적이었다. 자신도 모르게 자꾸 허리가 뒤틀렸다.

"쉬이. 천천히."

입술을 떼고 나직하게 속삭인 그가 얼굴 곳곳에 자잘한 입맞춤을 남겼다. 얼굴선을 따라 움직인 뜨거운 입김이 앙증맞은 귀로 연결되었다.

"하아."

원이 이랑의 귀를 슬쩍 깨물었다. 이랑의 숨소리가 한결 더 거칠어지기 시작했다. 속절없이 원에게 사로잡힌 이랑이 달뜬 신음을 내뱉었다. 그러는 사이 그는 슬그머니 손을 움직여 옷 안에 숨겨진 이랑의 부드러운 피부를 쓰다듬으며 슬금슬금 손을 위로 움직였다.

　"으음."

　곧 다가온 단단한 손길이 소담한 가슴을 움켜쥐었다. 이랑이 자신도 모르게 몸을 잘게 떨었다. 원이 서둘러 이랑이 입고 있던 웃옷을 훌쩍 벗겨 저 멀리 내던졌다. 그러고는 고개를 내려 하얗고 아름다운 이랑의 가슴 언저리에 살짝 입을 맞췄다.

　무척이나 달콤한 사탕을 먹는 것처럼 원이 그녀의 가슴을 희롱해갔다. 그에 맞춰 이랑의 신음 소리가 야릇하게 울렸다. 살짝살짝 감질나게 건드리며 약을 올리는 그 덕분에 이랑이 부르르 전신을 떨며 달뜬 신음을 내뱉었다.

　어느새 원의 숨소리도 거칠어져 있었다. 이랑을 소파에 눕힌 원이 뜨거운 입술로 이랑의 전신을 훑었다. 그가 이랑의 체취를 강렬하면서도 부드럽게 빨아들였다. 야수처럼 저돌적으로 달려드는 원에게 사로잡힌 이랑은 어느새 적나라한 알몸이 된 상태로 본능에 몸을 맡긴 채 연신 달뜬 호흡을 내뱉었다.

　"아아, 거긴."

　가장 민감한 곳에 단단한 손길이 와 닿았다. 은밀한 곳에 와 닿는, 여전히 생소하기만 한 타인의 손길에 이랑이 반사적으로 뻣뻣하게 굳었다.

　"쉬이…… 괜찮아."

　원이 이랑을 달래듯 입술을 할짝였다. 동시에 그가 부드럽게 여성을 쓰다듬었다.

　"하아! 하윽!"

입안을 헤집는 원의 숨결을 고스란히 삼키던 이랑의 입에서 연신 달뜬 숨이 흘러나왔다. 낯선 느낌에 자꾸만 정신이 아득해졌다. 형용할 수 없는 자극적인 느낌에 절로 허리가 뒤틀렸다. 터져 나오는 숨을 미처 삼키지 못한 채 반사적으로 다리를 오므리려 했지만, 그 가운에 단단하게 자리 잡은 그 덕분에 그럴 수도 없었다.

"아아."

끊임없이 이랑을 자극하던 손길이 드디어 멈췄다. 바짝 마른 입술을 핥으며 눈을 반쯤 떴다. 그런 이랑을 응시하던 원의 목울대가 눈에 띄게 움직였다.

"이런."

천천히 고개를 내린 원이 이랑의 귓가에 뜨거운 숨결을 불어넣었다.

"너무 몰아세우지 마. 거칠게 하고 싶진 않다고."

태연한 척 말을 하지만 미처 숨기지 못한 그의 거친 숨소리에 이랑의 숨결 또한 더욱 거칠어졌다. 원이 이랑의 귀를 살짝 핥자 자동적으로 떨리는 숨결이 뒤따랐다.

"아플지도 몰라."

"……?"

"하지만 곧 괜찮아질 거야."

의아해하기도 잠시, 이랑은 곧장 원의 말을 이해할 수 있었다.

"아윽."

이랑은 자신도 모르게 잠시 숨을 멈췄다. 불쑥 들어온 낯선 그의 남성에 온몸이 부들부들 떨렸다. 아직 익숙하지 않은 이랑에게 원은 너무나 버거웠다. 그런 이랑을 달래듯 원이 그녀의 얼굴 곳곳에 자잘한 키스를 뿌렸다. 다시 만난 입술이 열리고 서로의 혀가 다급하게 얽혀들었다. 그렇게 제법 시간이 지나자 그제야 조금 살 만해진 이랑이 숨을 몰아쉬며 바짝 얼어 있던 몸을 조금 이완시켰다.

"후욱."

이랑의 움직임에 맞춰 원의 입에서 거친 숨이 튀어나왔다. 그가 허리를 움직여 살짝 뒤로 물러났다 다시 한 번 곧장 이랑의 속으로 깊게 파고들었다.

"흐응."

자극적인 그 느낌에 이랑이 고개를 휘저으며 흐느끼듯 신음을 내뱉었다. 자신을 빈틈없이 채우고 있는 원이 너무나 적나라하게 느껴졌다. 너무 뜨거웠다. 마치 온몸이 터져 나갈 것만 같았다.

이랑의 가장 깊은 곳까지 단번에 치고 들어간 원은 곧장 유연하게 허리를 움직이기 시작했다. 원의 움직임에 맞춰 살과 살이 부딪치는 자극적인 소리와 누구의 것인지 모를 달뜬 신음만이 집안을 온통 가득 메웠다.

"하악."

원이 허리를 움직일 때마다 이랑의 신음 소리가 뒤따랐다. 그 소리에 자극받은 원이 더욱 템포를 올리며 이랑을 몰아치기 시작했다. 이랑은 하얗게 손이 질리도록 원의 팔을 단단하게 움켜쥐었다. 그렇게라도 의지하지 않으면 마치 온몸이 바스라질 것만 같았다.

"후우."

이랑의 몸을 빈틈없이 감싸고 있던 그가 상체를 들어 올렸다. 잠시 소강상태에 접어든 움직임에 이랑이 벅찬 숨을 내쉬며 호흡을 골랐다. 하지만 그것도 잠시, 이내 이랑의 늘씬한 허리를 단단하게 잡은 원이 살짝 허리를 뒤로 뺐다 단번에 이랑의 가장 깊숙한 곳으로 치고 들어왔다.

"아아."

고개를 뒤로 젖힌 이랑의 입에서 연신 비음 섞인 신음이 흘러나왔다. 원은 그런 이랑을 강렬한 시선으로 응시하며 잔근육이 매끈하게 잘 빠진 단단한 허리를 쉬지 않고 유연하게 움직였다.

시간이 지날수록 그는 더 깊이, 더욱더 강렬하게 치고 들어왔다. 머리끝에서부터 발끝까지 모두 다 원에게 사로잡힌 이랑은 지금 그가 주는 감각 외에는 아무것도 생각할 수 없었다. 그저 자신의 모든 것을 불태워버릴 것처럼 강한 쾌감을 주는 그에게 더욱더 매달릴 뿐. 그렇게 한 치의 의심이나 거리낌 없이 진심으로 서로를 갈구하는 두 사람의 몸짓은 그 어느 때보다도 더 격정적이었다.

"아응, 하아. 하악!"

거친 호흡을 내뱉던 이랑은 문득 눈을 꼭 감았다. 머릿속이 하얗게 변하며 모든 것이 아득하게 멀어졌다.

"큭."

형용할 수 없는 쾌감의 절정에 선 원의 몸이 잘게 떨렸다. 그에 맞춰 이랑도 간헐적으로 몸을 떨며 일시적으로 숨을 멈췄다.

"……"

집 안에 묘한 침묵이 내려앉았다. 모든 것이 정지된 것 같은 느낌을 받으며 이랑은 원의 팔을 쥔 손에 더욱더 힘을 주었다. 하얗게 질린 이랑의 손가락 마디마디로 진한 쾌락의 여운이 한참이나 스치고 지나갔다.

"후우."

땀에 젖은 원이 나른한 숨을 내뱉으며 이랑 위로 길게 늘어졌다. 기분 좋은 묵직함을 느끼며 이랑 또한 거친 호흡을 가다듬었다. 순식간에 지나간 일련의 과정에 온몸의 기운이 다 연소된 것만 같았다. 두 사람 모두 잠시 거친 숨을 내뱉으며 불같이 지나간 감각의 여운에 잠시 사로잡혔다.

뜨겁게 타올랐던 집 안의 열기가 서서히 가라앉았다. 원은 이랑의 입술을 다시 찾았다. 몹시 부드러운 키스였다. 여운을 즐기는 긴 입맞춤이 끝난 뒤, 원이 말갛게 드러난 이마에도 가벼운 입맞춤을 남겼다.

"나, 자고 가도 되지? 아님 쫓아낼 거야?"

부드럽게 자신의 감싸 안은 채 중얼거리는 원의 말에 이랑이 피식 웃었다. 답이 정해져 있는 것을 뭘 새삼 물어보는 것인지. 짓궂은 그의 말에 이랑이 원의 가슴을 아프지 않게 찰싹 때렸다.

"이런 격한 환대라니. 바라던 바야."

애교와 타박이 동시에 섞인 그 행동에 원이 씩 웃으며 이랑의 입술에 다시 가볍게 입을 맞췄다. 짤막한 입맞춤이 끝난 뒤 곧 이랑을 끌어안은 원이 만족스런 표정으로 눈을 감았다. 그 얼굴을 올려다보고 있자니 새삼스러운 생각이 들었다. 이랑은 그의 단단한 턱을 가만히 바라보며 조금 전 집 밖에서 있었던 일을 다시 떠올렸다.

늦은 밤, 차갑게 가라앉은 늦은 밤공기 사이로 감미로운 원의 목소리가 낮게 울려 퍼졌다.

"이랑아, 난 네가 너무 좋다."

이랑이 자신도 모르게 바보처럼 입을 멍하게 벌렸다. 나직한 그의 목소리가 저 멀리서 들려오는 것처럼 꿈결같이 다가왔다. 이토록 차가운 밤공기가 감미롭다는 건 말도 안 된다.

"사랑해, 정이랑."

그런데 감미로웠다. 이토록 달콤한 향기를 내뿜는 새벽이라니. 새벽 공기가 이토록 촉촉하고 맑아도 되는 것일까. 덥지도 않고 춥지도 않았다. 그저 달콤하고, 은은하고 유혹적이면서도 편안했다. 지금 이 순간, 이랑은 마치 무중력 공간에 붕 떠버린 느낌을 받으며 눈도 제대로 깜빡이지 못한 채 원을 응시했다.

"대답 안 해줄 거야?"

감미로운 속삭임에 이랑은 아무런 말도 할 수 없었다. 그가 나를 사랑한단다. 내가 어디에 있든, 무엇을 하든 상관없이 그가 나에게로 와주겠다고 한다. 벅찬 마음에 코끝이 찡해졌다. 심장이 더욱더 제멋대로 날뛰기 시작했다.

그가 또 가버렸다는 것은 나의 오해였다. 그를 사랑하는 마음을 애써 접을 필요도, 도망을 갈 필요도 없었다. 이제는 정말 아무 걱정 없이 원을 사랑하기만 하면 되는 것이었다. 이랑의 눈가에 다시금 뿌연 습막이 차오르기 시작했다.

"이런, 울라고 한 말이 아닌데."

원이 이랑의 볼을 타고 흘러내리는 눈물을 닦아주듯 입을 맞췄다.

"울지 마."

부드러운 그의 말에 이랑은 말없이 고개를 열심히 끄덕였다. 눈물이 자꾸 나는데도 왠지 웃음이 흘러나왔다.

"이제 아무 데도 안 보낼 거야. 내 옆에 있어."

손을 뻗은 이랑이 원의 등을 감싸 안았다.

"……안 갈 거예요."

원의 어깨에 고개를 파묻은 채 웅얼거린 이랑이 다시는 보내지 않겠다는 듯 원을 더욱더 꽉 껴안았다.

"그래."

원이 빙긋 웃으며 이랑을 마주 안으며 토닥거렸다. 그의 품 안에서 이랑은 여전히 눈물을 흘리는 가운데 바보처럼 배시시 웃음을 터뜨렸다. 그러다 문득 무슨 생각을 한 것인지 원이 한숨을 푹 내쉬었다.

"그나저나, 무너진 이 신뢰도를 회복하려면 어떻게 해야 하나."

"네?"

고개를 살짝 떨어뜨린 원이 피식 웃고는 자신의 이마에 이랑의 이마를 콩 하고 부딪혔다. 그러곤 손을 들어 촉촉하게 젖은 이랑의 볼을 쓰다듬었다.

"여자가 이 새벽에 허겁지겁 뛰어나오게 만들고. 그 정도로 내 신뢰도가 바닥인 줄은 미처 몰랐는데."

"제대로 설명했으면 이렇게 뛰쳐나오지도 않았어요."

코를 훌쩍이던 이랑이 밉지 않게 눈을 흘겼다.

"그렇지만 네가 얼굴을 내미니까, 자꾸 가까이서 보고 싶고, 안고 싶어서 참을 수가 없잖아."

"그런……."

"이래서야 또 손이 먼저 나가겠다 싶어서 겨우 전화 끊은 거였는데, 결국 이렇게 되고 말았네."

한숨을 푹 내쉰 원이 꼭 붙어 있는 이랑의 몸을 조금 떨어뜨렸다.

"여기서 계속 이럴 순 없으니 집으로…… 잠깐, 너 이러고 나왔어?"

가볍게 웃음 짓고 있던 그의 얼굴이 일순 험악하게 변했다. 심상치 않은 원의 목소리에 이랑이 의아한 표정을 지었다.

"발이 이게 뭐야."

그제야 이랑이 시선을 내려 자신의 발을 살폈다.

"어라."

가관도 아니었다. 한쪽 발에는 슬리퍼가 간당간당 걸쳐 있었고, 그나마 다른 발은 그마저도 어디로 갔는지 하얀 맨발 그대로였다.

"다치면 어쩌려고 이렇게 나온……."

눈썹을 찌푸린 채 이랑을 향해 말을 이어가던 원이 곧 말을 멈췄다. 그러곤 어깨가 들썩일 정도로 길게 숨을 푹 내쉬었다.

"널 어쩌면 좋으냐."

고개를 절레절레 흔든 원이 허리를 살짝 숙였다. 갑작스런 그의 태도에 의아한 표정을 짓기도 잠시, 이랑의 눈동자가 크게 흔들렸다.

"웃차."

"오빠?"

불쑥 자신을 안아 든 원의 목을 얼결에 감아 안으며 이랑이 놀란 표정을 지었다. 그러거나 말거나 이랑을 안아 든 원은 건물 입구를 향해 성큼성큼 걸음을 옮기기 시작했다.

"무거울 텐데."

"뭘 새삼. 예전에는 더한 자세로도 안겼으면서."

"내가 언제 그랬……."

말을 이어가던 이랑이 곧 입을 꼭 다물었다. 자신을 보며 씩 웃는 원의 얼굴을 보고 있자니 불현듯 무슨 생각이 뇌리를 스치고 지나간 것이었다. 볼이 발갛게 달아오르는 그녀의 얼굴을 보며 원이 피식 웃었다.

"그렇게 적극적으로 안길 때는 언제고, 이제 와서……."

"그, 그만해요."

이랑이 다급하게 원의 입을 틀어막았다. 그런 이랑을 바라보는 원의 얼굴에 맺힌 웃음이 더욱 진해졌다. 그렇게 아옹다옹 집 앞에 도착한 원이 허리를 살짝 굽혔다. 덕분에 살짝만 팔을 움직이면 도어록에 손이 딱 닿았다.

"비밀번호."

"이제 그만 내려줘요."

"바닥 차가워."

요지부동인 원을 보며 이랑은 어쩔 수 없이 비밀번호를 눌렀다. 문이 활짝 열렸다.

"나 들어가도 되는 거지?"

"그……."

"그럼 잠깐 실례."

새삼스레 물어보는 원을 보며 당황한 이랑이 뭐라고 대답도 하기 전, 그가 냉큼 집 안으로 밀고 들어왔다. 그러더니 현관문을 닫고 성큼성큼 소파에 도착해서야 조심스레 이랑을 내려놓았다.

"화장실이 어디야?"

"네?"

"발."

"제가 할게요."

"가만히 있어."

소파에서 일어서려는 이랑의 어깨를 살짝 눌러 그대로 앉힌 원이 이리 저리 잠시 주변을 둘러보더니 알아서 화장실을 찾아선 들어갔다. 그러곤 수건에 물을 묻혀서 나와 대뜸 이랑 앞에 주저앉아서 맨발이던 발을 손으로 감싸 쥐었다.

"오빠! 지금 뭐 하는……."

"뭐 하긴. 내 여자 발 닦아주잖아."

"네?"

멍한 이랑의 얼굴을 살피던 원이 대수롭지 않은 얼굴로 어깨를 으쓱했다.

"내, 내 여자?"

"응, 최원 여자 정이랑."

이랑은 발을 부드럽게 닦아주는 원을 멍하니 바라보았다.

"왜 그렇게 봐?"

"그야……."

멍한 이랑을 보며 원이 피식 웃었다. 그러더니 자리에서 일어서 이랑의 발을 닦은 수건을 들고 다시 화장실로 향했다. 이랑은 원이 움직이는 대로 시선을 돌렸다. 아까만 해도 불안하게 서성이던 심장이 이제는 전혀 다른 의미로 열심히 두근거리기 시작했다. 그러는 사이 손을 씻은 것인지 원이 손을 탈탈 털며 나왔다.

곧장 이랑의 옆자리에 앉은 그가 자연스럽게 그녀의 허리를 감싸 쥐고는 자신에게로 끌어당겼다.

"그럼 우린 조금 더 이야기를 나눠볼까."

이런 자세로 무슨 이야기를 나눈다는 것일까. 순식간에 원의 단단한 허벅지 위에 마주 보고 앉은 자세가 된 이랑이 입술을 꾹 깨물었다. 빈틈 없이 밀착된 두 사람의 몸에서 열기가 확 올라왔다. 당황하는 이랑을 바라보는 원의 얼굴에 맺힌 미소가 더욱 진해졌다.

"오늘은 아무 짓도 하지 않으려 했는데 말이야."

손을 들어 올린 원이 이랑의 얼굴을 쓰다듬기 시작했다.

"그렇다고 이런 기회까지 날려버릴 만큼 성인군자는 아니라서."

아슬아슬하게 이랑을 쓰다듬던 원이 이랑의 얼굴선을 따라 천천히 손길을 밑으로 내렸다. 턱 선에 닿은 손이 잠시 멈춰 원을 그렸다. 아찔한 그의 손길에 입안이 바짝 말라왔다. 조금 더 밑으로 내려간 그의 손길이 이제는 쇄골 주변을 배회하기 시작했다.

"그 전에, 나 궁금한 게 있어."

그 어느 때보다도 강렬한 까만 눈동자에 사로잡힌 이랑이 자신도 모르게 떨리는 숨을 내뱉었다.

"뭔데요?"

"아까 그 자식…… 크흠, 한진석 씨랑 나가서 뭐 했어?"

이랑이 곤란하다는 표정으로 입을 꾹 다물었다. 그는 까만 눈동자를 이랑에게 고정시킨 채 꼼짝도 하지 않았다. 진석과 무슨 일이 있었는지 말하지 않으면 넘어가지 않을 것처럼 보였다.

"뭐 했냐니까?"

"⋯⋯내가 마음에 든대요."

결국 끈덕지게 물어오는 탓에 이랑이 한숨을 푹 내쉬며 이실직고했다. 그의 눈빛이 한층 날카로워졌다.

"근데 바로 거절하고, 헤어졌어요."

"흐음."

"정말이에요."

"정말?"

"거짓말을 왜 해요. 그럼 진석 씨한테 가서 물어봐요."

"진석 씨?"

다정한 그 부름이 마음에 들지 않아 원의 눈썹이 꿈틀했다. 그에 이랑이 원의 눈치를 살피며 입을 꾹 다물었다. 하지만 어째 시간이 지날수록 억울한지 입이 불퉁하니 튀어나왔다.

"치! 그렇다고 그렇게 화를 내요? 나한테?"

"내가 화를 냈던가."

"그럼 아까 버럭버럭 소리 지른 건 누구예요?"

"글쎄, 난 모르겠는데."

"거짓말."

이랑의 불만스러운 표정에 원이 그제야 어깨를 으쓱했다.

"그러고 보니 아까 잠깐 이성이 끊겼던 것 같기도 하고."

"네?"

"내 여자가 날 모른 척하고는 눈앞에서 다른 남자랑 걸어가는 데 멀쩡하면 그게 더 이상한 거 아니야?"

퉁명스런 말과는 다르게 원의 손길이 더욱 은밀해졌다. 쇄골을 더듬던 손길이 이제는 가녀린 어깨선을 따라가기 시작했다. 닿을 듯 말 듯 감질나게 자신을 쓰다듬는 손길에 이랑의 입술이 바짝바짝 말랐다. 벌어진 입술 사이로 묘한 기대감이 섞인 숨이 튀어나왔다.

"어쨌든 바로 거절했다, 이거지."

만족스러운 표정으로 그가 빙긋 웃었다. 천천히 고개를 내린 원이 이랑의 입술을 살짝 핥았다.

"잘했으니 상을 줘야겠네."

나직하게 속삭인 그가 다시금 이랑의 눈을 가만히 바라보기 시작했다. 자신도 모르게 마른침을 꼴깍 삼키는 이랑을 바라보는 원의 눈동자가 더욱 짙게 내려앉았다. 서로를 응시하던 두 사람의 얼굴이 다시금 맞닿았다.

거기까지 생각한 이랑의 얼굴이 왠지 모르게 발갛게 상기되었다. 그 뒤에 일어난 적나라한 장면들이 다시금 떠올랐다. 하룻밤 사이에 참 많은 일이 일어났다.

"잠이 안 와?"

이랑이 꼼지락거리는 것을 느낀 것인지 원이 낮게 깔린 목소리로 물어왔다.

"아뇨, 자요."

괜히 화들짝 놀란 이랑이 반사적으로 눈을 꾹 감았다. 하지만 말과는 다르게 쉬이 잠들 것 같지 않은 밤이었다.

7

어스름하게 어둠이 내려앉은 집 안 한구석, 몹시 조심스러운 발걸음으로 화장실에서 살금살금 나온 이랑이 냉장고 문을 열었다.

"음."

그럴싸한 아침을 차리고자 했건만 재료가 너무 부실했다. 아무리 눈에 불을 켜고 스캔해도 간단한 토스트가 다였다. 머리를 긁적인 이랑이 물통만 꺼내 들고 여전히 조심스러운 손길로 냉장고 문을 닫았다.

"잘 잤어?"

정신이 번쩍 들 만큼 시원한 물을 들이켜고 있는데, 어느새 다가왔는지 원이 뒤에서 안아왔다. 갑작스런 포옹에 흠칫 놀랐던 이랑은 이내 자신의 허리를 감은 팔을 다정하게 감싸 안았다.

"깼어요?"

"응, 오랜만에 푹 잤어."

아침이라 그런지 조금은 잠긴 것 같은 목소리로 그가 낮게 대답하고는 그녀의 어깨 위에 고개를 얹었다. 촉촉하게 젖은 이랑의 머리에서 나오는 냄새를 맡으며 원이 싱긋 웃었다.

"정이랑 냄새, 좋다!"

원이 이랑의 목덜미에 고개를 파묻었다. 부드러운 살결에서 풍기는 향긋한 향을 가득 들이켠 원이 그녀의 뒷목에 가볍게 입을 맞췄다. 괜히 귓가가 빨개진 이랑이 서둘러 원의 팔을 풀고 몸을 돌렸다. 막 잠에서 깬, 조금은 헝클어진 모습의 그가 보였다. 단단한 상체를 그대로 드러내고 서 있는 그의 모습에 괜히 눈 둘 곳이 없어 이랑이 서둘러 시선을 돌렸다.

"아침에 빵 괜찮아요?"

"아침까지 차려주게?"

"어떻게 빈속으로 보내요."

잠시 이랑을 바라보던 원이 빙긋 웃으며 입을 열었다.

"안아봐도 돼?"

"네?"

"한 번만 안아보자."

갑작스런 말에 이랑이 애써 돌리고 있던 시선을 다시금 원에게로 향했다. 몹시 다정한 웃음을 머금은 그가 자신을 향해 손을 벌리고 있었다.

"얼른."

원의 재촉에 이랑이 천천히 그의 품으로 향했다.

"후우, 꿈같다."

"……."

"설마 정말 꿈은 아니겠지."

믿기지 않는다는 듯 중얼거리는 그의 말에 이랑의 가슴이 벅차왔다. 옛날의 두 사람이 귀여운 설렘이었다면, 지금은 뭐랄까…… 이 사람이 아니면 안 될 것 같은 간절함 같은 것들이 느껴졌다.

"힘들게 한 만큼 더 잘해줄게."

나직한 말에 이랑은 코끝이 찡해졌다.

"그러니 넌 그냥 여기에 있어. 나머진 내가 다 알아서 해."

지금 이 순간이 믿기지 않는 것은 원뿐만이 아니었다. 이랑 또한 지금 그를 이렇게 안고 있는 것이 쉬이 믿기지 않았다.

그러다 문득 시계를 보고는 이랑이 화들짝 놀랐다. 이러고 있다가는 끝이 없을 것 같아 서둘러 원의 품에서 벗어났다.

"늦겠어요. 얼른 씻어요."

"그냥 둘 다 하루 월차 내고……."

"안 돼요."

제법 단호하게 말했지만 원은 이랑을 쉬이 놔줄 생각이 없어 보였다.

"왜 안 돼. 그냥 아프다고 하고 월차 내면 되지."

"안 된다니까. 얼른 씻고 나와요."

하지만 이랑 또한 그런 원의 꼬임에 쉬이 넘어갈 생각이 없었다. 한 치의 망설임도 없이 고개를 휘젓는 그녀를 보며 원이 다시 한 번 입을 열었다.

"그러지 말고 그냥……."

"어서요."

결국 엄한 이랑의 말에 팔을 푼 원이 잔뜩 심통 난 표정으로 욕실로 향했다. 주방에 홀로 남겨진 이랑은 욕실로 원이 사라지자마자 피식 웃고 말았다. 저런 귀여운 모습이라니.

"아차."

그러기도 잠시, 이랑은 서둘러 움직이기 시작했다. 이러다가는 정말 지각을 하게 될 것 같았다.

여느 때보다 밝은 얼굴을 한 원이 차에서 내렸다. 이랑이 안달을 내서 급하게 서두른 바람에 집에 들러서 옷까지 갈아입고 출근하는 길이었다. 말간 얼굴로 빨리 가라며 닦달하던 모습이 떠오르자 빙긋 웃음이 났다. 진한 웃음을 머금은 그가 휴게실로 향했다.

오늘은 하루 종일 바쁠 예정이었다. 시험 생산한 부품을 확인하러 공장에 들어가 봐야 했다. 바쁘게 움직이기 전, 진한 카페인을 충전할 참이었다. 그러지 않으면 정신 못 차리고 하루 종일 얼빠진 놈처럼 시종일관 실실댈지도 몰랐다.

"좋은 아침, 최 팀장님."

요란한 소리를 내며 원두가 갈리는 소리를 듣는 사이, 언제 왔는지 민영이 불쑥 고개를 내밀었다. 반사적으로 뒤로 한발 물러선 원이 무덤덤하게 인사를 받았다.

"왔어?"

"그대로 좀 있지? 꼭 이렇게 흠칫거리면서 물러나더라, 넌."

"이제는 내 개인 공간 거리까지 터치하려고?"

"뼛속까지 한국인인 주제에 이럴 때만 아메리칸 마인드지."

투덜대는 민영을 보며 원이 피식 웃었다. 그러곤 자신이 먹기 위해 뽑은 커피를 민영에게 건넸다.

"이거나 드십시오, 서민영 팀원님."

언제 투덜댔냐는 듯 민영이 금방 싱긋 웃으며 원에게서 커피를 받아 들었다.

"참, 너 그거 들었어?"

"뭐?"

"홍보팀 직원한테 들었는데, 얼마 후에 사내 자체 시상식이 있는 모양이야."

"시상식?"

그새 홍보팀 직원과 친해지기라도 한 것인지 민영이 자신이 아는 것을 쉴 새 없이 나열하기 시작했다.

"응, 늘 이맘때쯤에 하는 행사래. 우수사원 뽑아서 상금도 거하게 주고, 휴가도 보내주고. 사기 진작 차원에서 하는 거겠지."

"그래?"

"총 2부로 진행된대. 1부야 뭐, 꼰대들 나와서 뻔한 말들 늘어놓는 거고, 2부에서는 좀 재미난 순서들이 있다나 봐. 금일봉도 부서별로 두둑하게 나눠주고 한다나."

민영의 말을 듣던 원이 실소를 내뱉었다. 미국 시민권자인 주제에, 물론 그렇다고 한국어를 못하는 것은 아니었지만, 어디서 배운 것인지 꼰대라는 말을 쓰는 민영이 우스웠던 것이다.

"어디서 이상한 한국어는 배워가지고."

피식 웃은 원이 자신의 몫으로 나온 커피를 가지고 사무실로 걸음을 옮겼다.

"어디 가, 나 아직 이야기 안 끝났는데."

"별로 안 궁금한데. 그날 보면 알겠지."

"아니, 그거 말고."

그제야 원이 의아한 표정으로 뒤돌아섰다.

"그날, 저녁에 회사로 파트너 데려와도 된대."

"파트너?"

"응. 결혼했다면 각자의 배우자, 사랑하는 사람이 있다면 서로의 애인과 같은 그런 사람 말이야."

원의 눈빛이 조금 더 흥미롭게 변했다.

"그래서 말인데, 우리 불쌍한 서로를 구원해주는 건 어때?"

"뭐?"

"서로 불쌍한 사람들끼리 파트너를 해줌으로써 각자 구제해주자는 거지."

태연하게 말을 건 것과 다르게 어느새 잔뜩 긴장한 표정인 민영을 아는지 모르는지 원은 피식 웃었다.

"누가 그래, 내가 불쌍한 사람이라고?"

"어?"

"난 됐다."

"뭐? 그게 무슨 말이야. 너 설마……."

"나 먼저 간다."

여전히 웃음 섞인 표정으로 말을 마친 원이 더 이상 미련이 없다는 듯 민영을 뒤로한 채 몸을 돌렸다. 그런 원의 발걸음은 무척이나 가볍기만 했다.

'지금쯤 커피 마시고 있으려나.'

손에 들린 컵에서 은은한 커피 향이 올라왔다. 평소엔 그냥 넘겼을 그 향이 또 어찌나 좋은지 또 웃음이 나왔다. 뜨거운 머그컵을 손에 쥐고 조그만 입술을 오물조물 움직여 호호 불고 있을 이랑이 눈에 선했다.

'아쉽군.'

지금 눈앞에 이랑이 있다면 당장이라도 달려들어서 그 입술을 잡아 먹어버릴 기세로 원이 씩 웃었다. 하지만 그것도 잠시, 곧 원의 눈썹이 꿈틀거렸다. 아이디카드를 찍고 들어서자마자 진석과 마주쳤다.

"티, 팀장님."

"한진석 씨."

"좋은 아침입니다."

고개를 꾸벅 숙인 진석이 인사를 건네고는 후다닥 사라져 갔다. 까만 눈동자로 그런 진석의 모습을 잠시 바라보던 원이 다시금 걸음을 옮겼다.

"흠."

어제, 이랑이 자신을 두고 진석과 멀어지던 모습이 떠올랐다. 두 사람이 함께 사라지는 장면을 목격했을 때, 정말 이성을 잃는 줄 알았다. 자신을 내버려두고 다른 남자와 멀어져가는 이랑의 모습을 두 번 다시는 보고 싶지 않았다.

'감히 누굴 넘보는 거야.'

원이 자신도 모르게 혀를 쯧 하고 찼다. 그러기도 잠시, 원은 이내 고개를 저었다.

'뭐, 내가 있으니 다른 남자가 눈에나 들어왔겠어.'

이랑이 들었다면 입을 떡 벌릴 생각을 뻔뻔하게 하는 만행을 저지른 원이, 한쪽 입술을 더욱더 끌어 올리며 발걸음도 가볍게 사무실로 향했다.

퇴근 시간이 되어도 한여름의 강렬한 햇빛의 열기는 쉬이 죽지 않았다. 버스에서 내려 부지런히 걸어 집에 도착한 이랑은 가방을 아무렇게나 내려놓고 서둘러 냉장고 문을 열었다.

"아, 배고파."

하지만 별다르게 먹을 게 없었다. 한숨을 내쉰 이랑이 즉석밥을 꺼내 전자레인지에 넣고 참기름과 고추장을 꺼냈다. 그러곤 양푼에 넣고 맛깔나게 비비기 시작했다. 한입 가득 비빔밥을 넣고 우물거리며 이랑은 몸을 부르르 떨었다. 누가 비볐는지 맛이 끝내 줬다.

"응?"

그때 갑자기 휴대폰이 울렸다. 휴대폰을 들어 발신자를 확인한 이랑이 자신도 모르게 헛기침을 하며 가슴을 세게 두드렸다.

"컥."

원의 이름을 확인하자마자 잘 넘어가던 밥이 목에 딱 걸린 느낌이 들었다.

"콜록콜록."

서둘러 음식물을 삼키느라 목이 막힐 지경이었다. 물을 한 컵 가득 마시고 난 뒤에야 이랑은 겨우 전화기를 귀에 가져다 대었다.

"오빠?"

최대한 차분하면서도 얌전하게, 그렇게 과하지 않은 목소리로 예쁜 척을 했다.

—응, 나야. 뭐 해?

늘 들어왔던 목소리임에도 불구하고 헤실헤실 웃음이 새어 나왔다. 잔뜩 벌어지려는 입을 간신히 수습하며 이랑이 아무렇지도 않은 척 다시 입을 열었다.

"밥 먹어요.

자신도 모르게 방싯 웃은 이랑이 숟가락으로 밥을 뒤적였다.

"오빠는 어디예요?"

—공장 갔다가 이제 회사 들어가고 있어.

평소처럼 무덤덤한 목소리였지만, 피곤이 가득 느껴졌다. 안쓰러운 마음이 들었다.

"피곤하겠다. 밥은 먹었어요?"

—이제 먹으려고. 뭐 먹어?

"나요?"

—응, 너.

이랑은 나직한 원의 말에 가만히 시선을 내려 식탁 위를 바라보았다. 양푼이 가득 들어차 있는 맛깔나게 생긴 비빔밥이 보였다.

'헉. 이 양을 보면 오빠 기겁하겠네.'

이랑이 괜히 헛기침하며 수저를 내려놓았다.

"비빔밥요. 간단하게 조금만 먹고 있어요."

—그래? 나도 그거 먹어야지. 마주 보고 못 먹는 대신.

이랑이 배시시 웃으며 몸을 배배 꼬았다. 나직한 그의 말이 귓가에 기분 좋게 울렸다.

—저녁 먹은 뒤 회의가 있어. 늦게 마칠 것 같은데. 미안해서 어쩌지. 데이트하려고 했는데.

"난 괜찮아요. 어제 잠자리도 불편했을 텐데, 피곤해서 어떻게 해요."

—어제? 잠자리가 불편했던가. 왜 그랬지?

"네?"

—그러고 보니, 어제 우리한테 많은 일들이 있었네. 그중에서도 특히 소파에서의…….

"오빠!"

답지 않게 능글거리는 그의 말투에 이랑이 자신도 모르게 소리를 빽 질렀다. 전화기 건너편에서 그가 작게 웃는 소리가 들려왔다. 잠시 이어지는 나직한 웃음소리를 듣다 보니 잔뜩 힘이 들어갔던 눈에 속절없이 힘이 풀리고 말았다. 어느새 이랑은 자신도 모르게 덩달아 배시시 웃음을 흘렸다.

-하아, 목소리 들으니 더 보고 싶네. 이건 반칙이야, 정이랑.

바보처럼 히죽 웃음을 머금고 있던 이랑이 순간 멈칫했다.

-누가 마음대로 자꾸 눈앞에 아른거리래.

"……네?"

-하루 종일 어찌나 방싯거리는지. 무슨 정신으로 일을 했는지 하나도 모르겠다.

그야말로 이건 반칙이었다. 사전 예고 없이 이렇게 툭 치고 들어오다니. 이랑은 애먼 식탁보를 꾸깃거리며 자꾸만 벌어지려는 입술을 이로 지그시 깨물었다.

-사과 안 해?

"가만히 있는 날 마음대로 가져다 썼으니 사과는 오빠가 해야죠."

-이런이런, 그렇게 되는 건가.

잠시 전화기 사이로 따뜻한 웃음이 감돌았다.

"힘내요."

-일하는 건 견딜 만해. 널 못 보는 것만 빼면.

다정한 그의 말에 몸이 두둥실 떠오르는 것만 같았다.

-아, 이제 그만 가봐야겠다. 나중에 다시 전화할게.

"네."

다정한 인사를 주고받은 뒤 휴대폰을 내리자 자꾸만 입이 히죽 벌어졌다. 무덤덤한 목소리 속에 담긴 달콤함에 이랑의 몸이 속절

없이 녹아내렸다. 남들이 보면 닭살이라고 부르르 떨 일도 막상
내 일이 되니 이렇게 행복할 수가 없었다.

'은근히 닭살이라니까.'

그렇게 잠시 헤죽대던 이랑은 이내 더욱더 기운차게 손을 들어
양푼이 가득 들어찬 밥을 너끈하게 비웠다.

많은 사람들이 업무를 마치고 개인 사정으로 각자의 발걸음이
분주하게 움직일 시각, 이랑은 가벼운 발걸음으로 원과 만나기로
한 카페에 들어섰다. 카페 한편에 자리 잡고 앉은 뒤 이랑은 내부
를 한번 둘러보았다. 세련된 분위기의 카페가 꼭 마음에 들었다.

그런 이랑의 눈에 멀지 않은 곳에 대학생처럼 보이는 여자 2명
이 앉아 있는 모습이 보였다. 킥킥대며 이야기를 나누는 것이 꼭
이랑 자신과 화영의 모습을 보는 것 같았다. 얼굴에 방싯 웃음을
매단 이랑이 휴대폰을 꺼내 들었다. 갑자기 화영과의 옛날 일이
떠오르자 문득 그녀의 목소리가 듣고 싶어졌다.

-왜?

무덤덤한 목소리가 들렸다.

"나. 뭐 해?"

-야근, 야근, 또 야근. 이놈의 미친 야근!

뚱한 화영의 목소리를 들으며 이랑이 작게 웃음을 터뜨렸다.
정말이지 화영은 세월이 지나도 하나도 변한 것이 없었다.

얼마 전, 폭풍우 치는 밤 같이 널뛰던 이랑의 감정을 직시하도
록 해준 그 목소리 그대로였다. 원의 고백을 받은 다음 날, 이랑은

곧장 화영에게 무슨 일이 있었는지 미주알고주알 다 말했더랬다. 그런 건 기꺼이 공유해줘야 할 만큼 행복한 일이었다. 물론, 어느 정도 들은 화영이 더 이상 듣기 싫다며 손사래를 치며 거부했지만.

－넌 뭐 해?

"어? 난, 뭐."

－뭐야, 데이트?

눈치 빠른 화영이 어물쩍거리는 이랑의 말을 금방 알아차리고 투덜댔다.

－누군 데이트, 누군 야근. 인생 한번 지랄 맞네. 큰일 난 것처럼 호들갑 떨 땐 언제고 이제는 좋아 죽지, 정이랑?

"그놈의 지랄은. 말 좀 예쁘게 하라니까."

－염장 지르지 마. 그나저나, 예쁘게 하고 나갔어?

투덜대다가도 이내 친구를 챙기는 화영의 말에 이랑이 빙긋 웃었다.

"그냥."

－말은 그래도 엄청 예쁘게 하고 갔을 거 다 알거든.

타박 속에 숨겨진 격려에 이랑이 결국 작게 웃음을 터뜨렸다.

－그래, 너라도 청춘을 즐겨라. 난 회사에서 썩으련다.

"썩긴, 이 좋은 청춘에. 힘내서 얼른 퇴근해."

－알았다.

전화를 끊은 뒤 휴대폰을 내려다보고 있자니 다시금 빙긋 웃음이 났다. 이런 화영이 있어 얼마나 든든한지 몰랐다.

"뭐가 그렇게 좋아?"

"왔어요?"

어느새 다가온 원을 보며 이랑이 머쓱하게 웃었다. 너무 헤실 거리며 웃었나 싶었다.

"누구랑 그렇게 다정하게 전화를 해?"

이랑의 볼을 가볍게 톡, 치는 듯이 쓰다듬은 원이 이랑의 맞은 편에 앉았다. 그런 원을 바라보던 이랑이 괜히 빙글거리며 웃기 시작했다.

"글쎄요."

"글쎄요?"

원이 이랑의 말을 따라 하더니 이내 눈썹을 움찔했다.

"뭐야? 설마, 시식코너?"

이랑의 입가에 맺힌 미소가 더 진해졌다.

"뭐야, 정말이야? 정이랑, 너."

원의 인상이 험악해졌다. 더 이상 두면 또 버럭 원이 강림할 것 같아 이랑은 서둘러 입을 열었다.

"화영이에요."

"뭐?"

미간을 찌푸리고 있던 원이 자신이 생각해도 너무 과민반응 했 다 싶은지 어이없는 표정으로 이내 피식 웃었다.

"시식코너면 어떻게 하려고 했어요? 질투 났어요?"

이랑의 눈동자가 흥미롭게 반짝였다. 그런 이랑을 바라보던 까 만 눈동자도 덩달아 흥미롭게 변했다.

"흐음."

쉬이 생각이 읽히지 않는 까만 눈동자가 이랑을 지그시 응시하기 시작했다. 뚫어져라 자신을 바라보는 원의 시선에 오히려 당황하게 된 것은 이랑이었다.

"첫 데이트 생각나네."

"네?"

"뭐라고 말만 하면 볼이 발갛게 변해선 어쩔 줄을 몰라 하고."

"내가 언제……."

"그 순진한 아가씨는 어디로 가고 지금 내 눈앞에 이런 능글이가 앉아 있나."

"능글이?"

"시간이 흐르긴 흘렀나 봐. 날 떠볼 줄도 알고 말이야."

씩 웃으며 자신의 머리를 쓰다듬는 원 덕분에 이랑의 얼굴이 이내 울상으로 변했다. 아직 원을 이기려면 한참 멀었다는 생각이 들었다.

"알면 좀 당하는 척이라도 해주지."

이랑이 자신도 모르게 입술을 비죽였다. 그런 이랑을 바라보는 원이 다시금 빙긋 웃었다.

"참, 부탁할 게 있어."

"부탁이요?"

"응, 얼마 뒤에 회사 행사가 있어."

갑작스런 원의 말에 이랑이 고개를 갸웃했다.

"그날 같이 갈래? 난 그날 너랑 같이 갔으면 좋겠는데."

뜻밖의 말이었다.

"그래도 되는 자리예요?"

"파트너 동석이 된다더라고. 네가 있는데 내가 혼자 갈 이유가 없잖아."

"그야……."

이랑이 당황스러운 표정으로 머뭇거렸다. 확고한 표정으로 같이 가자고 하는데 기분이 좋으면서도, 살짝 어려운 느낌도 들었다.

"나 아직 온 지 얼마 안 돼서 왕따야."

"네?"

"사람들이 막 팀장이라고 소외시키고……."

무덤덤하게 말하는 원의 모습에 이랑이 작게 웃음을 터뜨렸다.

"오빠가 그런다고 당해요?"

원은 성격상 사람들이 소외시킨다고 신경 쓸 인물이 아니었다. 거기다 쉽사리 소외시킬 수 있는 분위기는 더더욱 아니었다. 웃음을 머금은 이랑의 말에 원이 눈썹을 움찔했다.

"진짜라니까."

"알았어요, 같이 가요."

결국 이랑은 웃으며 작게 고개를 끄덕이고 말았다. 어울리지 않게 귀여운 투정을 부리는 원의 부탁을 거절하기란 이랑으로서는 불가능한 일이었다.

"자, 그럼 오늘의 숙제 중 하나는 해결했고."

원이 뜻 모를 말을 중얼거렸다. 갑작스런 그의 말에 막 주문한 커피를 한 모금 들이켜던 이랑이 눈을 동그랗게 떴다.

"그럼 두 번째 숙제."

"숙제?"

"잠시만."

마치 중요하게 할 이야기가 있다는 듯 자신 쪽으로 가까이 오라는 원의 손길에 이랑이 주춤거리며 상체를 앞으로 내밀었다.

"제멋대로 눈앞에 나타나 아른거린 것에 대한 사과 받기."

나직하게 속삭이는 그의 말에 이랑의 얼굴이 더욱 의아하게 변했다.

"그게 대체……. 읍!"

영문을 몰라 커져 있던 눈동자가 이번에는 또 다른 이유로 더 커졌다. 부드러운 입술이 강하게 와 닿았다. 갑자기 입술을 훔치는 원에 의해 말문이 막혀버린 이랑이 화들짝 놀라 뒤로 물러났다. 아니, 물러나려고 했지만 그 순간 손을 뻗은 원이 그녀의 뒷목을 단단하게 감싸왔다.

"……!"

아무런 움직임이 없는, 담백하기 그지없이 서로의 입술을 그냥 가져다 대고 있는 정도였다. 하지만 때론 그래서 더욱 설렐 수도 있는 법이다. 그것이 이렇게 훤하게 드러난 곳에서의 갑작스런 입맞춤이라면 더더욱.

원의 엄지손가락이 솜털이 부드럽게 나 있는 이랑의 뒷목을 살짝 어루만졌다. 마치 이랑의 감촉을 느끼기라도 하는 것처럼 쓸어 내리는 그 손길에 이랑이 자신도 모르게 숨을 멈췄다. 부드럽게 닿아 있는 입맞춤과 함께 무척이나 소중한 것을 어루만지는 듯, 쓰다듬고 스쳐 지나가는 그의 손길에 가슴이 몽글몽글해졌다. 이 랑의 머리를 부드럽게 쓰다듬은 원이 테이블 위에 놓인 이랑의 손을 마주 잡았다. 자연스럽게 깍지 낀 손 사이로 포근한 온기가 감돌았다.

"두 번째 숙제 끝."

평소보다 훨씬 더 다정한 미소를 띤 그의 얼굴을 가만히 바라 보던 이랑이 문득 입을 열었다.

"숙제가…… 또 있어요?"

"응."

뭔가 또 있다는 그의 말에 기대감이 불쑥 솟아나는 것은 왜일까.

"뭔데요?"

"그건 나중에."

"왜요?"

"여기선 할 수 없는 거거든."

원이 한쪽 입술을 의미심장하게 들어 올리자 이랑의 볼이 발갛게 달아올랐다.

"어제 잠은 잘 잤지?"

무심하게 지나가는 그의 말에 온몸의 신경이 바짝 곤두섰다. 까만 눈동자에 언뜻 뜨거운 열기가 스치고 지나갔다. 동시에 꼭 전염된 것처럼 이랑의 몸에 아릿한 열기가 몸을 관통하고 지나갔다.

"집에 갈래?"

이랑은 대답 대신 마른침을 꼴깍 삼켰다.

"온몸을 다 바쳐 열심히 숙제하는 모습 보여줄게."

분명 웃고 있는데, 그의 눈동자는 더욱더 낮게 가라앉았다. 그 눈동자를 홀린 듯 바라보던 이랑이 입술을 질끈 깨물었다. 아무것도 하지 않았는데 숨이 떨리기 시작했다.

"무언의 대답은 곧 긍정이지."

씩 웃은 그가 일어나서 이랑의 손을 잡아끌었다.

무슨 정신으로 왔는지도 모를 만큼 두 사람은 금방 원의 집에 도착했다. 그저 손을 꼭 붙잡고 있을 뿐, 별다른 말이나 행동이 오가지도 않았다. 그런데도 두 사람 사이의 분위기는 카페를 나올 때보다 더욱더 팽팽하게 달아올라 있었다.

침실 안에서 이랑과 마주한 원의 눈 속에 묵직하지만 뜨거운 열락의 불꽃이 아른거렸다. 그 눈빛에 이랑은 입술이 마르는 듯 살짝 혀로 적셨다. 알싸한 열기가 올라오기 시작한 그녀의 가슴이 가쁘게 들썩였다. 원의 목울대가 크게 움직였다.

이랑을 지그시 내려다보던 원이 얼굴을 내려 이마에 입술을 살짝 눌렀다. 이마에 잠시 닿아 있던 따스한 입김은 조금씩 내려와 콧잔등에 머물렀다. 코를 찡긋거리는 이랑 덕분에 슬쩍 미소를 띤 원이 조금 더 아래로 입술을 움직였다. 촉촉하게 젖은 두 사람의 입술이 포개어졌다.

두 사람의 입술이 포개어지는 동시에 어느새 그의 손이 이랑의 블라우스 단추를 열기 시작했다. 그의 손길을 느낀 이랑의 가슴이 크게 들썩였다. 그에 아랑곳하지 않고 원은 천천히 단추를 하나씩 툭, 툭 열어갔다.

"……하아."

이랑의 입에서 연약하게 떨리는 한숨이 길게 흘러나왔다. 느긋하게 움직이는 원의 손길과 다르게 주변 공기는 더욱더 달아올랐다. 마치 산소가 희박해지는 것처럼 정신이 자꾸 아찔해졌다. 동시에 주변의 모든 것을 느낄 수 있을 정도로 감각은 팽팽하게 곤두섰다.

툭.

블라우스가 마치 허물처럼 바닥에 떨어져 내렸다. 조금 더 아래로 내려간 그의 입술은 수줍게 드러난 살결에 끊임없이 입맞춤을 했다. 유려하게 움직이는 그의 손길은 마치 연주를 하는 것처럼 자유자재로 이랑의 몸 위를 오갔다. 뜨거운 입김과 아슬아슬한 손길이 전해주는 전율에 이랑의 심장박동은 더욱더 뜨겁게 고동쳤다. 그는 이제 완전히 드러난 이랑의 가슴에 얼굴을 묻고 봉긋 솟은 언덕 사이의 계곡을 혀로 살짝 핥았다.

작은 동심원을 그리며 이랑의 가슴 주위를 천천히 맴돌던 그의 입술이 발딱 솟은 정점에 다다랐다. 이랑은 자신도 모르게 아찔한 현기증을 느끼며 눈을 질끈 감았다. 휘청이는 이랑의 허리를 단단한 두 팔이 지탱하듯 감쌌다.

"넌 너무 맛있어. 달콤해."

발딱 솟은 정점을 쓰다듬듯 마음껏 맛보며 희롱한 그가 입술을 천천히 배꼽 쪽으로 옮겨가며 웅얼거리듯 말했다. 천천히 바닥에 무릎을 꿇은 원이 두 손으로 스커트 자락을 끌어 올렸다.

앙증맞은 천 아래 숨겨진 이랑의 비부에 뜨거운 숨결이 고스란히 전달되었다. 이랑은 자신도 모르게 원의 어깨를 강하게 꾹 짚었다. 보드라운 천을 벗기지 않은 채 자잘한 입맞춤을 남기던 그가 곧 이로 천 자락을 슬쩍 물어 아래로 조금씩 내렸다. 이랑의 다리가 작게 부르르 떨렸다.

마지막 보루가 드디어 무너졌다. 이랑의 가장 은밀한 곳을 눈앞에 마주한 원의 숨결이 점점 더 거칠어졌다.

"……!"

이랑의 그곳에 원의 입술이 닿았다. 이랑은 자신도 모르게 숨을 멈췄다. 허벅지에 바짝 힘을 주며 조아보았지만 소용이 없었다. 어느새 이랑의 허벅지를 단단하게 잡아 쥔 단단한 손길에 그런 반항은 미약할 뿐이었다.

"흐읍."

그의 입술이 무척이나 소중한 듯 따뜻한 온기를 불어넣었다. 금방이라도 꽃잎을 뒤덮을 듯 말 듯, 아슬아슬하게 오가는 그의 움직임에 이랑의 다리에 속절없이 힘이 풀렸다.

"후후."

힘없이 무너지려는 이랑을 잡은 그가 나직하게 웃었다. 그가 웃었다 느끼려는 그 찰나, 이랑의 등은 푹신한 침대 위로 출렁이며 부드럽게 떨어졌다.

이랑이 달뜬 숨을 가다듬는 사이, 거침없이 손을 움직인 원이 순식간에 입고 있던 옷을 다 벗어 던졌다. 제구실을 못하는 이랑의 나머지 옷가지들도 하늘거리며 날아가 원의 옷 옆에 안착했다.

"이번 숙제는 생물이야."

원의 손가락이 이랑의 몸의 굴곡을 따라 크게 움직였다. 가느다란 목, 도드라진 쇄골, 봉긋 솟은 언덕을 지나 가쁘게 들썩이는 납작한 배, 그리고 더 아래까지.

"또는 탐구생활, 이라고나 할까."

씩 웃은 그가 고개를 아래로 내렸다. 바짝 마른 이랑의 입술 사이로 그의 혀가 거침없이 밀려들었다. 이랑의 입술을 연 원의 혀는 그녀의 속을 샅샅이 훑어 점령하며 모든 감각을 극도로 끌어올렸다.

까슬하게 우거진 숲 사이에 수줍게 숨겨진 꽃잎을 쓰다듬던 그의 손이 불시에 그 속으로 불쑥 침범했다. 연한 갈색 눈동자가 잔뜩 경직되기도 잠시, 이내 뜨거운 열기로 얼룩지기 시작했다. 원은 격렬해진 이랑의 호흡을 하나도 빠짐없이 들이마셨다. 이랑의 입술을 물고 집요하게 놓아주지 않는 와중에도 원의 손가락은 더욱더 깊숙한 곳으로 들어갔다. 몸속에서 움직이는 그의 손길에 이랑의 몸이 아름다운 곡선을 그리고 뒤로 휘어졌다.

"하윽, 하아."

그가 입술을 떼자마자 이랑의 입에서 연신 교성이 터져 나오기 시작했다. 깊은 골짜기에서 꿈틀거리는 원의 움직임은 당장이라도 정신을 잃게 만들 정도로 무척이나 아찔했다.

벅찬 신음을 내뱉던 이랑이 참을 수 없을 정도로 계속되는 자극에 고개를 내저었다. 푹신한 침대 위, 하얀 이불 위에 퍼진 이랑의 결 좋은 머리카락이 보기 좋게 출렁거렸다. 그 어느 때보다 더 낮게 가라앉은 까만 눈동자에 그 모습이 고스란히 비춰 들었다.

"부드럽고 따뜻해. 그리고…… 충분히 젖었고."

달콤하게 속삭인 그가 방금 전까지 그녀의 속을 탐험하던 손을 들어 올리며 씩 웃었다. 그러곤 젖어서 반들거리는 손가락을 혀로 핥았다. 외설스럽게까지 보이는 그의 행동에 아이러니하게도 이랑의 몸이 더욱더 뜨겁게 달아올랐다.

원이 이랑의 몸을 묵직하게 뒤덮었다. 그 후 흥분으로 발갛게 달아오른 그녀의 얼굴을 가만히 응시했다.

"우리 조금 더 본격적으로 탐구해볼까?"

"탐구생활이……."

벅찬 숨결 사이로 이랑의 말이 드문드문 이어졌다.

"이렇게 야한 과목인 줄 미처 몰랐네요."

힘겹게 이어지는 이랑의 말을 듣는 원이 흥분으로 얼룩진 입술을 슬쩍 들어 올렸다.

"모든 건 생각하기 나름이지."

원의 말이 끝나자마자 이랑이 가슴이 크게 들썩였다. 원 또한 채 정돈되지 않은 벅찬 숨을 짧게 내쉬었다. 두 사람 모두에게 참을 수 없는 쾌감이 파도처럼 밀려들었다. 욕망이라는 동물적인 감각에 사로잡힌 두 사람이 드디어 하나의 몸으로 단단하게 결합되었다. 하지만 원은 거기에 만족할 수 없다는 듯 허리를 한 번 더 강하게 움직여 그녀의 속으로 더 깊숙이 파고들어 갔다.

"아아."

허공을 휘젓는 이랑의 손을 붙잡은 커다란 원의 손이 빈틈이라곤 하나도 없이 단단하게 깍지를 꼈다. 그러곤 더욱더 깊이 이랑의 속으로 파고들어 가기 시작했다. 원의 유연하게 허리가 움직일 때마다 이랑의 몸도 파도를 타듯 넘실거렸다. 가쁜 숨을 몰아쉬는 원의 잘빠진 등 근육이 땀에 젖어 미끈거렸다. 마치 공중으로 떠올라 눈부신 허공을 부유하는 것처럼, 감미로운 열락의 파도 속에 어느덧 두 사람은 같은 곳을 향해 더욱더 높이 오르기 시작했다.

"하응."

그가 속도를 좀 더 올렸다. 격렬해진 그의 움직임에 맞춰 이랑의 몸도 더욱더 거친 파도를 타며 흔들렸다. 끊임없는 흥분과 쾌감이 온몸을 두드렸다.

"큭."

순간 그가 움직임을 멈춘 채 뻣뻣하게 굳었다. 동시에 이랑도 입을 살짝 벌린 채 벅찬 숨을 들이켜며 호흡을 멈췄다.

"아아."

두 사람은 약속이라도 한 듯 눈을 꼭 감은 채 몸 전체에 퍼져나가는 뜨거운 열락의 흐름을 느꼈다. 마치 무중력 상태에 빠져 유유히 떠다니는 것처럼 두 사람 모두 아무런 생각을 하지 못한 채 각자 깊은 여운의 바다에 빠졌다. 마치 전기가 곳곳으로 퍼지

듯 모든 신경을 따고 찌르르 번지는 쾌감이 퍼져 나가는 느낌은 마치 불꽃이 터지는 것처럼 황홀했다.

원이 먼저 현실로 돌아왔다. 눈을 뜬 그가 고개를 뒤로 젖힌 채 누워 있는 이랑의 상체를 자신의 몸으로 포근하게 덮었다. 그러곤 땀방울이 송골송골 맺힌 이마에 가벼운 입맞춤을 남겼다.

참았던 숨을 몰아쉬며 꼭 닫혀 있던 이랑의 눈꺼풀이 나른하게 올라갔다. 두 사람의 시선이 맞닿았다. 연한 갈색 눈동자를 기다리고 있던 까만 눈동자에는 만족스러운 웃음이 가득했다.

"이 숙제에 대한 제 점수는요."

싱긋 웃은 그가 팔랑이는 이랑의 속눈썹에 가볍게 입 맞췄다.

"세상에 다시없을 엄청난 편파판정이 예상되는 가운데, 그 결과는……."

이랑의 콧잔등에 깃털 같은 입맞춤을 남긴 그가 계속해서 말을 이었다. 살짝 눈을 감았던 이랑이 계속해서 이어지는 원의 말에 다시 눈을 떠 그를 가만히 바라보았다.

"60초 후에 공개됩니다."

나직한 웃음소리와 함께 장난스럽게 중얼거리는 그의 말에 그녀의 입에서 피식 웃음이 터져 나왔다. 위로 말려 올라간 이랑의 입꼬리를 보며 씩 웃은 그가 천천히 고개를 내려 바짝 마른 이랑의 입술을 삼켰다. 언제 뜨겁게 달아올랐는지 모를 만큼 금방 차갑게 내려앉은 침실 한가운데, 비슷한 웃음을 머금은 두 사람의 편안하면서도 나른한 입맞춤이 길게 이어졌다.

퇴근 시간이 가까워지면서 조금씩 분주해지는 사무실 안, 이랑은 책상에서 일어나 파우치를 들고 화장실로 향했다. 오랜만에 잔뜩 힘을 준 풀 메이크업을 한 얼굴이 거울에 비쳤다. 혹시 어딘가 번지진 않았는지 얼굴을 유심히 살피며 꼼꼼하게 화장을 고쳤다.

"어머! 자기 오늘 어디 가?"

"아, 부장님."

화장실에 들어오던 여자 부장이 이랑을 보며 놀란 표정을 지었다.

"왜 이렇게 예뻐?"

"그래요? 성공했네요. 오늘 중요한 날이거든요."

"너무 예쁘다. 어디, 선이라도 보러 가?"

"선이라뇨. 그런 거 아니에요."

장난스런 부장의 말에 머쓱하게 웃은 이랑이 다시 한 번 거울을 봤다. 평소보다 더 정성 들여 한 화장과 심혈을 기울여 고르고 고른 옷까지. 오늘 이랑은 잔뜩 신경을 써서 풀세팅을 마친 상태였다.

"그럼 저 먼저 가볼게요."

한 번 더 거울을 살핀 이랑이 부장에게 인사를 건네고 사무실로 돌아와 가방을 챙겨 들었다. 잠시 후면 원이 데리러 올 시간이었다. 마지막으로 머리를 한 번 더 쓸어내린 그녀가 발걸음을 옮겼다.

"오빠."

조금 일찍 내려와서 원을 기다리려 했는데, 언제 왔는지 그가 벌써 도착해 있었다. 반가운 마음에 이랑은 서둘러 그를 향해 빠르게 걸어갔다. 이랑을 발견한 원 또한 그녀에게 다가오며 손을 내밀었다.

"언제 왔어요?"

"방금."

환하게 웃음 짓는 이랑을 보며 원도 작게 미소 지었다. 딱 떨어지는 정장을 입은 모습이 화보에서 막 튀어나온 것처럼 멋있기 그지없었다.

"잠깐."

"응?"

함박웃음을 짓고 있던 이랑이 갑자기 자기를 멈춰 세우는 그의 말에 움찔했다.

"옷이……."

원이 이랑의 옷차림을 눈으로 쭉 훑었다. 그런 원을 따라 이랑도 자신의 옷차림을 내려다보았다.

언뜻 평범한 원피스처럼 보이는 옷은 가슴 부분이 제법 아찔하게 파여 있었다. 덕분에 이랑의 쇄골 라인이 고스란히 드러나 있었고, 거기다 타이트하게 붙는 치마 라인은 이랑의 몸매를 은근히 드러내며 사람의 호기심을 불러일으키기 충분했다. 순식간에 스캔을 마친 원이 미간을 꿈틀거렸다.

"옷이 왜요?"

하지만 이랑은 아무것도 모른다는 듯 자신의 옷차림을 내려다보았다.

"마음에 안 들어. 거기다 화장까지."

평소의 자연스러운 화장이 아니라 눈매에 은근히 음영이 들어가 살짝 올라간 눈꼬리가 무척이나 고혹적으로 보였다.

"정말요? 신경 쓴다고 썼는데. 어떻게 하죠? 그렇게 이상해요?"

"아니, 이상한 게 아니라. 이건 너무……."

원이 자신의 재킷을 벗어 그녀의 어깨에 둘렀다.

"내 옆에 꼭 붙어 있어. 혼자선 아무 데도 다니지 말고."

알쏭달쏭한 말을 늘어놓던 원이 한숨을 푹 내쉬고는 이랑의 손을 다정하게 잡아왔다.

"아무한테도 웃지 말고. 특히……."

"특히?"

차로 향해 걸어가며 이랑이 고개를 갸웃했다.

"그 자식한테."

"그 자식이라뇨. 내가 아는 사람이 어딨……. 아."

그제야 깨달았다는 듯 이랑이 탄성을 내지르더니 이내 방싯 웃었다.

"그러고 보니 그 사람이 있었네."

"뭐?"

"가면 마주치려나."

이랑이 답지 않게 빙글거리며 말을 이었다. 그에 원이 눈썹을 꿈틀했다. 반면 이랑의 얼굴에 맺힌 미소는 더욱 진해졌다.

"까분다."

그런 이랑을 바라보며 원이 이내 픽 웃더니 머리를 슥 쓰다듬
고는 차에 태웠다.

"오빠 옆에 꼭 붙어 있을 테니 걱정 마요."

애교가 잔뜩 섞인 이랑의 말에 원이 미소를 머금었다.

"그래, 가지고 놀다 제자리에만 가져다 놔. 네가 즐겁다면, 기
꺼이 참아야지."

원이 부드럽게 핸들을 돌리며 회사로 차를 몰았다. 두 사람은
하루 동안 있었던 일을 짤막하게 나누었다. 그러는 동안 금방 도
착했다. 두 사람은 차를 잘 주차한 뒤 행사가 열리는 곳으로 향했
다. 이럴 때 쓰려고 만들어놓은 문화센터 앞은 많은 인파로 북적
이고 있었다.

"와, 사람 많다."

"들어가자."

놀라는 이랑을 귀엽다는 듯 바라본 원이 그녀의 손을 잡고 안
으로 이끌었다.

"최원?"

그렇게 걸음을 옮기고 있으니, 누군가 원을 부르며 다가왔다.
안으로 향하던 두 사람의 발걸음이 자연히 멈춰 섰다.

8

　그 여자였다. 원과 함께 레스토랑에 왔던 그 여자. 뿐만 아니라 회사에서도 그의 옆에 딱 달라붙어 있던 여자의 등장에 이랑의 미간이 움찔했다.

　"……정말이었구나."

　민영이 빈틈없이 단단하게 잡고 있는 두 사람의 손을 가만히 바라보았다.

　"뭐가?"

　원이 의아하게 물었지만 민영은 입을 꾹 닫은 채 아무런 말도 하지 않았다.

　'이 여자…….'

　원을 응시하는 민영의 모습에 이랑이 자신도 모르게 슬쩍 눈을 찌푸렸다. 머릿속에서 경고등이 반짝하고 켜졌다. 같은 여자이기에 더 잘 알았다. 원을 향한 저 시선은 그저 회사 동료를 바라보는 시선이 결코 아니었다.

'이 여자…… 위험하다.'

여자로서 직감이자 본능이었다. 동시에 이랑은 반사적으로 원에게 더욱더 가까이 다가서며 입을 열었다.

"오빠, 누구예요?"

싱긋 웃으며 천연덕스러운 말을 꺼내는 이랑에게로 민영의 시선이 집중되었다. 두 여자의 시선이 허공에서 얽혀들었다. 두 여자 사이에 오가는 은근한 신경전을 알아차리지 못한 원은 무덤덤하게 입을 열었다.

"미국에서 같이 공부한 친구야. 같은 팀이기도 하고. 이름은 서민영."

이랑이 해사하게 웃으며 고개를 가볍게 숙였다.

"안녕하세요."

그러면서 동시에 차근차근 여자에 대한 정보를 머릿속에 입력했다. 자신이 모르는 미국에서의 원을 알고 있는 여자. 그래서 더욱더 경계심이 들었다.

"우리 전에 본 적 있죠?"

"네, 얼마 전에 회사에서요."

"그땐 내가 그 자리에 있었는데."

이랑의 표정이 티 나지 않게 슬쩍 굳었다.

'뭐야. 그 말은 오늘도 지가 이 자리에 있어야 한다는 말이야?'

분명 웃으면서 말하는 민영이었지만, 그 속에 담긴 묘한 시기와 질투를 알아듣지 못할 이랑이 아니었다.

"그래서, 두 사람, 정확하게 무슨 사이야?"

몰라서 물어보는 것일까, 아니면 또 다른 뜻이 있는 것일까. 민영이 굳이 두 사람의 관계를 물어보자 이랑의 얼굴에서 서서히 미소가 사라지기 시작했다.

"보이는 대로지, 뭘 그런 걸 물어봐."

"요즘은 보이는 게 다가 아닐 때가 많잖아."

의미가 모호한 민영의 말에 원이 눈썹을 살짝 찌푸렸다.

"답지 않게 조금 무례한데?"

"내가 그랬나? 그랬다면 쏘리. 그럴 의도는 아니었는데. 천하의 최원이 여자 손을 잡고 나타난 게 충격이었나 봐."

민영이 손을 내저으며 웃음을 터뜨렸다.

"그나저나 미안해서 어쩌지. 내가 두 사람을 갈라놔야 할 것 같은데. 마이클이 아까부터 우리 찾았어."

또 우리란다. 별것 아닌 말이었지만 이미 경계심을 발동시킨 이랑에게 그 단어는 무척이나 민감하게 다가왔다.

여자는 여자가 보면 안다고 그랬다. 이 여자는 상당히 고단수였다. 원을 무척이나 잘 알고 있는 게 분명했다. 대부분의 타인과 어느 정도 거리를 두는 원에게 맞춤화된 것 같은, 치고 빠지는 타이밍이 거의 예술이었다. 아마도 원은 이 여자를 무척이나 털털한 친구로 여기고 있는 것 같았다. 원의 경계선 안으로 들어가기 위해 쉼 없이 기웃대고 있는 이 여자의 속마음은 까맣게 모르고 있는 것이 틀림없었다.

"원이 내가 데려가도 되죠?"

털털하게 웃으며 말하는 민영을 보는 이랑의 얼굴이 더욱더 딱딱하게 굳었다. '우리'에 이어 이번에는 '데려간다'라는 그 단어가 몹시 거슬렸다.

"아뇨."

이랑이 방싯 웃으며 즉시 대답했다. 단호한 그 대답에 민영이 멈칫했다. 태연한 척하던 민영의 얼굴에 슬쩍 균열이 갔다. 그 표정에 더욱더 확신이 생겼다. 이 여자는 원을 좋아하는 것이었다. 그것도 무척이나 많이!

'그런 단어는 함부로 쓰는 게 아니지, 이 언니야.'

잔뜩 불만스럽게 읊조린 속마음과 다르게 이랑이 아무것도 모르는 표정을 지으며 더욱 환하게 웃었다.

"오빠가 누가 데려간다고 해서 갈 사람이 아니잖아요?"

비웃음을 슬쩍 내비치며 이랑은 원의 단단한 팔을 양손으로 감싸 안았다. 그 느낌을 받은 것일까. 민영이 눈살을 찌푸렸다.

"지금 어린애처럼 중요한 게 뭔지 모르는 건 아니죠?"

"설마요."

그런 민영의 시선을 받은 이랑이 방싯 웃으며 말을 이었다.

"애인 된 도리로서 내 남자 하는 일을 방해하면 안 되죠."

상반된 이랑의 말에 민영이 이해가 가지 않는 표정으로 미간을 찌푸렸다. 그런 민영에게서 시선을 돌린 이랑이 원을 바라보았다.

"오빠, 가서 일 보고 와요."

원은 이 상황이 이해가 잘 가지 않는 듯했다. 의아한 표정을 짓고 있는 그를 향해 이랑이 장난스럽게 눈을 찡긋한 후 다시 민영을 바라보았다.

"그리고 누가 데려가기 전에 빨리 와요."

순간 민영의 눈동자가 크게 흔들렸다. 이랑이 만만치 않음을 알아차린 듯, 태연한 척하던 그녀의 표정이 눈에 띄게 굳어졌다.

"가도 돼?"

두 여자 사이의 신경전은 모른 채, 그저 이랑이 평소와 조금 다르다 생각하던 원이 걱정스런 표정을 지었다.

"그럼요. 먼저 들어가 있을게요."

이랑이 방싯 웃으며 말했다.

"혼자 앉아 있을 수 있겠어?"

"내가 애예요?"

"그건 아니지만."

원과 이랑의 대화가 이어질수록 민영의 표정은 더욱더 굳어졌다. 하지만 원은 그저 못마땅한 표정으로 주변을 훑어볼 뿐이었다. 그의 눈에는 혼자 온 수많은 남자들이 들어왔다.

"안 되는데."

그가 잔뜩 경계하는 진석 또한 혼자 나타날 것이 뻔했다. 그런 곳에 이랑을 두고 간다는 사실이 무척이나 불편해 보였다. 그렇다고 가지 않을 수도 없는 일. 나직하게 한숨을 내쉰 원이 또다시 재킷을 벗기 시작했다.

"오빠?"

그러더니 이랑의 어깨 위에 풀어지지 않게 꽁꽁 감쌌다.

"오빠, 이게 무슨……."

"절대 벗지 말고 있어. 금방 다녀올게."

나직하게 중얼거리는 원을 보고 이랑은 결국 작게 웃음을 터뜨리고 말았다.

"다녀와요. 기다리고 있을게요."

"응."

그 모든 장면을 지켜보고 있던 민영이 가타부타 말도 하지 않고 몸을 휙 돌리더니 빠르게 걸음을 옮겼다. 그런 민영을 느낀 원이 이랑의 손을 꼭 쥐었다 놓았다. 빨리 가도 모자랄 판에 이랑을 다시 한 번 바라보며 미적거리는 그 모습에 웃음이 났다.

"얼른 가요."

이랑의 재촉에 그가 드디어 민영의 뒤를 따랐다. 큰 덩치에 어울리지 않게 불퉁한 표정이 자꾸만 웃음을 유발했다.

'은근히 귀엽단 말이야.'

그렇게 웃기도 잠시, 나란히는 아니지만 어쨌든 같이 걸어가는 두 사람의 뒷모습을 바라보는 이랑의 입에서 한숨이 새어 나왔다. 자신의 남자를 좋아하는 여자가 있다는 사실을 알아차린 지금, 마음이 편할 리가 없었다. 더군다나 일이긴 하지만 어찌 되었든 지금 원의 옆에는 민영이 있지 않은가.

"이랑 씨?"

그리고 그때, 원이 그렇게도 경계하던 한 남자가 이랑의 눈앞에 나타났다.

"안녕하세요."

"여긴 어쩐 일로……."

뭐라고 말을 해야 할지 난감해진 이랑이 잠시 머뭇거렸다.

"혹시, 팀장님과 오신 겁니까?"

"……네."

"아…… 그래서 그러셨구나. 제가 눈치가 없었네요."

진석이 씁쓸하게 웃었다.

"전 신경 쓰지 마세요. 그럼."

가볍게 인사를 건넨 진석이 조금 더 이랑의 얼굴을 바라보다 몸을 돌렸다. 괜히 입맛이 썼다. 꼭 나쁜 사람이 된 것 같았다. 길게 한숨을 내쉰 이랑이 고개를 절레절레 흔들었다.

'오빠 보고 싶다.'

호기롭게 원을 보냈지만 문득 이 장소가 몹시 낯설게 다가왔다. 아는 사람이라곤 하나 없는 장소에 혼자 앉아 있을 생각을 하니 발길이 쉬이 떨어지지 않았다. 그저 예쁘게 하고 오면 될 줄 알았던 이곳에서 생각보다 더 많은 일이 일어나버렸다. 이랑은 이래저래 무거운 발걸음을 겨우 뗐다.

터벅터벅.

이랑의 발걸음에 어쩐지 힘이 잔뜩 빠져 있었다.

[정이랑, 을이 아닌 갑의 여친으로 최원 회사에 가니까 좋으

냐? 데이트 중이라면 답장은 하지 마라, 오버. -화영-]

막 택시를 잡으려던 이랑은 문자를 확인하고는 잠시 더 걸으며 서둘러 화영에게 전화를 걸었다.

"갑이든 을이든 별다를 거 없던데?"

-뭐야, 지금 데이트하는 거 아니야? 답장 기대하고 보낸 메시지 아니었는데.

"쫑났어."

-뭐가? 데이트?

"응. 하아, 이야기하자면 길다."

-호오, 또 뭔 일이 생겼어? 만날까?

어느새 화영의 목소리에 호기심이 잔뜩 묻어났다. 이대로 집에 들어가도 찝찝하기만 할 것 같아 차라리 화영을 만나는 것이 나을 것 같았다. 이랑은 그러자며 대답하고는 서둘러 택시를 잡아 친구가 있는 곳으로 향했다.

야심한 시각의 밤거리를 내달린 택시는 금방 약속 장소에 이랑을 내려주곤 무심하게 멀어졌다. 밤의 정취를 가득 머금은 바람이 이랑의 머릿결을 흐트러뜨리고 지나갔다.

아담한 카페 창가에 앉아 있던 화영이 이랑을 발견하고는 손을 흔들었다. 그녀는 대뜸 이랑을 위아래로 훑어보았다.

"오오, 정이랑이! 오늘 좀 예쁜데? 최원 회사에 간다고 잔뜩 신경 썼네?"

화영의 너스레를 들으며 이랑이 피식 웃었다. 그럼 뭐하나, 정작 원은 지금 다른 여자와 있는데.

　"일찍 들어가기 아까운 복장이야. 딱 유혹하기 좋은 차림인데, 왜 일찍 좋난 거야?"

　"내가 오늘 누굴 봤는지 알아?"

　"응?"

　너스레를 떨던 화영은 딱딱하게 굳은 이랑을 보고 의아해했다.

　"누굴 봤는데 표정이 이래?"

　"정확하게 한마디로 규정할 수는 없는 존재인데 말이야."

　"뭐?"

　"오빠의 직장 동료이자 친구의 탈을 쓴, 잠재적이면서도 현존하는 라이벌. 그런 불여우를 봤지."

　"그게 대체……. 잠깐, 라이벌? 이건 또 무슨 뜬금포 뜯어먹는 소리야."

　화영이 미간을 찌푸렸다.

　"말 그대로야. 미국에서 같이 공부한 친구라는데, 엄청 예쁜 여자가 오빠 옆에 딱 붙어 있더라고."

　"헐. 뭐, 이런 전형적인 시련이 다 있어. 사랑 이뤄지자마자 라이벌 등장이라니."

　한숨을 푹 내쉰 이랑이 어깨를 으쓱했다.

　"근데 왜 지금 혼자야? 이럴수록 더 옆에 딱 달라붙어야지."

　"행사 마치고 부서별 회식하는데 오빠도 불려갔어."

그렇다. 지금 원은 마이클이라는, 이름도 요상한 디자인 부사장에게 끌려 어디론가 사라진 상태였다. 행사가 마치자마자 곧장 다가온 민영이 마이클의 이름을 들먹이며 부서별 회식에 원이 반드시 가야 한다고 닦달했던 것이다. 물론, 거기까지는 이해했다. 일하다 보면 있을 수 있는 일이라 아량을 발휘할 수 있었다.

"남자가 하는 일 방해하는 형편없는 여자는 아니겠죠?"

문제는 원의 옆에 딱 붙어서 함께 사라진 민영의 존재랄까. 묘한 비웃음을 띤 민영의 목소리가 귓가에 맴돌았다.

"짜증나, 진짜."

이랑이 자신도 모르게 신경질적으로 중얼거렸다.

"설마 두 사람이 같이 간 건 아니겠지?"

"왜 아니겠어."

"헐."

화영이 입을 벌리고 멍하니 앉아 있었다. 이랑은 그런 친구를 보고 있자니 우습기도 하면서 한편으로는 한숨이 새어 나왔다.

"그래서 정이랑이, 넌 지금 어때."

"응? 뭐가."

한숨을 폭 내쉬던 이랑이 뜬금없는 화영의 질문에 눈을 동그랗게 떴다.

"불안해 죽겠다든지, 아니면 기운이 빠져 죽겠다든지 그런 게 있을 거 아냐."

무심한 듯 물어오는 화영이었지만 그 속에 자신에 대한 걱정이 잔뜩 깔려 있었다. 이랑이 방싯 웃었다.

"어쭈, 웃어? 생각보다 여유 있네?"

"응, 아직은 생각보다 괜찮아."

어른스러운 이랑의 대답에 화영이 호오, 하는 표정을 지었다.

"오빠 마음을 아니까."

"그래?"

"흔들리는 게 지는 거다 싶더라고."

"오! 우리 정이랑이, 한 뼘 더 컸네."

화영이 싱긋 웃으며 이랑의 손을 토닥였다.

"그래, 꼭 쥐고 있을 때 내 것이 되는 사람은 진정한 내 사람이 아니야. 놓아주었을 때, 그때도 곁에 머무르는 사람이 진정한 내 사람이야. 최원을 믿어봐."

화영의 말에 이랑이 배시시 웃었다. 가끔은 사랑하는 사이에도 냉정함이 필요할 때가 있다. 일정한 거리를 유지하고 상대방을 믿어줘야 하는 것이다. 사랑하되 집착하지 않고, 사랑하되 의지하지 않고, 각자가 자립하여 서로의 자리를 지키는 것. 그것 또한 사랑을 하는 데 있어 중요한 덕목 중 하나였다.

하지만 이랑은 자신도 모르게 나직하게 한숨을 내쉬었다. 겉으로는 이렇게 아무렇지 않은 척하고 있지만 아무래도 원이 지금 어떻게 하고 있을지 궁금한 것은 어쩔 수 없는 일이었다.

그 시각, 이랑이 한숨을 내쉬는 것처럼 원도 나직하게 한숨을 내뱉었다.

"허허! 최 팀장, 한 잔 해."

"네."

슬쩍 굳은 얼굴로 원이 고개를 가볍게 숙였다. 부서별 회식이지만 자신보다 높은 사람들이 많은 자리가 그다지 유쾌할 리 없었다. 고개를 돌린 채 술을 마시던 원의 눈동자에 민영이 들어왔다.

'무슨 일이 있었나.'

오늘따라 민영이 좀 많이 이상했다. 원이 이런 자리를 극도로 싫어하는 것을 알면서도 부득불 데려온 것도 그렇고, 묘하게 날이 서 있는 것도 그랬다.

의아해하기도 잠시, 이내 원은 다시 한숨을 작게 내쉬었다. 자신은 괜찮다며 환하게 웃어주던 이랑의 말간 얼굴이 떠올랐다. 택시 타고 가겠다며 씩씩하게 말하던 그 모습에 왠지 짠했다. 왠지 모르게 조금 어긋난 느낌이 들었다. 그렇게 복잡한 심정을 안고 있는 사이 시간이 흘렀다.

"이만 일어나지."

제법 늦은 시각이었다. 어느 정도 술이 얼큰하게 취한 사람들이 각자 차를 타고 사라졌다. 모든 사람을 먼저 보낸 거리에 원과 민영만이 남았다.

"집에 갈 거지? 그럼 같이 가면 되겠다."

원의 집과 멀지 않은 곳에 사는 민영이 당연하다는 듯 말하며 택시를 잡으려 두리번거렸다.

"아니, 난 들를 데가 있어."

"뭐? 이 시간에?"

민영이 얼굴을 찌푸렸다.

"설마 이 시간에 여자 친구한테 가겠다는 건 아니겠지?"

민영의 말에 원이 별다른 말 없이 어깨를 으쓱했다.

"몰랐는데 참 다정한 남자였구나, 너."

"그런가. 택시 잡아줄게."

원이 무심하게 중얼거린 뒤 택시를 잡기 위해 몸을 돌렸다. 원의 뒷모습을 바라보던 민영이 입술을 질끈 깨물었다.

"예쁘더라."

"……?"

"근데 좀 의외였어. 네가 그런 스타일을 좋아할 줄은 몰랐거든."

갑작스런 민영의 말에 택시를 잡으려던 원이 다시 몸을 돌렸다.

"그런 스타일?"

"난 네가 시원한 성격을 가진 어른스러운 여자를 좋아할 줄 알았거든. 그게 나의 착오였어."

알아들을 수 없는 말을 늘어놓는 민영을 보며 원이 의아한 표정을 지었다.

"무슨 말이야?"

"무슨 말이긴, 남자는 다 늑대란 말이지. 그렇게 예쁘고 애교 많은 여자가 있었으면서 티도 안 내다니."

언제 굳어 있었냐는 듯 금세 빙긋 웃으며 원의 팔을 툭 친 민영이 아무렇지도 않게 말을 이었다.

"대체 언제 그렇게 된 거야? 저번에 보니까 회사에도 왔던데. 일하면서 만난 거야?"

"아니."

"그럼? 누구 소개로? 사귄 지는 얼마나 된 건데?"

"뭘 이렇게 꼬치꼬치 물어봐."

피식 웃은 원이 마침 다가오는 택시를 보며 손을 들었다.

"택시 왔다. 타."

그러곤 뒷좌석 문을 열어주었다.

"그렇게 그 여자한테 빨리 가고 싶니?"

"뭐?"

"나랑 있는 시간이 아까울 정도로?"

민영이 당최 알 수 없는 말들을 늘어놓는 통에 원이 눈썹을 움찔했다.

"너 오늘따라……."

"정말이지 애인 생기면 친구고 뭐고 없다니까. 이래서야 애인 없는 사람 서러워서 살겠어?"

하지만 금방 평소처럼 돌아온 민영이 푸념하는 것처럼 장난스럽게 말을 이었다.

"그래, 솔로가 죄지, 뭐. 간다, 가. 이만 사라져주마."

싱긋 웃은 민영이 택시에 올랐다.

"조심해서 가."

"싫어. 외로운 솔로 인생, 조심해서 뭐하겠어? 사무쳐 죽으면 다 네 탓이다."

피식 웃은 원이 택시 문을 닫았다. 두 사람의 실랑이가 지겨웠다는 듯, 문을 닫자마자 택시가 곧장 출발했다. 혼자 남겨진 원은 멀어지는 택시의 뒷모습을 물끄러미 바라보았다. 왠지 뭔가 계속해서 찝찝했다. 아무리 봐도 오늘 민영의 상태가 이상했다.

하지만 그것도 잠시, 원은 어깨를 으쓱하고는 자신도 택시를 잡기 위해 손을 들었다. 지금은 민영보다 이랑을 보러 가는 것이 훨씬 더 중요했다.

이제는 제법 익숙해진 현관문 앞에 선 원은 막 초인종을 누르려던 순간, 갑자기 멈칫했다. 아무런 생각 없이 오긴 왔는데 정작 문 앞에 오자 발걸음이 주저하게 되었다. 문 앞에 선 원은 잠시 고민에 잠겼다.

누를까, 말까. 그것도 아니라면 전화를 해볼까.

그렇게 머뭇거린 원이 나직하게 한숨을 내쉬었다.

"오빠?"

하지만 뜻밖에도 그런 고민을 단번에 해결하는 목소리가 뒤에서 들려왔다.

"연락도 없이 어쩐 일이에요."

이랑이 환한 미소를 지으며 다가왔다. 그 모습에 반가운 마음이 드는 동시에 어쩐지 불만이 비죽 튀어나왔다. 저런 자극적인 옷차림을 하고 어디에 있다가 오는 것일까.

"이제 오는 거야? 아까 갔잖아."

자연히 불퉁한 말이 튀어나가고 말았다.

"화영이 만나고 왔어요."

그나마 마음이 조금은 놓였다. 원이 조금은 풀어진 표정으로 고개를 끄덕였다.

"오빠 언제 왔어요?"

"조금 전에."

"전화하지, 왜 이러고 서 있어요."

이랑이 서둘러 비밀번호를 눌렀다. 전혀 거리낌 없이 자신을 맞이해주는 이랑의 모습에 피식 웃음이 났다. 생각만큼 그렇게 불청객은 아닌 모양이었다.

"들어와요. 차 마실래요?"

"아니."

"그럼 소파에 앉……. 오빠?"

이랑을 따라 집 안에 들어선 원이, 막 등을 돌려 걸음을 옮기는 그녀의 허리를 뒤에서 감싸 안았다.

"갑자기 와서 미안."

"……."

"참아보려고 했는데, 너무 보고 싶어서."

원이 이랑의 허리를 더 꽉 껴안았다. 뒤에서 단단하게 자신을 감싸 안은 원의 손길에 놀라기도 잠시, 이내 이랑이 그의 팔을 다정하게 어루만졌다.

"재미없었어요?"

"응."

"나 혼자 두고 가서?"

이랑의 말에 원이 피식 웃었다.

"응."

고개를 내린 원이 머리를 하나로 올려 묶어서 하얗게 드러난 이랑의 목에 입을 맞췄다. 깃털같이 가볍게 스치고 지나가는 부드러운 느낌에 이랑이 움찔했다.

"이젠 마음 편하게 널 사랑하는 일만 남은 줄 알았는데, 생각보다 방해요소가 너무 많다."

"방해요소?"

이랑이 자신도 모르게 흠칫했다.

설마, 민영의 마음을 그가 알아차린 것일까. 그 잠깐의 시간 동안에 무슨 일이 있었던 것일까.

순식간에 이랑의 머릿속이 복잡하게 얽히기 시작했다.

"몸을 혹사시키는 잦은 야근, 그리고 여러모로 내 시간을 빼앗는 잘못된 회식 문화, 또……."

"그게 뭐야."

다행히 아직 그가 알아차리진 못한 것 같았다. 푸념을 늘어놓는 원의 말을 들으며 이랑이 안도의 한숨이 섞인 웃음을 내뱉었다.

"한 고개를 넘으면 또 한 고개가 나타나고. 왜 이렇게 넘고 넘어도 또 언덕이 나타나는 걸까."

원의 말을 들으며 얌전히 있던 이랑이 갑자기 뒤돌아섰다. 이랑의 목을 지분거리고 있던 그가 갑자기 목표물이 사라져서인지 눈썹을 움찔했다.

"누가 괴롭혔는지 다 말만 해요."

"뭐?"

"누가 감히 우리 오빠를 괴롭혀."

짐짓 흥분을 한 것처럼 이랑이 작은 주먹을 쥐고 원의 눈앞에서 흔들었다.

"확 그냥."

"확 그냥?"

"쥐어박아버리게."

어깨를 들썩이며 흥분해서 말을 이어가는 이랑을 귀엽다는 듯 바라보던 원이 빙긋 웃었다.

"이 조그만 주먹으로 때려봤자 아프기나 하겠어?"

원이 이랑의 주먹을 쥐고 다정하게 입을 맞췄다.

"아무래도 넌 너무 약해. 운동을 좀 더 시켜야겠어."

"내가? 아닌데."

"아냐, 내가 보기엔 그래."

갑자기 이야기가 엉뚱한 곳으로 방향을 전환했다.

"오빠, 그건 오빠의 심각한 콩깍지예요. 누가 들으면 욕해요."

"콩깍지라니. 누가 봐도 넌 너무 말랐어."

"아니라니까."

"한 줌도 안 되는 주제에 자꾸 우기지?"

나직한 그의 말에 이랑이 새치름하게 눈을 흘기다, 이내 무슨 생각을 했는지 앙큼한 미소를 머금었다.

"정말 그렇게 생각해요?"

이랑이 원의 목을 끌어안으며 그에게 더욱더 다가섰다.

"그럼, 아무리 봐도……."

장난스럽게 말을 이어가던 원이 곧 타의로 인해 말을 멈출 수밖에 없었다. 뒤꿈치를 들어 올린 이랑이 장난스럽게 입술을 꽉 깨물었기 때문이다.

"자꾸 우길 거예요?"

"우기다니."

그의 목소리가 한결 낮아져 있었다. 다시금 샐쭉하니 웃은 이랑이 이번에는 원의 아랫입술 살짝 깨물었다. 그렇게 불시에 다가간 이랑은 이번에는 좀 더 오래, 그렇게 원의 아랫입술을 지그시 깨물었다 놓았다.

"이래도?"

원의 눈동자가 까맣게 내려앉았다.

"이건 반칙이야."

"반칙?"

"이런 게 어디 있어. 베갯머리송사가 이런 건가. 진실을 진실이라고 말도 못하고."

원이 불만스레 중얼거렸다. 그 모습이 어찌나 사랑스러운지 이랑은 자신도 모르게 작게 웃음을 터뜨렸다. 그러곤 원의 단단한 턱에 부드럽게 입을 맞췄다.

"설마요. 오빠 눈에 쓰인 두꺼운 콩깍지가 떨어질 때를 미리 대비하는 중인데."

"그런 날이 올까, 과연."

원은 자신의 목을 감고 있는 이랑의 팔을 잡아 올려 손등에 부드럽게 입을 맞췄다.

"이렇게 혼을 빼놓는데."

손등에서부터 시작된 부드러운 입맞춤을 팔 라인을 따라 천천히 위로 이동했다. 장난처럼 살짝살짝 닿았다 떨어지는 자잘한 입맞춤이 계속해서 이어졌다.

팔뚝을 스친 따뜻한 숨결이 어느새 어깨를 지나쳐 살짝 도드라진 쇄골에 안착했다. 자극적인 그 움직임에 이랑의 숨결이 떨리기 시작했다. 쇄골에 이어 가느다란 목에 자잘한 입맞춤을 남기던 그가 드디어 이랑과 정면으로 얼굴을 마주했다.

"콩깍지가 더욱더 두꺼워지지나 않으면 다행이겠어."

원의 얼굴이 이랑에게로 다시 천천히 향했다. 그리고 잠시 뒤, 두 사람의 얼굴이 자연스럽게 하나로 겹쳐졌다. 평소보다 훨씬 더 부드러운 입맞춤이 이어졌다. 이랑의 눈이 자연스럽게 스르륵 감겼다. 꾹 다물린 이랑의 입술에 얼굴을 가만히 대고 있던 원이 이내 입을 열어달라는 듯 똑똑 노크를 했다. 이로 가볍게 아랫입술을 깨무는 느낌에 이랑의 입술이 자연스럽게 열렸다. 그러자 기다렸다는 것처럼 원의 혀가 부드럽게 들어왔다.

"음."

그가 주는 부드러운 입맞춤에 온통 정신을 팔고 있던 이랑은 문득 자신의 허리를 강하게 옭아매는 손길에 목 깊은 곳에서 나오는 신음을 흘렸다. 단단하게 맞닿은 하체에서 어느새 아찔하게 열기가 솟아나기 시작했다. 몸 깊은 곳에서 타고 올라오는 짜릿한 감각에 이랑이 그의 단단한 팔을 꽉 쥐었다.

부드럽던 키스가 더욱더 깊어졌다. 이랑의 허리를 배회하던 원의 손길이 조심스레 상의 사이로 들어와 그녀의 맨등을 천천히 쓸어 올렸다.

"하아."

동시에 떨어진 입술 사이로 누구의 것인지 모를 긴 숨결이 튀어나왔다. 그의 얼굴이 다시금 목을 타고 천천히 아래로 향했다. 어느새 끈이 풀린 것인지 고개를 뒤로 젖힌 이랑의 머리카락이 찰랑이며 흘러내렸다. 원이 그런 그녀를 천천히 안아 들었다.

"아."

그러곤 조금 걸어가 소파에 털썩 앉았다. 그의 위에 걸터앉은 이랑이 순간적으로 몸을 부르르 떨었다. 맞닿은 하체에서 잔뜩 흥분을 한 원의 남성이 적나라하게 느껴졌다. 어느새 매우 단단해져 마치 바지를 뚫고 밖으로 튀어나올 것처럼 잔뜩 성이 나 있었다. 동시에 알싸한 기대감과 함께 이랑의 하체가 젖어들기 시작했다. 잠시 후 그것이 몸속으로 거칠게 밀고 들어올 것을 상상하자 벌써부터 아찔한 현기증이 일었다.

그의 손길이 마치 연주를 하듯 부드럽게 이랑의 몸 위를 오갔다. 완벽하게 나신이 된 서로의 몸을 마음껏 탐하던 중, 원이 이랑의 날씬한 허리를 잡고 살짝 들어 올렸다.

"다정한 남자는 여자를 오래 기다리게 하지 않지."

욕망이 짙게 깔린 낮은 목소리에 이랑의 뒷목에 소름이 오소소 돋았다.

"하윽."

어느 순간 이랑의 입에서 차마 숨기지 못한 교성이 튀어나왔다. 그가 이끄는 대로 허리를 천천히 내리자 그가 그녀의 안에 가득 들어차기 시작했다. 처음으로 위에서 그를 받아들인 이랑이 달뜬 숨을 내뱉으며 원의 목을 꽉 끌어안았다. 그 어느 때보다 자극적인 느낌이 이랑을 강하게 흔들고 지나갔다.

"쉬이."

달래듯 이랑의 등을 쓸어내리던 원이 그녀의 골반을 단단하게 잡고 천천히 움직임을 유도했다.

"흐응."

모든 감각이 하체에 집중된 것 같았다. 원의 어깨를 강하게 쥔 채로 그의 손길에 따라 허리를 움직이는 이랑의 입에서는 연신 달뜬 신음 소리가 튀어나왔다. 두 사람의 몸은 참을 수 없는 욕망에 어느새 흠뻑 젖어들기 시작했다.

뻐근하고 묵직한 이물감이 연달아 치고 들어왔지만 그것은 몹시 자극적인 황홀함 그 자체였다. 이랑은 이제 원을 가둔 채 스스로 몸을 아래위로 움직였다.

"아아! 이랑…… 아."

호흡마저 가쁠 정도로 벅찬 그의 목소리에 아랫배에 힘이 잔뜩 들어갔다. 그 목소리에 이랑의 움직임이 더욱 빨라졌다. 이랑의 엉덩이를 쥔 원의 손이 하얗게 질렸다. 그의 손안에 꽉 잡힌 곳에서부터 짜릿한 쾌감이 파도처럼 전신으로 퍼져 갔다. 참을 수 없는 격정을 느끼며 이랑이 그의 목을 더욱더 꽉 끌어안았다.

두 사람의 모든 감각이 오로지 한곳에 집중되었다. 그렇게 한

참이나 달아오를 대로 달아오른 육체가 부딪치는 자극적인 소리만이 이랑의 집 안에 울려 퍼졌다.

새로운 한 주가 시작되는 월요일이었다. 수많은 월요일을 지내왔지만 당최 이놈의 월요병은 적응이 되지 않았다. 뻐근한 목을 주무르며 사무실에 들어선 이랑은 방금 휴게실에서 가져온 커피를 한 모금 들이켰다.

"정 대리."

"네, 과장님."

막 제자리로 돌아와 앉으려던 그녀는 과장이 부르자 엉거주춤하게 멈춰 섰다.

"한성자동차 홍보팀에서 연락이 왔어. 갑자기 좀 들어오라네. 정 대리가 들어가 봐야 할 것 같은데."

"제가요?"

"응, 실무자를 원하더라고."

과장의 말에 이랑이 잠시 머뭇거렸으나 이내 알았다는 듯 고개를 끄덕였다.

"네, 알겠습니다."

피곤한 월요일, 차라리 외근이 나을지도 몰랐다.

"아차."

걸음을 옮기려던 이랑이 가방에서 휴대폰을 꺼내 들었다.

─응, 나야.

몇 번 신호가 가지도 않고 나직한 그의 목소리가 들려왔다. 이랑이 방싯 웃으며 입을 열었다.

"오빠, 나 오빠네 회사 가고 있어요. 미팅 있어서요."

−지금?

"네. 오늘도 야근해요?"

−흐음.

원이 말끝을 흐리며 잠시 생각에 잠겼다.

−오늘은 못하겠다. 몰랐다면 모를까 일이 손에 잡히겠어?

이랑이 속절없이 터지는 웃음을 참지 못하고 배시시 웃었다.

"그럼 우리 같이 퇴근하면 되겠다. 그쵸?"

−그러자. 마치고 연락해.

클라이언트 회사에 애인이 근무하니 이런 재미가 있었다. 이랑이 활짝 핀 얼굴로 전화기를 귀에서 내리며 걸음을 옮기기 시작했다. 오기 싫어서 짜증냈던 마음은 다 어디로 갔는지 어느새 행복 지수가 잔뜩 충전되었다. 미소를 머금은 이랑이 이제는 익숙해진 보안검색대를 통과해서 미팅장소인 홍보팀 회의실로 향했다.

"안녕하세요."

노크를 하고 들어서니 홍보팀 담당자가 보였다. 홍보팀 담당자와 인사를 나눈 뒤 곧장 회의를 시작했다.

"이번에 신차 카탈로그 제작에 디자인팀이 잔뜩 곤두서 있네요. 그래서 말인데요, 정 대리님, 디자인팀에서 아무래도 사람이 한 명 더 붙을 것 같아요."

"그래요? 누가 붙을까요? 설마 저번처럼 팀장님이……."

"아뇨, 그럴 일은 없을 거예요."

좋다 말았다. 혹시 원이 오려나 싶었는데 그건 아닌 것 같았다. 아니, 그저 안 좋은 게 아니라 이랑으로서는 극히 안 좋은 일이었다. 홍보팀 직원뿐만 아니라 이제는 디자인팀의 눈치까지 봐야 되게 생겼다. 뭔가 일이 복잡하게 꼬이는 듯했다.

"김 대리님, 담당자 왔······."

누군가 회의실 문을 열고 들어왔다. 반사적으로 문을 바라본 이랑이 그대로 멈춰 섰다. 뜻밖에도 민영이 거기에 서 있었다.

"정 대리님, 인사 나누세요. 디자인 3팀 서민영 씨예요."

어정쩡하게 서 있던 이랑이 서둘러 표정을 수습한 뒤 고개를 가볍게 숙였다.

"안녕하세요."

"또 보네요. 우리 잘해봐요."

민영이 이랑을 향해 생긋 웃었다. 설마 디자인팀에서 온다는 사람이 민영일 줄은 생각도 못했다.

"그럼 시간이 없으니 곧장 본론으로 넘어갈까요?"

이랑이 채 숨도 제대로 돌리기 전에 민영이 다급하게 말을 이어갔다.

"지금까지 한 카탈로그 시안 볼 수 있을까요?"

"네, 여기 있습니다."

이랑은 서둘러 가방에서 작업한 것들을 꺼내 들었다. 그러곤 메모사항을 적기 위해 다이어리를 펼쳤다.

"이게 다예요?"

"네?"

"아니, 뭐, 노트북이나 태블릿 PC나 그런 것들은 없어요?"

순간 이랑이 멍하니 민영을 응시했다.

"그게 무슨……."

"그게 없으면 지금 바로 수정사항을 반영한 디자인을 볼 수가 없잖아요. 그럼 답답한데."

민영이 곤란하다는 듯 미간을 살짝 찌푸렸다. 그러더니 이내 피식 작게 웃었다.

"지금까지 이런 식으로 하셨어요? 그럼 작업 속도가 상당히 느렸겠네요."

갑자기 무척이나 구닥다리로 일을 처리하는 사람이 되어버린 것 같았다. 거기다 남들이 보는 앞에서 디자인 작업을 하라니. 그건 마치 감시를 받으면서 하는 것과 무엇이 다른가. 무척이나 급박한 일이라면 그러려니 하겠지만, 그것도 아닌 이번 일에 말이다. 이랑은 갑자기 자존심이 확 상했다.

하지만 있을 수 없는 요구는 아니었다. 다른 입장에서 보면 나름 합리적이라고도 볼 수 있는, 터무니없는 말은 아니었기에 이랑은 울컥 올라오는 성질을 꾹 눌렀다.

"죄송합니다. 다음부터 준비하도록 하겠습니다."

"부탁드려요. 전 성격이 급한 편이라."

분명 생긋 웃는데 그게 다가 아닌 것 같은 느낌, 그런 기분에 이랑은 자신도 모르게 멈칫했다.

'뭐지, 이 적대적인 기운은?'

묘했다. 자신을 보며 웃고 있는데, 보이는 대로의 얼굴이 다가 아닌 느낌이랄까. 이랑은 반사적으로 허리를 더욱 곧추세우며 입술을 질끈 깨물었다. 어쩐지 무척이나 힘든 미팅이 될 것 같다는 생각이 들었다. 불안한 기운이 등줄기를 스멀스멀 타고 올랐다.

"디자인 괜찮네요."

이랑이 가져온 것을 쭉 훑어본 민영이 웃으며 입을 열었다. 자신이 착각했다고 생각하려는 찰나, 이랑은 그 생각이 엄청난 착오였음을 깨달았다.

"괜찮은데, 손볼 곳이 좀 많겠네요. 일단 전반적인 분위기 바꿔주세요. 이것보다 더 유니크하고……."

해사하게 웃는 얼굴로 민영이 요구사항을 읊어댔다. 자연히 그 앞에 앉은 이랑의 손은 무척이나 바쁘게 움직였다.

"그리고 이거 별로예요. 바꿔주세요. 좀 더 세련된 걸로 변경해주시고, 또 이건……."

얼마나 긴 시간 동안 일방적인 말을 들었는지도 모르겠다. 한참의 시간이나 이것저것 조목조목 따지는 민영 덕분에 이랑의 손은 거의 날듯이 메모를 해야 했다.

"어머! 말하다 보니 전반적으로 다 수정되어야겠네요."

드디어 끝이 났나 보다. 무슨 일이 있었냐는 듯 화사하게 웃는 민영을 보며 이랑이 속으로 한숨을 내쉬었다. 이 여자, 정말 보통이 아니다.

"제가 좀 까다롭죠?"

민영의 입가에 맺힌 미소가 더욱 진해졌다. 그 모습을 바라보던 이랑이 자신도 모르게 미간을 찌푸렸다. 어쩌면 이 여자는 지금 일부러 그러는 것일지도 모른다는 생각이 불현듯 뇌리를 스치고 지나갔다.

"까다로운 클라이언트라도 맞춰드려야죠."

올바르지 못한 갑의 권리, 이른바 '갑질'이라고 하는 것을 행사하기 위함인 듯한 민영을 보며 이랑이 애써 입꼬리를 들어 올렸다.

"하긴, 그건 그래요. 우리가 바라는 대로 하라고 일을 맡기는 거잖아요."

순간 이랑의 미소가 설핏 흔들렸다. 승리의 미소를 빙긋 짓는 민영을 보며 이랑이 입술을 질끈 깨물었다.

"그럼 정 대리님, 초안 이번 주 내로 보내주세요."

이번 주 내로 초안을 내놓으라는 것은 이랑더러 죽어라 이 일만 하라는 것과 다름없었다. 적어도 일주일 이상의 여유를 줘야 하는 것이 보통의 관례였다.

"그런……!"

순간 욱한 이랑이 입을 열어 뭐라고 대꾸를 하려다 겨우 꾹 눌러 참았다. 알게 모르게 자신을 살살 긁어대는 민영의 미소가 더욱더 진해졌다. 정신이 번쩍 들었다. 어쩌면 그녀는 바로 이것을 바라고 있는 건지도 모른다. 그렇다면 여기서 욱하면 지는 것이었다.

"최대한 맞추겠습니다."

억지로 빙긋 웃은 이랑이 아무렇지도 않은 척 대답했다. 알게 모르게 후끈 달아오른 회의실의 열기가 고스란히 이랑의 얼굴로 옮겨간 듯 어느새 그녀의 볼이 발갛게 달아올랐다.

9

이랑은 터벅거리는 걸음으로 회의실을 빠져나왔다. 왠지 멍했다. 반영해야 될 사항이 빽빽하게 적힌 다이어리를 떠올리자 자꾸만 한숨이 나왔다.

'이게 대체 뭐지.'

갑작스럽게 마주한 이 상황에 모든 게 얼떨떨했다. 그렇지만 한 가지는 분명했다. 민영은 이랑에게 적대적이며, 이 모든 상황은 그녀가 의도한 것이었다. 유치하기 짝이 없지만 또 그만큼 효과적이기도 했다. 벌써부터 머리가 지끈거리며 아파왔으니 말이다.

"웬 한숨이야."

축 늘어져 있자니 귓가 가까이에서 나직한 목소리가 울려 퍼졌다.

"엄마야."

이랑이 화들짝 놀라며 어깨를 움츠렸다.

"왜 이렇게 놀라."

웃음기가 섞인 말과 함께 익숙한 향이 훅 다가와 이랑의 허리를 감싸 안았다.

"오빠? 놀랐잖아요."

그제야 잔뜩 움츠렸던 어깨를 내리며 이랑이 밉지 않게 눈을 흘겼다.

"왜 이제 나와. 한참 기다렸는데."

"기다렸어요? 내가 연락한다니까."

"내가 기다리는 게 낫지. 멀리서 보니까 민영이는 먼저 나오던데."

"……봤어요?"

"응."

빙긋 웃은 원이 이랑의 손을 잡아끌었다. 그런 원을 보고 있자니 왠지 무척이나 오랜만에 보는 것 같은 기분이 들었다. 이게 다 그 여자 때문이었다. 대체 민영은 무슨 억하심정으로 이렇게 자신을 괴롭히는 것일까. 복잡한 이랑을 아는지 모르는지 원이 웃음을 머금은 채 가볍게 발걸음을 옮겼다.

"가자."

"벌써?"

"응."

나직한 원의 말에 이랑이 잠시 못 미더운 눈빛으로 그를 살폈다.

"정말?"

"나 그 정도는 돼. 날 그렇게 못 믿나?"

무덤덤한 얼굴로 장난스럽게 말하는 그를 보며 결국 이랑이 피식 웃었다. 눈앞에서 씩 웃는 그의 얼굴이 이토록 사랑스러울 수가 없었다.

'그래, 이 얼굴을 못 보니 화가 날 만도 하지.'

결코 민영이 가질 수 없는 원의 환한 얼굴이었다. 그래서 그 여자는 이토록 유치한 장난질을 함으로써 분풀이를 하는 것이었다. 그렇게 생각하자 무거웠던 마음이 조금씩 가벼워졌다. 자연히 이랑의 얼굴에 작은 미소가 맺혔다.

"믿어요. 내가 안 믿으면 누가 믿어."

더불어 더욱 분발해야 되겠다는 생각도 들었다. 여기서 민영에게 질 수는 없었다. 주먹을 불끈 쥔 이랑이 말을 이었다.

"우리 맛있는 거 먹으러 가요. 먹고 힘써야 할 일이 생겼어요."

"힘?"

"네."

"나한테? 그건 듣던 중 반가운 소린데."

순간 이랑의 눈동자가 동그랗게 변했다.

"이젠 제법 적극적인 말도 할 줄 알고."

원이 은근한 웃음을 머금었다.

'헉, 이 남자가!'

그제야 무슨 뜻인지 알아차린 이랑이 서둘러 주변을 휙 둘러보았다. 그러곤 당황한 표정으로 원의 팔을 아프지 않게 꼬집었다.

"일이요. 일. 오빠한테 아니라."

"그럼 난?"

"뭐가 '난'이에요."

그렇게 원과 티격태격 도란도란 이야기를 나누며 엘리베이터 앞에 섰다. 생각하기 나름이었다. 기분 나쁘게 깐죽거리는 말 몇 마디, 그리고 조금은 과한 업무. 간단하게 정리하자면 그걸로 충분했다. 그냥 진상 클라이언트를 만났다 생각하고 조금 더 고생하면 되었다.

'내가 밤을 새워서라도 작업을 다 완료하고 만다!'

절대로 민영에게만큼은 질 수 없다는 생각에 이랑의 오기가 활활 불타올랐다.

시원한 장대비가 내리는 퇴근 시간, 각자의 업무를 끝낸 사람들이 분주하게 움직이고 있었다.

"오늘 같은 날은 막걸리 한잔해야 되는데."

"그러게요. 오랜만에 사무실 사람들끼리 한잔하죠."

주거니 받거니 오가는 말 속에 사람들이 우르르 일어섰다. 이랑의 회사는 크진 않았지만 사람들끼리 단합이 잘되어 분위기가 무척 좋았다.

"정 대리, 뭐 해? 얼른 나가서 같이 한잔하자고."

과장의 말에 열심히 모니터 화면을 응시하고 있던 이랑이 고개를 들었다.

"전 다음에 같이 갈게요. 일이 많네요."

"어머! 우리 정 대리, 얼굴이 반쪽이야."

부장이 이랑의 얼굴을 보며 호들갑을 떨었다.

"이번 한성자동차에서 그렇게 진상을 부린다면서? 과장님, 도대체 어떻게 된 거예요."

"저도 정 대리가 안쓰러워서 친구한테 물어보니, 디자인팀에서 까다롭게 군대요. 신차 출시 앞두고 민감한 거라서 어쩔 수 없다고 하더라고요."

부장과 과장이 주고받는 말을 듣던 이랑이 한숨을 푹 내쉬었다.

'디자인팀이 아니라 한 명이 까다로운 거죠.'

속으로만 중얼거리는 이랑의 얼굴은 까칠하기 그지없었다. 계속해서 모니터 화면을 바라봐서인지 눈에는 핏발이 곤두서고, 다크써클도 평소보다 훨씬 짙었다. 계속된 야근 때문인지 말 그대로 얼굴이 반쪽이 되어 있었다.

"조금만 더 하면 대충 마무리되니까 신경 쓰지 마세요."

"계속 진상 부리면 상황 보고 한 명 더 투입시켜줄게."

"네, 들어가세요."

안쓰러운 부장의 표정을 보며 이랑이 고개를 끄덕였다. 그렇게 사람들이 빠져나가자 사무실 안이 순식간에 조용해졌다.

피곤해서 뻑뻑한 눈을 감으며 이랑이 책상 위로 길게 늘어졌다. 며칠째 눈만 뜨면 컴퓨터 작업에 몰두했더니 온몸이 아우성을 치는 것 같았다.

"에구, 삭신이야. 온몸이 쑤시네. 자고 싶다. 이대로 자버릴까."

무거운 눈꺼풀을 깜빡거리며 이랑이 의미 없이 중얼거렸다. 하지만 그러기도 잠시, 그녀가 벌떡 일어났다.

"아니야, 지면 안 돼."

다시금 눈에 힘을 주며 부릅뜬 이랑이 마우스를 잡고 서둘러 손을 움직이기 시작했다. 그래도 며칠 동안 고생한 것이 효과가 있는지 초안이 거의 다 마무리되어가고 있었다. 평상시보다 훨씬 더 정성을 들여 만들었기 때문에 시간도 더 오래 걸렸다. 하지만 그만큼 제법 근사하게 나온 것 같아 힘든 와중에도 무척이나 흐뭇했다.

"다 했다!"

그렇게 몇 시간이 흐른 뒤, 어느새 한밤중이 되어버린 시각에 이랑은 홀로 환호성을 질렀다. 반쯤 감긴 눈으로 히죽 웃은 그녀가 서둘러 저장하고 컴퓨터를 끈 뒤 가방을 챙겨 들었다. 꼼꼼하게 사무실 문단속을 한 뒤 자꾸 터지는 하품을 하며 걸음을 옮겼다.

엘리베이터에서 내려 건물 입구에 서자, 제법 굵은 빗줄기가 떨어지고 있었다. 거센 빗줄기 사이를 뚫고 지나갈 생각을 하니 막막했다. 한숨을 내쉬고는 막 우산을 펼치려던 순간이었다.

"이랑아."

뜻밖에도 원이 기다리고 있었다. 화들짝 놀란 이랑에게 다가온 원이 빙긋 웃었다.

"어쩐 일이에요?"

"그냥."

"왔으면 연락을 하죠."

"신경 쓰여서 일 못할까 봐."

"얼마나 기다린 거예요?"

"얼마 안 됐어."

하지만 얼마 안 됐다고 하는 원의 말과 달리 그의 바지 자락은 떨어진 빗방울에 흥건하게 젖어 있는 상태였다.

"그럼 차 안에서 기다리지."

"혹시 모르고 지나칠 수도 있잖아."

거센 빗방울에 홀로 서서 기다렸을 그를 생각하니 괜히 마음이 짠해졌다.

"그래서 여기 서 있었어요? 비도 오는데."

"나름 낭만적이던데."

원이 어깨를 으쓱하며 이랑의 어깨를 감싸 쥐고 천천히 걸음을 옮겼다. 투두둑, 우산을 때리는 빗줄기 소리가 촉촉하게 주변을 맴돌았다.

"얼굴이 많이 상했다."

"그래요?"

원의 걱정스런 말에 서둘러 손을 들어 올린 이랑이 볼을 문댔다. 예쁜 얼굴만 보여줘도 모자랄 판에 이런 모습이라니. 원이 기다릴 줄 알았다면 나오기 전 거울이라도 한 번 더 봤을 텐데 그러지 못해 신경이 쓰였다.

"못나졌죠?"

"응?"

"다크써클도 턱 밑까지 내려와 있고, 얼굴도 까칠하고."

이랑이 양손으로 얼굴을 반쯤 가렸다.

"어디 보자."

한숨이 섞인 이랑의 말을 들은 원이 갑자기 우뚝 멈춰 섰다.

"흠."

그러곤 까만 눈동자로 이랑의 얼굴을 유심히 살피기 시작했다.

"그렇게 보면……."

"일단 이마는 예쁘고."

그 눈빛에 당황한 이랑이 말을 채 마치기도 전에 원이 고개를 숙여 이마에 가볍게 입맞춤을 남겼다.

"좀 피곤해 보이긴 하지만 눈도 여전히 예쁘고."

이번에는 눈가였다. 나직하게 속삭인 원이 좀 더 고개를 내려 이랑의 양쪽 눈가에 스치듯 가벼운 키스를 했다. 볼을 감싸고 있던 이랑의 손에서 힘이 저절로 스르르 풀렸다. 그 틈을 놓치지 않고 이랑의 양손을 한 손으로 잡아 내린 원이 이번에는 볼로 고개를 옮겼다.

"볼도 여전히 보드랍고."

새털처럼 가볍게 스치고 지나가는 그의 입맞춤에 이랑의 볼이 발갛게 달아올랐다.

"코는 앙증맞고."

볼에 이어 코로 향한 원이 마지막으로 향한 곳은 이랑의 입술이었다.

"심지어 여기는 사랑스럽기까지."

나직하게 웅얼거린 말끝에 드디어 서로의 입술이 맞닿았다. 이랑 쪽으로 잔뜩 기울어진 우산 덕에 어느새 원의 등이 흥건하게 젖어가고 있었다. 하지만 그런 것도 모르는 듯 살짝 고개를 기울인 원은 이랑의 입술을 맛보는 데 푹 빠져 있었다. 처음엔 갑작스런 스킨십으로 당황했던 이랑도 어느새 원에게 매료되어 부드러운 그의 입술에 폭 빠져 있었다.

"대체 어디가 못났단 거야."

제법 긴 시간이 흐른 후, 슬며시 고개를 떼어낸 원이 빙긋 웃으며 중얼거렸다.

"사람들도 많은데."

좋으면서 괜히 마음과 다르게 툴툴댄 이랑이 새침한 표정을 지으며 원의 팔을 톡톡 두드렸다.

"보면 어때. 좋을 때다, 하겠지."

제법 능글맞은 그의 말에 이랑도 배시시 웃으며 원의 팔에 팔짱을 꼈다. 언제 울상이었냐는 듯 어느새 얼굴이 화사하게 피어 있었다.

"여기."

차에 타자 원이 포근한 카디건을 이랑에게 건넸다. 샐쭉 웃으며 카디건을 받아 든 이랑이 만족스런 한숨을 내쉬며 편안하게 기대어 앉았다.

"밥은 먹었어?"

그러고 보니 아직 저녁도 안 먹었다. 그제야 든 생각에 이랑이 머쓱하게 웃었다.

"밥부터 먹여야겠네."

이랑의 머리를 부드럽게 쓰다듬어준 원이 차를 출발시켰다. 촉촉하게 젖은 아스팔트 위를 달리는 차 안에는 원이 재생시킨 잔잔한 음악이 흐르고 있었다. 절로 노곤함이 밀려들었다.

"하암."

"눈 좀 붙여."

하품하는 것을 본 것인지 원이 나직하게 말했다. 작게 고개를 끄덕인 이랑이 창가에 머리를 툭 기댔다. 빗방울이 방울방울 맺힌 창문으로 운전에 집중하고 있는 원의 모습이 반사되었다. 여유롭게 한 손을 창가에 기대어 턱을 만지작거리며 핸들을 돌리는 모습이 보였다.

가끔 이렇게 고생하는 것도 나쁘지 않다는 생각에 방싯 웃은 이랑이 원의 모습을 찬찬히 살폈다. 평소보다 느긋하게 이완된 그의 모습에서 여유가 느껴졌다. 이랑은 곧 무거운 눈꺼풀을 깜빡거리기 시작했다. 그러다 자신도 모르게 까무룩 잠이 들었다.

얼마의 시간이 흘렀을까. 잔기침을 하며 몸을 뒤척이던 이랑은 순간 눈을 번쩍 떴다.

"어?"

"깼어?"

"여기가……."

당황한 그녀가 놀라서 몸을 벌떡 일으켰다. 잠기운이 여전히 묻어나는 눈으로 시계를 확인하니, 어느새 새벽에 다다른 시간이었다.

"어떻게 해. 그냥 깨우죠."

이랑은 울상을 지으며 원을 바라보았다. 언제 뒤로 젖힌 것인지 조수석 시트가 뒤로 젖혀져 있었고, 거기다 원의 양복 상의까지 덮고 있었다. 자신이야 편하게 잠이나 잤지만 그는 이 좁은 차 안에서 얼마나 고역이었을까.

"너무 곤히 자서 깨울 수가 없었어."

"피곤하겠다."

"응, 피곤하다."

"어떻게 해."

어쩔 줄을 몰라 하는 이랑을 보며 원이 나직하게 다시 입을 열었다.

"운전할 힘도 없어."

"네?"

"그런데 그냥 보내진 않을 거지?"

그제야 당황하던 이랑이 멈칫하며 원을 바라보았다. 원이 설핏 웃었다.

"액셀은커녕 브레이크 밟을 힘도 없네."

장난스럽게 풀이 죽은 그를 보며 웃음을 터뜨린 이랑이 고개를 끄덕였다.

"올라갔다 갈래요?"

"응."

기다렸다는 듯 대답하는 원을 보고 밉지 않게 눈을 흘긴 이랑이 가방을 챙겨 들었다. 본의 아니게 편하게 숙면을 취해서인지 몸 상태가 한결 나아진 것 같았다.

"앉아요. 차 한 잔 줄까요?"

집에 들어서서 가방을 내려놓은 이랑은 머리를 하나로 쥐어 묶으며 원에게 물었다.

"이리 와봐."

찻물을 올리려던 이랑은 자신을 향해 손을 뻗는 원 때문에 이랑이 의아한 표정을 지으며 소파로 향했다. 이랑의 팔을 잡은 원이 대뜸 그녀를 잡아끌었다. 그렇게 이랑은 본의 아니게 원의 허벅지에 걸터앉았다.

"말해봐."

"응? 뭘요?"

"우리 회사 일 때문에 이렇게 힘든 거야?"

갑작스런 원의 말에 이랑이 눈을 동그랗게 떴다. 까만 눈동자가 탐색하듯 자신의 얼굴을 바라보고 있었다.

"……아니에요."

"아니긴. 솔직히 말해봐. 민영이가 까다롭게 굴어?"

남의 험담이나 하는 여자처럼 보일까 봐 속 시원하게 욕을 내뱉지도 못하니 답답해 죽을 지경이었다. 하지만 이랑은 험악한 말들이 쏟아져 나오려는 입을 꾹 다물었다.

"뭐, 그냥요, 조금."

"일할 때 까다롭게 하는 건 알고 있었지만 너한테도 그럴 줄

이야. 자기한테 맡겨달라고 해서 너 도와주려고 그러나 보다 했는데, 그게 아니었나 봐."

"그분이 직접 하겠다고 했다고요?"

가만히 고개를 끄덕이는 원을 바라보던 이랑이 입술을 질끈 깨물었다. 이번 기회를 놓치지 않고 자신을 괴롭히려 단단히 마음을 먹은 것이 분명했다.

이랑의 까칠한 얼굴을 바라보던 원이 나직하게 한숨을 내쉬더니 그녀의 가슴에 툭 이마를 기댔다.

"내가 괜히 미안하네."

"오빠가 왜 미안해요."

이랑이 손을 들어 원의 머리를 감싸 안았다.

"애도 아니고 다 큰 성인이 맡은 일 하나 제대로 처리 못해서 미주알고주알 일러바치기도 그렇고. 또 말한다고 해서 오빠가 어떻게 할 수 있는 것도 아니고."

"네가 힘들잖아."

"괜찮다니까. 꼭 제대로 다 해낼 거예요."

비장한 표정으로 주먹을 불끈 쥐는 이랑의 말에 문득 원이 피식 웃으며 다시 고개를 들어 올렸다.

"다 컸네."

"언제는 안 컸나."

장난스런 원의 말에 이랑이 눈을 흘기고는 다시 입을 열었다.

"근데, 회사에서는 어때요?"

"뭐가?"

"아니, 그냥. 여전히 잘 지내나 싶어서."

"그렇지, 뭐. 바빠서 그렇게 자주 볼 일은 없어."

"정말? 접근을 한다든지 그런 거 없어요?"

"접근?"

원의 까만 눈동자가 의아하게 물들었다.

"아, 아니에요."

이랑이 서둘러 손을 내저었다.

'대체 무슨 생각인 거지.'

자신의 욕을 하든, 그것도 아니면 이간질을 하든 뭔가를 해도 할 것이라 예상했던 것과는 달리, 너무 아무것도 하지 않으니 오히려 더 불안해졌다. 복잡한 머릿속이 더욱더 얽히기 시작했다.

"근데 뭔가 예전과 느낌이 조금 달라."

그런 이랑을 바라보던 원이 문득 입을 열었다.

"네?"

"자세히는 모르겠는데."

알 수 없는 원의 말에 이랑이 고개를 갸웃했다.

"예전과 조금 다른 것 같긴 해. 근데 그게 뭔지는 잘 모르겠어."

원이 골치 아프다는 듯 고개를 절레절레 흔들자 이랑이 작게 한숨을 내쉬었다. 그 원인을 이랑은 너무나 잘 알았다. 하지만 차마 말할 수는 없었다. 이제 좋은 날만 남았나 싶었더니, 원의 말대로 뜻밖에도 방해꾼이 너무나 많았다. 마음 한구석에서 자꾸만 불안감이 피어났다. 속으로만 한숨을 내쉰 이랑이 원의 얼굴을 양손으로 감쌌다.

쪽.

원의 얼굴을 감싼 뒤 고개를 내린 이랑이 그의 입술에 스쳐 가는 가벼운 입맞춤을 남겼다.

"다른 여자 생각하기 없기."

"뭐?"

"친구라도 싫어. 다른 여자는 보지 마요."

장난스럽게 찌릿하고 눈을 흘긴 이랑이 다시 한 번 원의 얼굴에 장난스러운 키스를 남겼다. 결국 원도 피식 웃고 말았다.

"질투하는 거야?"

"보면 몰라요?"

그러면서 이랑이 원의 입술을 살짝 깨물었다. 이랑의 장난스러운 스킨십에 자극받은 원이 그녀의 허리를 감싸 안았다.

"정말 다 컸어. 이제는 도발도 할 줄 알고."

말을 마치기가 무섭게 원은 이랑의 입술을 곧장 삼켰다. 새털처럼 가벼운 이랑의 키스와는 달리 곧장 그녀의 안으로 침범해 탐험을 시작했다. 그리고 이랑 역시 그런 원의 혀를 자연스럽게 받아들였다. 그렇게 키스가 깊어지는 사이 원은 이랑의 허리를 감싸고 있던 손을 들어 그녀의 등을 쓰다듬으며 자신에게로 더욱 밀착시켰다.

천천히 고개를 내린 원이 입술로 이랑의 목덜미를 가볍게 쓸어내렸다. 원이 혀로 목덜미를 핥으면서 내려가자 절로 이랑의 입에서 달뜬 신음이 새어 나왔다. 그사이 이랑의 등을 배회하던 손길은 어느새 옷 틈으로 들어와 브래지어 라인을 따라 아찔하게 움직이고 있었다.

"씻어야 하는데."

"그래, 씻어야지."

몸속에서 피어나는 열기를 나른한 한숨으로 내뱉는 이랑을 보며 빙긋 웃은 원이 말과는 다르게 천천히 손을 움직여 불쑥 가슴속으로 침범했다. 봉긋한 가슴을 움켜쥐는 단단한 손길에 이랑이 흠칫했다. 그 반응에 원의 눈동자가 더욱 짙어졌다.

"씻으러 가자."

하얀 목덜미에 가벼운 입맞춤을 남긴 원이 이랑은 안은 자세 그대로 자리에서 일어났다.

"가, 같이?"

"뭘 그렇게 놀라. 한두 번도 아니고."

"그야……."

무덤덤한 그의 말에 짜릿한 열기가 순간적으로 아랫배를 스치고 지나갔다. 묘한 기대감으로 들뜬 아릿한 감각에 입술이 바짝 말라왔다.

"안 되는데."

미약하게 소심한 반항을 하는 이랑이었지만 원은 흔들림 없이 성큼성큼 화장실로 향했다.

"앗."

화장실 안에 이랑을 세운 원이 거리낌 없이 그녀의 옷을 벗기기 시작했다. 당황한 이랑이 입술을 질끈 깨물고 반사적으로 몸을 가렸다. 볼이 발갛게 달아올랐다. 아래턱을 질끈 깨문 원이 서둘러 와이셔츠 단추를 풀어 저 멀리 옷을 집어 던지고는 이랑의 손을 잡아끌었다.

"이리 와."

샤워기 아래 선 두 사람의 나신 위로 따뜻한 물줄기가 쏟아 내리기 시작했다.

"오빠, 내가……."

부드럽게 전신을 휩쓸고 다니는 원의 손길에 이랑이 다시금 소심한 반항을 해보지만 그는 요지부동이었다.

"하아."

자극적인 느낌에 자꾸만 달뜬 신음이 나오고 다리에 힘이 풀렸다. 이랑은 어느새 원에게 안기듯 기대선 채 그의 손길을 느끼며 가슴을 연신 들썩였다. 미끈거리는 육체가 맞닿는 생경한 느낌에 몸속 깊은 곳에서 알싸한 열기가 자꾸만 새어 나왔다.

"여기서…… 하응."

잔근육이 탄탄하게 자리 잡은 원의 상체가 이랑을 빈틈없이 뒤에서 뒤덮었다. 기다란 손가락은 마치 피아노를 치듯 리드미컬하게 이랑의 가슴 위를 배회하다 점점 더 아래로 향했다. 하얀 이랑의 엉덩이에 닿은 그의 것은 금방이라도 연약한 그녀의 살갗을 뚫고 싶어 안달이 난 것처럼 뜨겁게 달아올라 있었다.

"넌 너무 부드러워."

귀를 간질이는 나직한 속삭임에 오소소 소름이 돋았다. 그대로 귓불을 살짝 깨무는 약한 자극에 머릿속이 아찔하게 변했다. 동시에 아래로 향한 그의 손이 불시에 이랑의 여성 안으로 불쑥 침범했다.

"아흑."

"아무리 만져도 또 만지고 싶어, 가지고 싶을 정도로."

지독하게 낮은 그의 음성 사이로 연신 달뜬 숨을 내뱉는 이랑의 신음 소리가 쏟아지는 물줄기 소리와 뒤섞여 욕실 안에 가득 울려 퍼졌다. 마치 의식이 까마득한 우주 속으로 빠져드는 것만 같았다.

"나에게 넌 유혹 그 자체야."

"하악."

"그런데 어떻게 다른 여자를 봐. 너 하나로 벅찬데."

그의 손길이 더욱더 강해졌다. 이랑은 허벅지에 힘을 주며 다리를 오므려보았지만 그의 손길은 끊임없이 여린 속살을 자극했다. 더 이상 도저히 견딜 수 없어 이랑의 다리에 힘이 풀릴 때, 그가 이랑을 돌려세운 뒤 벽으로 몰아붙였다.

어느새 그의 까만 눈동자는 잔뜩 낮아져 탁하게까지 보였다. 열락에 들떠 묘하게 색스런 이랑의 얼굴과 마주한 그의 목울대가 크게 움직였다. 다급하게 손을 움직인 원이 이랑의 하얀 허벅지를 안쪽에서 잡아 올렸다. 그러곤 맑은 샘물로 충분히 촉촉한 그곳으로 망설임 없이 자신의 분신을 밀어넣었다.

"으흡."

두 사람의 입에서 동시에 짤막하면서도 거친 호흡이 튀어나왔다. 매번 하나가 될 때마다 어떻게 이렇게 색다를 수가 있는 것인지. 이랑은 자신의 안에 가득 들어찬 원을 느끼며 손을 뻗어 타일 벽을 짚었다. 미끈거리는 타일 벽을 따라 손이 허우적거렸다. 이랑의 손목을 단단하게 그러쥔 그가 촉촉하게 젖은 그녀의 목줄기에 얼굴을 파묻었다.

"날 이렇게……."

"흐응."

"미치게 만드는 여자는……."

"아아, 오빠."

그가 나직하게 내뱉는 말이 허리 움직임에 맞춰 띄엄띄엄 웅얼 거리듯 흘러나왔다.

"너뿐이야."

강한 움직임에 이랑의 몸이 연신 크게 들썩거렸다. 극도로 민 감해진 전신 곳곳으로 계속해서 떨어지는 물줄기에 두 사람은 더 뜨겁게 달아올랐다. 매끈하게 잘 빠진 원의 등 근육 사이로 물줄 기인지 땀인지 모를 물방울이 주르륵 흘러내렸다.

"하윽."

곱게 휜 가느다란 목에 고개를 파묻은 원 역시 달뜬 이랑의 교 성을 들으며 연신 벅찬 숨을 내뱉었다. 이랑의 허벅지를 잡은 손 에 더욱 힘이 들어가면서 동시에 그의 허리 움직임 역시 훨씬 강 해졌다. 그렇게 격렬해지는 움직임에 맞춰 뿌연 수증기로 가득한 욕실 안의 공기는 더욱더 뜨겁게 달아올랐다.

"아앗."

두 사람의 열락 어린 움직임은 이제 시작이었다. 누구의 입에서 나오는 것인지 모를 달뜬 신음은 그러고도 한참이나 더 달콤하게 이어졌다.

그칠 줄 모르고 이어지던 비가 잠시 소강상태에 접어들었다. 열정적인 원에게 시달리다 지쳐 까무룩 잠이 들었던 이랑은 서늘한 공기에 자신도 모르게 잔기침을 하며 눈을 떴다.

그리고 그 순간, 옆에서 자고 있던 원이 벌떡 일어났다. 깜짝 놀란 이랑이 순간 멈칫해서 원이 하는 것을 가만히 바라보았다. 자리에서 일어난 원은 주섬주섬 이불을 끌어당겨 이랑을 포근하게 감싸고는 자신에게로 끌어당겼다. 이랑의 잔기침 소리를 듣고 혹시 추울까 봐 하는 행동 같았다.

"오빠?"

순식간에 원의 품속에 갇힌 이랑이 의아한 표정으로 원을 불렀다. 하지만 이랑을 끌어안은 원은 다시금 고른 숨소리를 내며 일정하게 어깨를 움직이고 있었다. 자는 것인지, 깬 것인지 이해가 가지 않아 원에게 갇힌 팔을 조금 움직인 이랑이 그의 감긴 눈앞에서 손을 흔들었다. 하지만 그는 아무런 미동도 없었다.

'잠결이었구나.'

배시시 웃은 이랑이 단단하게 자신을 옭아매고 있는 원의 팔을 풀었다. 목이 칼칼해 물을 한잔하고 싶었다.

"……떨어져."

하지만 이내 자신을 다시 단단하게 감싸 안아오는 원의 팔에 갇혀 이랑은 옴짝달싹도 할 수 없었다.

"안 자요?"

하지만 여전히 그는 일정한 숨만을 내쉬고 있었다.

"자요?"

"……."

역시나 아무런 대답이 없었다. 깊이 잠든 와중에도 어떻게 이렇게 귀신처럼 자신의 움직임을 알아차린 것인지. 아무런 대답이 없는 원을 가만히 올려다보던 이랑은 괜히 코끝이 찡해졌다.

'이 사람은 참…….'

잠이 든 순간에도 이렇게 온 정신을 다해 자신을 생각해주는 존재가 있다는 사실이 가슴을 먹먹하게 만들었다.

"사랑해요."

찡한 표정으로 원을 바라보던 이랑이 나직하게 속삭이며 원의 단단한 턱에 입을 맞췄다. 여전히 아무런 움직임이 없는 그였지만 이랑은 그 어느 때보다 더 행복한 표정으로 그의 품속에서 눈을 감았다.

분주한 사무실 안, 저마다의 일거리에 골몰한 사람들의 얼굴에 피곤이 드리워져 있었다. 원 또한 피로가 쌓여 뻐근한 어깨를 잠시 주무르다 곧 자리에서 일어났다. 커피가 간절했다.

"최 팀장님."

막 휴게실에 들어서는 순간 불쑥 누군가 다가왔다. 민영이었다.

"잠시 시간 좀 내주시죠."

평소처럼 장난스럽게 말하는 민영이었지만 어째 원은 탐탁지 않은 표정이었다.

"말해."

딱딱한 말투로 말을 이어가는 원을 보고 의아한 표정을 짓기도 잠시, 이내 민영이 생긋 웃었다.

"곧 워크숍 가는 거 알고는 있지?"

"응."

"팀별 장기자랑 준비해야 하는 것도?"

원의 미간이 꿈틀했다.

"이것 봐, 몰랐지?"

민영이 혀를 쫏, 하고 차며 고개를 절레절레 흔들었다.

"위에서 이런 사소한 거에 목숨 건다는 소문. 덕분에 팔자에도 없는 장기자랑 준비 때문에 우리 팀원들은 죽어나게 생겼어."

"별걸 다 하네."

원이 피곤한 얼굴로 손을 들어 미간을 문질렀다.

"팀원들이 바쁜데 팀장 혼자 쏙 빠지면 안 되겠지? 조금 이따 회의실로 와. 오랜만에 우리 찐한 시간 좀 보내보자."

눈을 찡긋한 민영은 원이 마시려고 뽑아놓은 커피를 들고 먼저 걸음을 옮겼다. 먼저 사라지는 민영을 바라보던 원이 한숨을 나직이 내쉬고는 다시 커피를 뽑기 위해 손을 올렸다.

장마 기간임에도 비는 내리지 않고 우중충한 구름이 낮게 하늘에 떠 있었다. 후덥지근한 날씨 속에 습도가 높아 짜증지수가 높은 날, 이랑은 무척이나 비장한 걸음걸이로 한성자동차에 들어섰다. 초안을 보낸 후 처음 하는 미팅이었다. 이번에는 과연 무슨 말로 자신의 신경을 긁을지 단단히 마음의 준비를 하고 오는 참이었다.

"안녕하세요."

하지만 어째 회의실 안에서 민영의 모습은 보이지 않았다.

"정 대리님, 어떻게 하죠?"

홀로 앉아 있던 홍보팀 담당자가 이랑을 보고 울상을 지었다.

"네?"

"디자인팀에서 초안이 엉망진…….. 아니, 마음에 안 드신다고 다시 해서 달라고 하시네요."

"뭐라고요?"

"자기가 원했던 요구사항이 하나도 반영이 안 됐다고 다시 하라고……."

차마 말을 하기가 미안한지 담당자의 얼굴이 울상이 되어 있었다.

"저는 무척 마음에 든다고, 그대로 진행하면 될 것 같다고 했는데, 디자인팀에선 그게 아닌가 봐요."

"서…… 민영 씨가 말이죠."

어금니를 꽉 깨문 이랑이 짓이기듯 말을 내뱉었다.

"초안을 보긴 봤어요?"

"네? 아……."

곤란한 담당자의 얼굴을 보아하니 대충 어떻게 된 상황인지 그림이 그려졌다. 민영은 제대로 확인하지도 않고 내친 모양이었다.

"그래서 민영 씨는 어디 있나요? 좀 뵐 수 있을까요?"

부들거리는 입술을 간신히 억누르며 이랑이 애써 웃음 지었다.

"그게, 디자인 3팀 중요한 회의 있다고 못 온다던데요."

"하아."

이랑이 간신히 숨을 내쉬며 호흡을 골랐다. 그 어느 때보다도 더 작업하고 또 작업한 작품이었다. 그런 작품을 제대로 보지도 않고 무조건 내친 민영의 작태가 괘씸하기 짝이 없었다.

"일단 알겠습니다."

더 이상은 아무리 좋은 척을 하려 해도 그럴 수가 없어 이랑이 자리에서 벌떡 일어났다. 그녀가 가방을 챙겨 들고 딱딱하게 굳은 얼굴로 회의실을 빠져나왔다. 머리끝까지 올라온 짜증 때문에 눈앞이 어지러울 지경이었다.

"어머, 이랑 씨?"

딱 폭발하기 일보 직전인 상태로 거칠게 걸음을 옮기는 중이었다. 엘리베이터 앞에서 정확하게 민영과 마주쳤다.

"이야기 들으셨죠?"

이랑은 억지로 입꼬리를 들어 올렸다.

"디자인이 마음에 들지 않으셨다고요."

"네. 미안하지만 정말 별로였어요. 처음부터 다 다시 부탁해요."

생글생글 웃는 민영을 보며 이랑은 미간을 와락 찌푸리고 말았다.

"생각보다 감각이 없나 봐요. 지금 건 부끄러워서 원이 앞에 내놓지도 못하겠던데."

감각이 없다니. 같은 디자인 분야에 일하면서 그 말이 얼마나 모욕적인지 이 여자는 모르는 걸까, 아니면 알면서도 모르는 척하는 것일까. 욱한 이랑이 민영을 매섭게 노려보며 입을 열었다.

"대체 나한테 왜 이래요?"

"그게 무슨 말이에요?"

"나를 왜 이렇게 못 잡아먹어서 안달이냐고요."

"내가 지금 다른 감정이라도 있다는 말이에요?"

"그럼 아니에요?"

민영이 어이없다는 표정으로 실소를 터뜨렸다.

"상당히 착각이 심하시네요. 일 제대로 못한 본인 잘못은 생각도 안 하고 남 탓으로 미루기가 전문이에요? 지금껏 일 그렇게 해왔어요?"

이랑이 입술을 질끈 깨물었다. 이번이 기회다 싶었는지 민영의 얼굴에 서린 비웃음은 한껏 더 심해졌다.

"생각보다 더 별로네요, 정이랑 씨. 원이 등에 업고 너무 기고만장한 거 아니에요?"

"말씀이 지나치네요."

"대체 왜 이런 여자가 좋다는 거야, 원이는."

도저히 더 못 참을 것 같았다. 그 짧은 시간에 참을 인 자를 적어도 백 번 이상은 그렸는데도 참을 수가 없었다.

"이제라도 자기 주제를 알고 백기 들 생각은 없어요? 여기서 나가떨어지면 참 좋을 텐데."

"이봐요, 서민영 씨."

이랑의 목소리가 살짝 더 높아지는 바로 그 순간이었다. 한껏 비틀려 있던 민영의 얼굴이 갑자기 변했다.

"……?"

세상에 더없이 착한 얼굴로 변하는 민영의 얼굴에 말문이 막히기도 잠시, 이랑은 더욱더 황당한 얼굴로 입을 딱 벌렸다.

"무슨 일이야?"

어느새 자신의 옆에 원이 다가와 있었다.

"원아."

민영은 무척이나 가련한, 마치 비운의 여주인공 같은 시무룩한 얼굴로 원을 불렀다.

"내가 이랑 씨 기분을 좀 나쁘게 했나 봐. 그러려고 한 게 아닌데."

"뭐? 그게 무슨 말이야."

"이번에 이랑 씨가 디자인한 거 수정 좀 해달라고 했는데…….
내가 말을 좀 잘못했는지 이랑 씨 기분이 상했어. 미안해요, 이랑 씨. 그러려고 한 말이 아닌데."

말문이 막힌 이랑이 멍한 표정으로 민영을 바라보았다. 너무 어이가 없으니 화도 나지 않았다. 그저 실소가 터질 뿐이었다.

"내가 다시 한 번 검토해볼게요. 그러니 이제 그만 화 풀어요."

이랑은 자신도 모르게 제법 과격한 욕설을 내뱉을 뻔했다. 아주 가관도 아니었다. 이 여자는 생각보다 훨씬 더 악질이었다.

"그게 정말이야?"

민영과 이랑을 번갈아가며 살피던 원이 입을 열었다. 기분 탓일지도 모르지만 그 목소리는 평소처럼 다정하거나 부드럽지 않았다. 그에 왈칵 서러움이 올라왔다. 왜 그는 무조건적으로 내가 그럴 리 없다며 믿어주지 않는 것일까.

"이랑아."

아무런 대답을 하지 않는 이랑을 다시 한 번 원이 불렀다.

"그러지 마, 원아. 이랑 씨 곤란하잖아. 괜히 내가 끼어들어서 분란만 만들었네. 우리 이러고 있을 시간 없어. 회의 있잖아. 어서 가자. 이랑 씨, 원이 내가 데리고 갈게요."

연기가 정말 일품이었다. 자신을 향해 비웃음을 내뱉던 입술을 언제 그랬냐는 듯 남을 배려하는 말들만 골라 하고 있었다. 정말 미안하다는 듯 허둥대는 그 행동에 이랑은 아무런 말도 못한 채 다시 한 번 실소를 내뱉었다.

"잠깐, 나 이랑이랑……."

"지금 이랑 씨 기분이 많이 안 좋아. 이럴 때는 그냥 두는 게 나아. 어서."

자신을 배려하는 척하며 원을 끌고 걸어가는 민영을 바라보던 이랑의 눈에 순간 불꽃이 확 튀었다.

"서민영 씨."

이랑이 민영의 이름을 부르며 두 사람에게로 성큼성큼 걸음을 옮겼다. 설마 자신을 부를 줄은 몰랐는지 원을 잡고 걸어가던 민영이 놀란 표정으로 뒤돌았다. 원 또한 멈춰 서서 이랑을 가만히 바라보았다.

"하신 말씀 잘 알아들었습니다. 그나저나, 연기가 참 일품이시네요. 이런 걸 보고 이중인격이라고 하나 봐요."

갑작스런 이랑의 말에 원이 의아한 표정을 지었다. 민영 역시 당황한 듯 뒤로 주춤거리며 물러났다. 방싯 미소를 지은 이랑이 가방에서 프린트해온 초안을 우격다짐으로 민영 앞에 내밀었다.

"남들이 오해하기 좋게만 설명하시는 버릇, 고치셔야겠네요."

"이랑 씨, 그건……."

"제대로 검토조차 하지 않으셨잖아요. 그래놓고 다시 다 하라고 하시면 당연히 기분이 상하죠, 안 그래요?"

이랑이 한쪽 입술 끝만 삐뚜름하게 들어 올린 채 말을 이었다.

"여기 초안입니다. 이번에는 부디 제대로 검토 부탁드립니다."

"그게 무슨 말이에요. 이랑 씨, 진정하고……."

당황한 민영이 계속해서 말을 끊으려 했지만, 그럴 틈을 주지 않고 이랑이 계속해서 말을 이었다.

"그리고 우리 두 사람 일은 우리가 알아서 할게요. 오빠가 왜 날 좋아하는지 궁금해하는 건 너무 오지랖이지 않아요? 그리고 전 오빠를 등에 업고 기고만장한 적이 없어요. 뭘 잘못 아셔도 한참 잘못 알고 계시네요."

쉴 새 없이 말을 퍼부은 이랑이 그제야 말을 멈추고 숨을 돌렸다. 한차례 폭풍이 지나간 것 같았다. 원은 원대로 멍한 표정을 지으며 이랑을 바라보았고, 민영은 민영대로 불시의 기습을 받은 것처럼 당황한 기색을 숨기지 못했다.

"이랑아, 너 대체⋯⋯."

"미안해요. 하지만 이런 지랄 맞은 성격도 나니까 오빠가 이해해요."

"뭐?"

원답지 않게 얼빠진 표정이 신기했지만 이랑은 지금 그 얼굴을 감상할 여유가 없었다. 도저히 화딱지가 올라와서 아무런 생각을 할 수가 없었으니 말이다.

"아님 말구요."

차갑게 읊조린 이랑이 나란히 서 있는 두 사람을 응시하며 가방을 고쳐 멨다.

"그럼 두 사람, 가시던 길 계속 가세요. 전 도저히 화가 나서 이 자리에 못 있겠네요."

거기까지 말한 이랑이 몸을 휙 돌렸다.

"이랑아, 잠깐만."

"잡지 마요. 지금은 오빠 꼴도 보기 싫으니까."

"이랑⋯⋯."

이랑은 자신을 잡는 원의 손을 단호하게 쳐냈다. 정말이지 지금은 그가 미웠다. 이랑은 서둘러 걸음을 옮겨 엘리베이터에 올랐다.

10

순식간에 사라진 이랑의 뒤를 따라 원은 다급하게 발걸음을 옮기며 엘리베이터 버튼을 눌렀다. 이대로 이랑을 보내면 안 될 것 같았다. 모두 다 제 각기 다른 층에서 놀고 있는 엘리베이터를 보며 원은 다급하게 비상구로 걸음을 돌렸다.

"지금은 오빠 꼴도 보기 싫으니까."

차가운 이랑의 목소리가 귓가에 자꾸만 맴돌았다. 왜 이랑이 그런 말을 하는지 아직 완전하게 다 이해가 가진 않았지만 분명한 건 뭔가 자신이 잘못했다는 것이었다. 대체 왜, 무엇을 잘못했는지는 일단 이랑을 붙잡은 뒤 차근하게 생각하기로 했다. 지금은 이랑을 붙잡는 것이 먼저였다.

"허억, 헉."

수많은 계단을 내려 1층 로비로 내려와 벅찬 숨을 고를 틈도 없이 원은 주변을 두리번거렸다. 하지만 아무리 살펴도 이랑이 보이지 않았다. 원은 더욱더 다급하게 회사 바깥으로 걸음을 옮겼다. 당장이라도 비가 쏟아질 듯 흐린 하늘 아래 분주하게 움직이는 도시가 눈에 들어왔다.

"……!"

찾았다. 잔뜩 신경질적인 걸음을 옮기는 여리여리한 뒷모습을 발견한 원의 발걸음이 제멋대로 움직이기 시작했다. 움직여야겠다고 생각하기도 전에 발이 먼저 움직였다.

"정이랑."

막 지하철 입구로 들어가려는 이랑의 팔을 아슬아슬하게 잡아챘다. 순간 놀란 것인지 동그래진 눈으로 자신을 바라보는 이랑의 눈동자에 그제야 참았던 숨이 한꺼번에 터졌다. 이랑의 팔을 잡은 손을 놓지 않은 채 원이 허리를 반으로 숙였다. 쉬지 않고 뛰어다녔던 여파가 이제야 몰려왔다.

"오빠? 왜 이래요?"

그런 원을 보고 화들짝 놀란 이랑이 그의 등에 손을 얹었다. 진정하라는 듯 토닥이는 그 손길에 아이러니하게도 숨이 더욱더 벅차 올라왔다.

"너……."

간신히 숨을 고른 원이 반으로 접었던 허리를 폈다.

"너, 그대로 가버리는 게 어디 있어."

"네?"

"그렇게 가버리면 난 어떻게 하라고."

원이 엄한 표정을 지었다. 갑작스럽게 자신을 뒤따라온 원에게 놀란 것도 잠시, 이랑은 표정을 딱딱하게 굳혔다.

"왜 따라왔어요?"

"뭐?"

"이럴 땐 가만히 내버려두라는 그 여자 말 못 들었어요?"

여전히 화가 풀리지 않은 듯 차갑게 말하는 이랑을 보며 원이 나직하게 한숨을 내쉬었다. 아무래도 단단하게 화가 난 것 같았다.

"내 말보다 그 여자 말이 더 중요한 거 아니었어요?"

"아니야."

"아니긴. 내 말은 믿지도 않으면서."

이랑이 눈도 제대로 마주치지 않은 채 말했다.

"무슨 사정인지 알지도 못하는데 믿고 안 믿고 어디 있어."

난감해하는 원을 보며 이랑이 여전히 토라진 얼굴로 입을 열었다.

"왜 이렇게 화가 났는지는 알고 있어요?"

순간 원은 입을 꾹 다물었다.

"이것 봐, 진짜 미워."

"내가 왜 미워."

"그렇잖아요. '그게 정말이야' 라니. '그럴 리 없어' 도 아니고."

이랑이 입술을 비죽이자 원은 순간 말문이 막힌 표정을 지었다.

"당연히 날 믿어줘야 하는 거 아니에요?"

"그렇지, 믿어야지."

원이 반사적으로 고개를 끄덕였다. 지금은 무조건 고개를 끄덕여야 할 것 같았다.

"근데 '그게 정말이야'가 안 믿는 거야?"

이랑의 눈빛이 다시 날카로워지자 원이 서둘러 입을 꾹 다물었다.

"그렇게 되묻는 것조차 기분 나빠요."

"알았어. 미안해."

"내 말 믿는 거예요?"

"그럼."

냉큼 대답하는 원을 바라보던 이랑의 눈길은 여전히 제법 매서웠다. 하지만 이내 이랑이 피식 웃고 말았다.

"어휴! 이 얼굴에 내가 어떻게 더 화를 내."

실소를 터뜨리는 이랑의 모습에 원은 속으로 안도의 한숨을 내쉬었다.

"그나저나 대체 무슨 일이야."

일단 이랑이 어느 정도 진정된 것 같아 보이자 이제 궁금증이 서서히 고개를 내밀기 시작했다. 그러자 겨우 진정되었던 감정이 다시 올라오는지 이랑이 자신도 모르게 울컥하는 표정을 지었다.

"나 오늘 전형적인 갑의 횡포를 온몸으로 누렸어요."

이랑의 눈동자에 다시금 감정이 거세게 일렁였다.

"초안은 제대로 보지도 않고 처음부터 끝까지 다시 해오라잖아요. 그러곤 감이 없다나 뭐라나."

"뭐? 민영이가 정말 그랬어?"

원이 미간을 와락 찌푸렸다. 민영이 그런 말을 했다는 것이 쉬이 믿기지 않았다.

"설마, 내 말 못 믿는 거예요?"

"아니, 믿는데, 민영이가 그럴 애가 아닌⋯⋯."

"믿기는! 지금 이게 못 믿는 거잖아요."

"아니, 믿어."

다급하게 손을 내저은 원이 과장되게 고개를 흔들었다. 까딱하다가는 잘 달래놓은 이랑이 다시 토라지게 생겼다.

"믿는데, 다만 신기해서."

"신기?"

"어, 신기해서 그래. 오래도록 친구로 지내도 잘 모르는 부분이 있는 거잖아."

"정말 그래서 그래요?"

영 못 미더운 표정으로 자신을 바라보는 이랑의 눈빛에 괜히 뭔가 뜨끔했다. 사실 민영이 그랬다는 것이 아직은 쉬이 믿기지 않았다. 하지만 그렇다고 이랑이 거짓말을 할 리도 없고. 대체 뭐가 어떻게 돌아가고 있는 것일까.

"응, 신기해서 그렇다니까. 나름 오래된 친구라고 생각했는데 또 다른 면이 있네."

이랑이 그런 원을 향해 눈을 가늘게 떴다.

"두 사람, 얼마나 오래됐어요?"

"음, 글쎄…… 4년?"

무슨 생각을 하는 것인지 이랑이 잠시 입을 꾹 다문 채 원을 가만히 응시했다.

"정말 아무 일도 없고, 그저 친구였죠?"

"아무 일?"

"그냥 친한 친구, 맞는 거죠?"

"참 나, 그렇다니까."

몇 번이나 그렇다는 원의 대답을 듣고 나서야 이랑이 마음이 놓이는 듯 눈에 잔뜩 들어간 힘을 살짝 풀었다.

"난 오빠 믿어요. 그러니까 나 못 믿고 그 여자 더 믿고, 그러면 안 돼요. 알았죠?

"뭘 그런 당연한 걸 묻고 그래."

몇 번이나 확답을 듣고 나서야 이랑은 의심의 눈초리를 풀었다. 그래도 여전히 새치름한 눈가를 보고 있자니 원은 문득 웃음이 나왔다. 이런 모습마저 새로우면서도 사랑스럽기 그지없었다.

"확실히 내가 너한테 미치긴 했나 보다."

갑작스런 원의 말에 이랑이 고개를 갸웃했다.

"성질내도 예쁘다."

농담인지 진담인지 순간 헷갈린 이랑이 아리송한 표정을 지었다.

"반어법이에요?"

"후후, 예쁘다고 칭찬하는 거야."

안 믿긴다는 듯 고개를 갸웃대는 이랑이 귀엽다는 듯 피식 웃은 원이 그녀의 머리를 부드럽게 쓰다듬었다.

"커피 한잔하고 가. 30분만 농땡이 치자."

"바쁘지 않아요?"

"괜찮아."

빙긋 웃은 원이 이랑의 볼을 부드럽게 만지작거리고는 그녀의 손을 잡아끌었다.

"정말 괜찮아요?"

"그럼, 그 정도도 안 될까 봐?"

걱정스러운 이랑과 달리 태연하기만 한 원을 보며 결국 이랑도 방싯 웃고 말았다.

"이제야 웃네. 오늘 저녁에 맛있는 거 먹으러 갈까? 너 얼마 전에 먹고 싶다고 한⋯⋯."

"오늘? 어떻게 하죠. 오늘 늦게까지 회의할 것 같은데."

"얼마나 늦게 마치는데?"

"글쎄요. 들어가봐야 알아요."

"무슨 회의를 늦게까지 한다고, 일찍 마쳐주지."

원이 슬쩍 못마땅한 표정으로 눈썹을 찌푸렸다.

"마치고 전화해. 데리러 갈게."

"정말? 늦게 마칠지도 모르는데."

"괜찮아."

다정하게 웃어준 원이 이랑의 손을 꽉 쥐고 천천히 걸음을 옮겼다.

불어오는 바람에서 어느새 차가운 계절의 흐름이 느껴지기 시작했다. 생각보다 더 늦어진 회의를 마무리한 뒤 사무실을 나선 이랑은 숨을 깊숙하게 들이셨다. 며칠 뒤 비가 올 것이라는 말을 들어서일까. 어쩐지 바람에서 물기가 느껴졌다.

그렇게 잠시 서서 밤하늘을 올려다보고 있자니 대로변에 멈춰 선 익숙한 차가 보였다. 환해진 얼굴로 다가가자 차에서 내린 원이 다가와 조수석 문을 열어주었다.

"수고했어. 밥 안 먹었지?"

"네, 아직요."

"잘됐다."

작게 웃은 원이 이랑의 머리를 쓰다듬어주고는 앞으로 돌아가 운전석에 앉았다.

"오빠도 아직 밥 안 먹었어요?"

"응."

"그럼 우리 가다가 뭐 먹고 가요. 나 완전 배고파."

"그러지 말고 늦었으니까 집에 가서 먹자."

"집에 가서? 나 배고픈데."

"금방 가."

웬만한 일은 늘 이랑이 하자는 대로 다 따라주던 그가 드물게 자신의 의견을 피력하고는 씩 웃었다. 의아하기도 잠시, 이랑은 그러려니 하며 부드럽게 차를 출발시키는 원의 옆모습을 바라보았다. 그는 회사에서의 딱딱한 옷차림과 다르게 편안한 복장을 하고 있었다.

"집에서 뭐 했어요?"

"그냥 이것저것."

"쉬고 있었는데 미안해요. 나 그냥 택시 타고 가도 되는데."

"누가 그래, 내가 쉬고 있었다고. 엄청난 사투를 벌이고 있었어."

"엄청난 사투?"

"그런 게 있어. 그리고 너 데리러 오는 게 뭐가 힘들다고."

씩 웃은 원이 능숙하게 핸들을 돌렸다.

'낮의 일이 그렇게 미안한가.'

이랑은 유난히 다정한 그의 미소를 보며 자신도 모르게 배시시 웃었다. 괜히 어린애처럼 투정을 부린 것은 아닌지 미안했는데 가끔은 화를 내는 것도 괜찮은 듯했다.

"내리자."

이제는 익숙해져버린 원의 오피스텔 주차장에 내린 두 사람은 다정하게 손을 꼭 붙잡고 엘리베이터에 올랐다.

"너 아직도 샐러드 좋아해?"

일정한 속도로 변하는 숫자를 보고 있는데 그가 뜬금없이 물어왔다.

"샐러드요?"

"응, 너 옛날에 샐러드 좋아했잖아."

이랑이 고개를 갸웃했다. 굳이 따지자면 좋아하는 쪽에 가깝긴 했지만, 그렇다고 찾아다니면서 먹을 정도로 좋아하진 않았다.

"난 아직도 생각나는데, 우리 처음 만나던 날."

"처음? 개강총회 때요?"

"그날, 네가 샐러드를 엄청 맛있게 먹었거든."

"내가 그랬어요?"

"그랬어. 그리고 얼마 뒤에 우리 공모전 수업으로 다시 만났을 때, 내가 그때 샐러드 먹으러 가자면서 너 꼬드겼잖아."

이랑이 그제야 생각이 났다는 표정을 지었다.

"그럼 그때부터 나한테 작업 건 거였어요?"

"몰랐어? 빵빵한 볼을 오물조물 움직이는데 어찌나 귀엽던지."

피식 웃은 원이 귀엽다는 듯 이랑의 머리를 쓰다듬고는 마침 도착해 열리는 엘리베이터 문 사이로 걸음을 옮겼다. 자신의 손을 잡은 채 걸음을 옮기는 원의 뒷모습을 바라보던 이랑도 새삼스런 표정을 지었다. 그때는 정말 원을 이토록 좋아하게 될 것이라고는 생각하지도 못했다.

"……?"

그렇게 잠시 옛날 생각에 잠겨 있던 이랑이 원의 집 현관에 들어서자마자 자신도 모르게 멈칫했다. 늘 그의 집에 들어서면 익숙하게 퍼지던 은은한 향이 아닌 다른 냄새가 코를 자극했다. 그 냄새는 마치 음식냄새 같기도 하고, 뭔가 탄 것 같기도 한 무척이나 오묘한 냄새였다.

"이런, 환기를 깜빡했네."

멈칫한 이랑을 발견한 것인지 원이 머쓱해하며 서둘러 창문을 열었다.

"오빠, 이게 무슨 냄새예요?"

"뭐, 엄청난 사투의 부작용이라고나 할까."

곤란하다는 듯 이마를 긁적인 그가 다시 이랑에게로 다가와 그녀를 잡아끌었다.

"잠시만 앉아 있어."

뭐가 그리 급한지 이랑만 앉힌 그가 주방으로 향했다. 점점 더 알 수 없는 그의 행동에 고개를 갸웃대던 이랑이 의아한 표정으로 자리에서 일어났다.

"오빠? 뭐 하는……."

"오지 마!"

"네?"

"오면 안 돼. 거기 가만히 있어."

다급한 목소리가 들려왔다. 그에 자동적으로 발걸음이 멈췄다. 하지만 그것도 잠시, 궁금한 생각이 드는 것과 동시에 무척이나 저곳을 들어가 보고 싶다는 생각이 무럭무럭 들기 시작했다. 이랑은 이내 발꿈치를 들고 살금살금 발을 떼 주방으로 향했다.

"대체 뭘 하기에……!"

장난기가 가득한 이랑의 얼굴이 순식간에 경악으로 가득 찼다.

"이게 대체."

놀람, 당혹, 황당, 그리고 어이없음 등등. 떡 벌어진 이랑의 입은 좀처럼 닫힐 줄을 몰랐다.

"오지 말라니까."

이랑을 발견한 원이 난감한 표정으로 이마를 긁적였다. 그런 원은 눈에 들어오지도 않는지 이랑은 여전히 놀란 눈으로 찬찬히 주방을 훑었다.

"여기…… 폭탄 떨어졌어요?"

말 그대로 폭탄이 떨어진 것 같았다. 씽크대는 정체를 알 수 없는 음식들이 뒤엉킨 냄비와 접시들로 가득했고 그 옆은 각종 채소가 조각난 채 복잡하게 널려 있었다. 그게 다가 아니었다. 가스레인지 위에 놓인 까맣게 탄 튀김냄비에서는 정체를 알 수 없는 탄 냄새가 모락모락 올라오고 있었다.

"치우려고 했는데 네가 마쳤다고 전화가 와서. 신경 쓰지 말고 가서 앉아 있어."

원이 이랑의 등을 밀었다.

"아니, 잠깐만 오빠."

"배고프다며. 나가자."

냉장고에서 뭔가를 꺼내 든 원이 이랑의 손을 잡아 거실로 나왔다. 그러곤 몹시도 자랑스럽게 투명한 랩으로 싸인 커다란 접시를 테이블 위에 올려놓았다. 접시를 따라 멍한 시선을 보내던 이랑이 다시금 입을 떡하니 벌렸다.

"샐러드? 샐러드예요?"

뭐가 그리 뿌듯한지 원이 고개를 격하게 끄덕였다. 그런 원을 바라보던 이랑이 자신도 모르게 실소를 터뜨리고 말았다.

"이거 만드느라 주방이 저렇게 된 거예요?"

"응. 맛있겠지?"

이걸 뭐라고 해야 할까. 귀엽다고 할까, 아니면 푼수 같다고 할까. 이랑은 손에 포크를 쥐여주는 원을 보며 결국 웃음을 터뜨렸다.

"이거 혹시 치킨이에요?"

"응. 네가 좋아하는 칼로리가 낮은 닭 가슴살. 맛있겠지?"

'맛있겠지'를 몇 번이나 연발하는 것인지. 기대에 가득 찬 그 물음을 도저히 외면할 수 없었다.

"응…… 완전 맛있겠다."

정체를 알 수 없는, 새까맣게 타버린 치킨이 올라간 볼품없는 샐러드였지만, 이랑은 스스럼없이 포크를 들었다. 흡사 결혼한 뒤 아내가 해주는 맛없는 음식을 억지로 먹는 남편의 기분이랄까. 반면, 이랑을 바라보는 원의 눈동자는 과하게 반짝거리기 시작했다.

"음, 맛있다."

차마 이게 무슨 맛이냐고 절대 물어볼 수가 없었다.

"진짜?"

"응, 진짜 맛있어요."

대답이 만족스러운지 원이 씩 웃으며, 오물조물 움직이는 이랑의 빵빵하게 부푼 볼에 가볍게 입을 맞췄다.

"엄청난 사투를 벌인 보람이 있네."

샐러드를 만들 때가 떠오른 것인지 원이 고개를 절레절레 흔들었다. 그런 원을 바라보던 이랑은 묘한 맛이 나는 샐러드를 다시 한 번 가득 입안에 넣었다. 부엌일에 서툰 그가 정성 들여 만든 것이니 묘한 맛이라도 이번 한 번쯤은 기꺼이 먹어줄 생각이었다.

"잘 먹네. 다음에 또 해줄게."

"콜록."

잘 넘어가던 샐러드가 목에 딱 걸렸다. 이랑은 자신도 모르게 헛기침을 하며 서둘러 손을 내저었다.

"아니, 오빠, 괜찮아요."

"왜?"

"그, 그야…… 같이하자고. 같이하는 게 좋은 거잖아요."

"그런가?"

"응, 절대 혼자는 하지 마요. 알았죠?"

"그래도……."

"앞으로 같이 안 하고 혼자 하면 화낼 거예요. 알았죠?"

"알았어."

엄포를 놓은 것이 효과가 있었을까. 원이 어쩔 수 없다는 듯 대답하자 이랑이 몰래 안도의 한숨을 내쉬었다. 또다시 그의 주방에 폭탄이 떨어질 일이 없다는 것이 정말 다행이었다.

"근데 갑자기 왜 요리를 해줄 생각을 한 거예요?"

빨간 방울토마토를 하나 찍어 먹은 이랑이 궁금한 얼굴로 입을 열었다.

"아, 나 며칠 뒤에 워크숍 가거든."

"워크숍이요?"

"응, 2박. 그 전까지 계속 야근이고. 그럼 며칠이나 못 보는 거잖아."

"그래서 만든 거예요?"

"응. 근데 속았어. 인터넷에선 엄청 쉽다고 하던데."

만만하게 생각하고 시작한 그의 의도와 다르게 썩 쉽지만은 않았나 보다. 미간을 찌푸린 원을 보며 이랑이 피식 웃었다. 말 그대로 사투를 벌였을 그의 표정이 눈에 선했다.

"워크숍은 어디로 가요?"

"강원도 어디라던데. 근데 무슨 워크숍에 장기자랑까지 필요한지. 민영이가 자꾸 장기자랑 잘해야 한다고 팀원들 닦달하고 난리야."

포크를 쥔 이랑의 손이 움찔했다.

"그 여자…… 민영 씨랑 같이 가는 거예요?"

"응, 디자인팀 워크숍이거든."

대수롭지 않게 말하는 원에 비해 이랑의 낯빛은 눈에 띄게 흐려졌다.

"오빠, 있잖아요."

이랑은 포크로 샐러드를 뒤적이며 머뭇머뭇 입을 열었다.

"민영 씨랑……."

뭐라고 말을 해야 할까. 괜히 주저하게 되었다. 2박 3일 동안 그와 붙어 있게 될 민영의 존재는 그 자체만으로도 몹시 불안하게 다가왔다.

"응?"

다른 생각이라곤 하나도 없는 올곧은 그의 얼굴이 보였다. 그런 그에게 민영을 조심하라고 말하는 것은 원을 믿지 못한다고 말하는 것과 다름없었다. 늘 자신만을 바라보는 까만 눈동자에다 대고 그를 믿지 못한다는 말은 차마 할 수는 없었다. 이랑은 흔들리려는 마음을 애써 굳게 다잡았다.

"아니에요."

"싱겁긴."

"대신 전화 잘해야 돼요. 아침에 한 번, 저녁에 한 번. 그것만 잘 지켜줘요."

"뭐? 겨우 두 번?"

원이 못마땅한 얼굴로 미간을 찌푸렸다.

"그럼 더 전화하면 안 받을 거야?"

"그건 아니지만……."

"두고 봐. 내가 틈날 때마다 전화할 테니까. 귀찮다고 안 받기만 해봐라."

씩 웃는 원을 보며 이랑은 불안하게 흔들리는 마음을 굳게 다잡기 위해 더욱더 애를 썼다. 그의 말대로 그는 수시로 전화를 해서 이랑을 귀찮게 할 사람이었다. 그는 결코 자신을 불안하게 만들지 않을 것이다. 그렇게 믿으며 이랑은 애써 미소를 머금었다.

어둠이 깔린 거리에 안개가 어스름하게 내려앉았다. 곧 비가 오려는지 공기가 축축했다. 워크숍에서 돌아온 원이 탄 차가 밤거리를 뚫고 오피스텔 건물 앞에 도착했다. 차에서 내린 그는 허리를 숙여 운전석을 향해 입을 열었다.

"데려다줘서 고맙다."

"우리 사이에 뭘. 같이 밤도 지낸 사이잖아, 우리. 어젯밤 한숨도 못 자서 피곤하지? 얼른 들어가서 쉬어."

"조심해서 가."

"응."

짤막한 인사를 마친 원이 조수석 문을 닫았다. 그런 원을 향해 손을 흔든 뒤 운전자는 곧 핸들을 돌려 오피스텔 앞을 빠져나갔다. 잠시 차의 뒷모습을 바라보던 원은 곧 몸을 돌려 오피스텔 입구로 발걸음을 옮겼다. 묵직한 피로가 밀려들었다. 워크숍 마지막 날인 어젯밤, 너무 많은 일이 있었다.

"……?"

피곤한 기색으로 목을 주무르던 원이 갑자기 눈을 크게 떴다.

"이랑아?"

오피스텔 입구에 이랑이 서 있었다. 놀라기도 잠시, 원은 이내 반가워하며 그녀에게 다가섰다.

"연락도 없이 어쩐 일이야. 아, 연락이 안 돼서……."

"두 사람, 뭐예요."

나직하게 이어지던 원의 말을 중간에 자른 이랑이 눈을 깜빡이며 물었다. 뜬금없는 말에 원이 고개를 갸웃했다.

"그게 무슨 말이야?"

이랑이 복잡한 얼굴로 입술을 질끈 깨물었다. 그녀의 얼굴은 며칠 사이 몰라보도록 까칠해져 있었다.

"무슨 일 있었어? 얼굴이 왜 이래."

걱정스러워하며 원은 하얗게 질린 이랑의 얼굴을 쓰다듬었다.

아니, 쓰다듬으려 했다.

탁.

이랑이 원의 손을 매정하게 쳐냈다.

"만지지 마요."

"……이랑아?"

"기다렸는데, 밤새도록 기다렸는데…… 아무렇지도 않은 목소리로 다시 전화해주길 기다렸는데."

이랑의 목소리가 떨리기 시작했다.

"나중에는 무슨 일이 있어도 무사하기만 해라, 그렇게 기도했는데…… 그랬는데."

"연락이 안 돼서 그래? 그건 사정이 있었어."

"무슨 사정이요? 대체 무슨 사정이기에 밤새도록……."

감정이 북받친 것인지 이랑은 말을 채 잇지 못했다. 입을 꾹 다무는 이랑을 보며 원의 얼굴은 더욱더 의아하게 변했다.

"안 되겠다. 일단 들어가자. 들어가서 차근차근 이야기하자."

원이 손을 뻗어 이랑의 손을 잡았다. 하지만 이번에도 그녀는 매정하게 쳐냈다. 원의 눈썹이 꿈틀했다.

"싫어요. 오늘은 그냥 갈게요."

"뭐?"

"대체 이게 무슨 상황인지 생각이란 걸 좀 해봐야겠어요."

말을 마친 이랑이 정말 뒤돌아섰다. 원의 눈동자가 까맣게 가라앉았다.

"이랑아, 이러지 마. 나 지금 너무 피곤해. 너답지 않게 왜 이러는 거야."

원이 피곤한 표정으로 얼굴을 문질렀다. 순간 멈칫한 이랑의 표정이 크게 흔들렸다. 하지만 원은 미간을 문지르느라 그런 이랑을 발견하지 못했다.

"정이랑."

무거운 눈꺼풀을 문지른 원이 당황하며 서둘러 걸음을 옮겼다. 눈을 떠보니 그새 그녀가 몸을 돌려 멀어지고 있었다.

"어디 가."

"더 이상 이야기하기 싫어요."

"뭐? 대체 난 지금 이 상황이 이해가 안 간다."

"이해할 생각이 있긴 한 거예요?"

원이 미간을 잔뜩 찌푸렸다. 지금까지와는 달랐다. 이랑에게서 냉랭한 기운이 흘러나왔다. 차가운 척하는 것이 아닌 진정한 차가움이었다. 순간 당황하기도 잠시, 이내 원의 얼굴도 차가워졌다. 그는 자신에게서 멀어지는 이랑을 바라보며 나직하게 입을 열었다.

"정이랑, 거기 서."

하지만 이랑은 아무런 대답도 없이 여전히 싸늘한 뒷모습으로 멀어질 뿐이었다. 한숨을 내쉰 원이 다시금 이랑을 향해 걸음을 옮겼다.

"이랑…… 정이랑!"

갑자기 원의 걸음이 다급해졌다. 어느새 저만치 멀어진 이랑이 마침 도착한 택시에 올라타고 있었다. 원이 택시를 향해 서둘러 뛰어갔다. 하지만 이랑은 매정하게 그 장소를 떠났다.

무겁게 내려앉아 있던 하늘에서 기어코 빗방울이 하나둘 떨어져 내리기 시작했다. 입술을 질끈 깨문 채 가만히 창밖을 바라보고 있던 이랑의 코끝이 조금씩 붉어졌다.

"너답지 않게 왜 이러는 거야."

그가 했던 말이 자꾸만 귓가를 맴돌았다. 나답지 않다니. 그럼 대체 나다운 것은 뭐란 말인가. 낯선 여자가 내 남자의 전화를 받았는데도 모른 척 참는 것? 그 뒤 연락이 불통된 남자에게 아무렇지도 않은 척 웃어주는 것? 그런 것인가?

"젠장."

빗방울이 제법 굵어졌다. 창문을 스치고 지나가는 빗물을 바라보던 이랑의 입에서 나직한 욕설이 튀어나왔다. 어느새 이랑의 눈가에는 눈물이 글썽거리고 있었다.

모든 직장인들이 바라마지않는 불타는 금요일, 이른바 불금이라 불리는 늦은 저녁 시간이었다. 평소였다면 유쾌한 기운이 잔뜩 흘렀어야 할 집 안에 어째 적막만이 가득했다. TV 소리, 심지어 손가락 하나 까딱하는 소리가 흐르지 않는 조용한 집 안 한가운데 소파에 앉은 이랑은 잔뜩 굳은 얼굴로 휴대폰을 가만히 바라보았다.

갑갑한 마음이 그대로 드러나는 깊은 한숨이 새어 나왔다. 마치 휴대폰과 눈싸움이라도 하는 것처럼 테이블 위를 노려보다, 더 이상은 참을 수 없다는 듯 손을 뻗었다.

-고객님이 전화가 꺼져 있…….

낯선 여자의 음성이 들려왔다.

결국 이랑이 신경질적으로 휴대폰을 소파 위로 집어 던졌다. 더 이상 못 참겠는지 소파에서 벌떡 일어나 집 안을 서성이기 시작했다. 벌써 몇 시간째 워크숍을 간 원과 연락이 되지 않고 있었다. 평소였다면 그냥 무슨 일이 있나 보다, 나중에 연락해주겠지 하고 넘겼을 것이다. 하지만 지금은 그럴 수가 없었다.

-원아.

분명 원의 전화번호로 연락했는데 왜 민영의 목소리가 들려왔을까.

-다 씻었어?

대체 그 말은 무슨 의미였을까. 누군가 전화를 받았으니 통화가 되고 있는 것일 텐데 그 누군가는 이랑과 대화할 마음이 없는 것 같았다.

-어머, 잠시만. 수건 가져다줄게.

무척이나 짧은 통화였다. 실수였는지, 의도적인 것이었는지는 모르겠지만, 비교적 또렷한 민영의 목소리와 저 멀리서 웅얼거리는 듯 들리는 남자의 음색은 무척이나 은밀하게 들려왔다. 그리고 묘한 웃음소리와 함께 전화는 뚝 끊겼다. 당황하기도 잠시, 이랑이 다시금 연락했지만 아무리 해도 원의 휴대폰은 불통이었다.

"대체 어떻게 된 거지."

아니, 사실은 두 사람이 지금도 여전히 같이 있는지, 그렇다면 뭘 하고 있는지 그것이 불안해서 미칠 것만 같았다. 벌써 머릿속으로 소설 서너 편을 썼다 지웠다 한 이랑은 불안해하며 입술을 잘근잘근 깨물었다.

생각할수록 더욱더 최악의 상황으로만 결과가 연결되었다. 고개를 세차게 내저은 이랑이 씩씩하게 발걸음을 옮겼다. 머리가 깨어질 것만 같았다. 목이 바짝바짝 말라와 그녀는 냉장고에서 시원한 물을 꺼내 쭉 들이켰다.

민영과는 그저 오래된 친구일 뿐이라는 그 말을 믿었다. 아니, 믿고 싶었다. 얼마를 돌고 돌아 다시 만난 인연인데, 그가 자신을 속일 리가 없었다.

"하아."

그래서 아무런 말도 하지 않았는데. 그런 말을 꺼내는 것이 오히려 스스로 믿음을 저버리는 듯해 꾹 눌렀는데. 그런데 그러지 말았어야 했을까. 그냥 민영이 싫다며 떼를 썼었어야 하는 것일까. 그랬다면 지금 이토록 안절부절못하는 일은 없었을까.

"아아! 어떻게 해야 하는 거지, 진짜."

이랑이 앓는 소리를 내며 식탁에 철퍽 엎어졌다. 머릿속이 뒤죽박죽 복잡하게 얽혀 엉망진창이었다. 그러는 와중에도 그녀의 한 손에는 여전히 휴대폰이 꼭 쥐어 있었다.

"한 시간 내로 연락 오면 내가 봐준다."

양손으로 휴대폰을 부여잡으며 큰 결심한 듯 이랑이 작게 중얼거렸다.

째깍째깍.

온통 조용한 가운데 초시계가 무심하게 흘러가는 소리만이 집 안에 울려 퍼졌다. 이랑은 자신도 모르게 그 소리를 따라 일정한 속도로 눈을 깜박였다. 생각보다 1초는 무척 짧았다. 동시에 무척이나 길었다. 그렇게 기다란 바늘이 커다란 원을 한 바퀴 그렸다.

"그래, 두 시간! 두 시간 더 기다려준다."

바닥나려는 인내심을 간신히 붙들어 맨 이랑이 크게 어깨를 들썩였다. 그러곤 침대 위에 양반다리를 하고 앉아 눈싸움이라도 하듯 휴대폰을 노려보았다.

어느 때는 눈 깜빡하면 두 시간이 훌쩍 지나가건만, 오늘따라 왜 이리도 시간이 안 가는지. 두 시간은 한 시간의 두 배가 아니라 적어도 서너 배는 더 길게 느껴졌다. 그사이 이랑은 수백 번도 더 시계를 흘끔거렸다.

"……."

그렇게 또다시 두 시간이 지났다. 으름장을 놓던 이랑은 이제 작전을 바꾸기라도 한 듯 휴대폰을 들고 애원했다.

"제발 전화 좀 해요, 오빠. 뭐 하는 거야."

하지만 여전히 휴대폰은 잠잠하기만 했다.

그렇게 짧은 바늘이 숫자 5를 가리키게 되었을 무렵, 이랑의 눈가는 며칠은 잠을 못 잔 사람처럼 퀭해져 있었다.

째깍째깍.

여전히 시간은 무심하게도 제가 가야 할 곳으로 묵묵하게 흘러갔다. 시계의 짧고 긴 팔이 약이라도 올리듯 새치름하게 양팔을 벌려 다시 30분이 지났을 때, 이랑은 아랫입술을 질끈 깨물었다.

"마지막이다, 최원! 제발 날 밝기 전에 전화해라."

하지만, 아무리 기다려도 원으로부터 전화는 오지 않았다. 창밖이 환하게 밝아왔을 때에도, 그리고 시간이 흘러 어둡게 물들기 시작할 때까지도.

끊임없이 입술을 질끈 깨문 이랑이 눈을 감았다. 신경질적인 흐느낌과 함께 눈물방울이 후드득 떨어졌다.

"아가씨, 괜찮아요?"

갑작스런 흐느낌에 놀란 것인지 택시기사가 백미러로 뒷좌석을 흘깃거렸다. 서둘러 손을 들어 올린 이랑이 거친 손길로 눈물자국을 지웠다.

"흑! 네, 괜찮아요. 안 괜찮을 이유가 없잖아요."

"네?"

"갑자기 짜증나게 비가 와서 그래요. 우산도 없는데."

뜬금없는 이랑의 말에 택시기사의 표정이 불안하게 변했다. 백미러로 이랑을 연신 흘깃거리던 기사가 마침 빨갛게 변하는 신호를 따라 천천히 차를 멈췄다. 그러자 유난히 빗소리가 더욱 크게 들렸다.

"왜 비가 오고 난리야. 흑, 아저씨 운전하기 힘들게!"

"허, 거참! 그러게, 왜 갑자기 비가 오고 그러나. 아이쿠, 전화가 오네."

이랑을 살피던 기사가 반색하며 핸즈프리를 귀에 끼웠다.

"여보세요. 네? 누구요? 아, 네. 그래요? 그래서 아가씨 상태가…… 큼. 그래서 어쩌라고?"

이랑은 계속해서 자신을 살피는 택시기사는 알지도 못한 채, 여전히 창밖을 보며 정체가 불분명한 곳을 향해 잔뜩 신경질을 부리기에 여념이 없었다.

"허허, 좋습니다. 조금만 기다리십시오."

갑자기 뭐가 그렇게 신이 났는지 싱글벙글 통화를 마친 택시기사가 파란 신호를 따라 다시 속도를 내기 시작하다, 예고도 없이 차선을 바꾸며 급하게 유턴을 했다. 순간 몸이 기우뚱한 이랑은 콧물을 훌쩍 들이켜며 의아한 표정을 지었다.

"아저씨, 왜 갑자기 유턴해요?"

"허허, 젊음이 참 좋네."

"네?"

"젊은 아가씨가 우는 이유가 있었구먼. 내 지금 바로 해결해 주지."

당최 기사가 하는 말이 이해가 가지 않았다. 그러기도 잠시, 이내 화들짝 놀란 이랑이 눈을 동그랗게 떴다.

"뭐예요, 아저씨. 설마 지금……."

"지금?"

"지금 저 납치하는 거예요?"

순간 택시기사의 팔이 휘청했다.

"오늘 일진 진짜 왜 이래. 흑! 남자 친구는 딴 여자랑 밤이나 보내고, 내 팔자야."

정체를 알 수 없는 말을 내뱉으며 이랑이 서둘러 휴대폰을 꺼내 들었다.

"아가씨, 아니야. 절대 아니야! 난 그저 아가씨 남자 친구가……."

"아저씨 사람 좋게 봤더니. 에이! 역시, 열 길 물속은 알아도 한 길 사람 속은 모른다는 게 맞았어. 최원도 마찬가지야. 나쁜 새끼."

시원하게 원까지 욕한 이랑이 다시 한 번 코를 훌쩍이고는 운전석과 조수석 사이로 머리를 내밀었다. 그러곤 눈물콧물이 범벅이 된 얼굴로 눈을 치켜떴다.

"아저씨, 좋은 말로 할 때 차 세워요. 지금 당장 안 내려주면 경찰서에 신고할 거예요. 아니면 문 열고 뛰어내릴 거예요!"

이랑은 알까. 눈물을 그렁그렁 머금은 채 소리 지르는 모습이 오히려 훨씬 더 무섭다는 것을.

"아가씨, 진정해. 진정하라니까. 아니야, 남자 친구가 불렀어."

"남자 친구는 무슨. 차 안 세워요?"

이제 손을 들어 당장이라도 기사의 목을 조를 태세로 이랑이 거칠게 말했다.

"어허, 거참, 남자 친구 전화번호 뒷자리가 2569 아니야?"

"어디서 때려 맞춰……. 어?"

당장이라도 기사의 머리를 쥐어뜯을 요량으로 손을 내밀던 이랑이 멈칫했다.

"어떻게 알아요?"

"허 참. 내 살다 이런 일은 또 처음 겪네. 방금 전화한 사람이 남자 친구니까 알지."

"저, 정말요?"

"글쎄, 그렇다니까. 지금 여자 친구랑 싸웠는데 이대로 보내면 안 되니까 따따블 준다면서 돌아오라고 했어."

이랑이 순간 멍하게 입을 벌렸다.

"근데 납치라니. 아가씨 상상력 한번 끝내주는구먼. 허허."

어이가 없으면서도 이 상황이 재미있는지 택시기사가 너털웃음을 터뜨렸다.

"그렇다면 정말 죄송합니다. 아무 말 없이 갑자기 유턴을 하셔서."

"그게 어디 아가씨 탓이겠어, 흉흉한 세상 탓이지. 그래도 어디서 택시를 타도 절대 납치는 안 당하겠어, 아가씬."

그사이 택시가 원의 오피스텔 앞에 거의 다 도착했다.

"저기 남자 친군가? 어이쿠, 계속 밖에 있었나 보네. 다 젖었어."

머쓱한 표정을 짓고 있던 이랑이 기사의 말에 시선을 들어 전방을 응시했다. 정말 원이 보였다.

"거, 웬만하면 좋게 풀어. 개인번호 잘 안 가르쳐주는데 알아낸 거 보면 얼마나 사정사정했겠어. 정성이 갸륵하잖아."

부드럽게 속도를 줄인 차는 정확하게 원의 앞에서 멈춰 섰다.

차가 자신의 앞에 서자마자 원이 서둘러 손잡이를 잡았다. 다급한 원의 움직임을 파악한 기사가 냉큼 잠금장치를 풀었다.

"아, 아저씨, 잠시만……."

잠시만 기다려 달라고 말할 시간도 없었다. 당황한 이랑이 차 문을 부여잡았지만 원이 훨씬 빨랐다.

"정이랑, 너 진짜……."

벌컥 문을 연 채 험악한 기세를 뿜어내던 원이 말을 멈추고 나직하게 한숨을 내쉬었다.

"일단 내려."

이랑의 팔을 단단하게 쥔 원이 그녀를 잡아끌었다. 그러곤 기사를 향해 인사했다.

"감사합니다. 얼마를 드려야 할지 몰라 그냥 제가 알아서 챙겼습니다."

"허허, 됐습니다. 얼마 오가지도 않았는데……."

"아닙니다. 정말 감사합니다."

굳이 거절하는 택시기사에게 돈을 쥐여준 원은 고개를 꾸벅 숙인 뒤 문을 닫았다. 사람 좋은 웃음소리가 새어 나오기도 잠시, 이내 택시가 멀어져 갔다.

차갑게 젖은 거리에 묘한 침묵이 내려앉았다. 여전히 하늘에서는 빗방울이 쉬지 않고 떨어졌다. 이랑의 머리카락을 타고 흘러내린 가느다란 물줄기가 속눈썹에 맺혔다 바닥으로 떨어졌다. 그녀는 눈썹을 깜빡이며 맹맹한 코를 훌쩍훌쩍 들이켰다.

"후우."

그런 이랑을 어떻게 이해한 것인지 크게 한숨을 내쉰 원이 이마를 문지르며 한결 정돈된 목소리로 말했다.

"내가 다 잘못했어. 그러니까 일단 들어가자. 울지 말고."

원이 이랑의 볼을 부드럽게 쓰다듬었다. 그의 손은 평소와 다르게 무척이나 차가웠다.

"······계속 여기 있었어요?"

"네가 그렇게 갔는데 어떻게 집에 가. 나 아직 그 정도로 용감하지 않아."

어깨를 으쓱한 원이 이랑의 손을 꽉 잡고 천천히 걸음을 옮겼다. 앞서 걸어가는 원의 뒷모습은 그야말로 물에 빠진 생쥐 꼴이 다름없었다. 그의 어깨가 이제야 이랑의 눈에 들어왔다. 왠지 미안함이 울컥 솟아올랐다.

'아, 아니지. 아직 이렇게 마음이 약해지면 안 돼.'

이랑은 속절없이 풀어지려는 눈에 양껏 힘을 주며 애써 치켜떴다. 아직까지 민영의 목소리가 귓가에 여전히 맴돌았으며, 원을 데려다주던 그녀의 다정한 웃음이 머릿속에서 도저히 떠나질 않았다.

"잠시만 기다려."

그의 집에 처음 오는 것도 아닌데 꼭 첫 방문인 것처럼 무척이나 어색했다. 이랑은 어째야 할지 모르겠는 표정으로 어정쩡하게 소파에 얌전하게 앉았다.

"잠깐 있었는데 많이 젖었네."

보송보송한 하얀 수건이 가볍게 머리를 덮었다. 눈앞을 슬쩍 가리는 하얀 수건 사이로 여전히 다 젖은 옷을 입고 있는 원의 단단한 팔뚝이 눈에 들어왔다. 왜 별것도 아닌 그것에 자꾸만 이리도 마음이 약해지는 것인지. 나직하게 한숨을 내쉰 이랑이 팔을 올려 수건을 잡아 내렸다.

"오빠나 먼저 닦아요."

하지만 여전히 말은 평소와 다르게 새되게 튀어 나갔다.

"다 젖어선 이게 뭐야. 잠도 제대로 못 잤다는 사람이. 그러다 감기 걸리면 어쩌려고."

"이랑아."

"일단 닦아요."

수건을 건넨 이랑이 소파에서 벌떡 일어나 냉장고로 향했다. 찬물을 꺼내 벌컥벌컥 들이켜자 흥분이 좀 가라앉는 것 같기도 했다. 언제 그런 이랑을 따라온 것인지 원이 서둘러 컵을 뺐었다.

"감기 걸려. 잠시만 있어. 따뜻한 차 줄게."

걱정이 가득한 얼굴에 속절없이 마음이 약해졌다. 자꾸만 그는 절대로 자신을 배신할 리 없다는 마음이 거짓말처럼 커지기 시작한 것이다. 그래도 확실히 할 것은 해야 했다.

"대체 뭐예요?"

커다란 머그컵을 꺼내던 원이 멈칫했다. 그를 바라보며 이랑은 단단하게 팔짱을 꼈다.

"서민영 씨랑 오빠랑 대체 뭐냐고요. 뭐기에 같은 공간에 있고 씻는 것까지 알고 있냔 말이에요. 분명 내 전화도 받아놓고 모른 척한 거야, 그죠?"

"전화?"

"그 여자가 아주 다정하게 오빠 부르던데요. 그리고 다 씻었냐고, 수건 가져다준다고. 내가 어이가 없어서. 그러고 나서 뭘 했기에 한숨도 못 잤어요?"

이랑의 입술이 파르르 떨렸다. 원은 도저히 이해가 가지 않는다는 표정을 지었다.

"뭐? 대체 무슨 말을 하는 거야. 알아듣게⋯⋯."

그런데 그가 갑자기 미간을 잔뜩 찌푸렸다.

11

복잡해진 원은 까칠한 얼굴을 쓰다듬었다. 이제야 이랑이 이렇게나 길길이 날뛰는 것이 이해되었다.

"맙소사."

보아하니 두 사람 사이에 누군가의 저급한 장난질이 끼어든 것 같았다. 그리고 그 장난질의 주체는 아마도 민영이고.

"후우, 일단 앉자."

원은 이랑을 식탁 의자에 앉혔다. 여전히 차갑기만 한 그녀의 얼굴이었다. 그 얼굴을 보며 원이 나직하게 한숨을 내쉬었다.

"설명이든 변명이든 오빠 입으로 빨리 말해줘요. 더 이상 혼자 상상하면서 소설 쓰기 싫으니까."

"변명할 정도의 일 한 적 없어. 앞으로도 그럴 거고."

원은 잠시 머릿속을 정리한 뒤 차분하게 입을 열었다.

"먼저 어젯밤 일부터 시작하자. 워크숍 마지막 날인 어제, 사람들 대부분이 취했어. 그중에서도 한진석 씨가 인사불성이 될 정도로 많이 취했고."

"그리고요?"

"그나마 내가 멀쩡해서 한진석 씨를 방으로 데려갔어. 민영이가 옆에서 도와줬고. 근데 그 친구가 갑자기 나한테 업힌 채로……."

이랑이 설마 하는 표정을 지었다.

"그래, 업힌 채로 저녁에 먹은 것들을 모조리 꺼내놓더라."

다시 생각해도 끔찍했다. 그때 입었던 옷들은 그대로 휴지통으로 향했지만 여전히 온몸이 찝찝했다. 원은 자신도 모르게 눈썹을 움찔거리며 고개를 절레절레 흔들었다.

"나도 모르게 한진석 씨를 떨어뜨렸고, 그 와중에 내 휴대폰도 같이 떨어졌어. 급한 대로 민영이가 주웠는데 분명 고장 났다고 했어. 전원이 안 들어온다고."

"네?"

"그러고는 민영이 도움을 받아서 엉망진창이 된 한진석 씨를 화장실에서 대충 씻겼어. 아마도 네가 전화를 한 것이 그때겠지."

원이 고개를 절레절레 흔들며 말을 이었다.

"그 후에도 워낙 정신이 없어서 휴대폰을 챙길 생각도 못했어. 그냥 고장 났다기에 그러려니 했지. 아니, 사실은 휴대폰을 찾을 생각도 하지 못했다는 것이 맞아. 그 뒤로도 한진석 씨가 꽤나 오랫동안 정신을 사납게 만들었거든. 밤새도록."

밤새 술에 취해 사람을 피곤하게 만들던 진석의 얼굴이 다시금 떠올랐다.

"내가 이랑 씨 포기했잖아요! 그럼 된 거 아닙니까? 네?"

그동안 원에게 쌓인 것이 많았던 것일까. 처음에 진석은 대체 왜 그렇게 자신을 미워하냐며 화를 냈다. 그러다가 이내 자신이 어떻게 이랑을 만나게 되었는지, 그리고 왜 좋아졌는지 두서없이 늘어놓으며 잘 봐달라며 실실거리며 웃기 시작했더랬다. 그래, 그 정도였다면 주사가 꽤나 있구나 하며 끝냈을지도 모르겠다.

하지만 진석은 거기서 끝내지 않았다. 그는 모든 이들이 제일 싫어한다는 주사, 바로 곱게 술 먹고 청승맞게 우는 짓을 해댔다.

"이랑 씨, 내가 진짜 잘해줄 수 있었는데. 어헝! 역시 이랑 씨도 잘난 남자를 따지는 속물이었던 겁니까. 그럼 나 같은 남자는 어떻게 장가가라고. 어무니! 아들 장가도 못 가고 죽게 생겼습니다."

대체 어디서 나온 것일지 모를 심한 착각의 늪에 빠져선 엉엉 울어대는데, 그야말로 진상 중의 진상이 아닐 수 없었다. 그렇게 진석은 울다가, 화내다가, 웃다가를 반복하며 날이 밝아올 때쯤 에야 겨우 잠이 들었다. 정말이지 그런 난리통은 처음 겪어봤다.

"그래서요?"

"그게 다야."

"네?"

"그게 다라고."

어깨를 으쓱하는 원을 보며, 잔뜩 힘을 준 채 앉아 있던 이랑의 얼굴이 설핏 흔들렸다.

"아, 하나 더."

그럼 그렇지. 이랑이 다시 단단하게 팔짱을 꼈다. 언제라도 화를 낼 준비를 마친 것 같았다. 원이 피식 웃었다.

"아침에 전화하려고 했는데, 한진석 씨가 전날 과음으로 인해 술병이 났더라고. 그래서 병원에 데려다주느라 연락 못했어. 몰랐는데 팀장이 그런 일도 해야 되더라고. 집어던져 버리고 싶었는데 참느라 무척 힘들었지."

단단한 표정을 짓고 있던 이랑의 얼굴이 말 그대로 헐, 하는 표정으로 바뀌었다.

"그사이 집에 다녀온 민영이 날 데려다준 거고."

"그럼 그 말들이……."

그제야 이랑이 모든 상황이 이해가 간다는 듯 입술을 질끈 깨물었다. 어느새 단단하던 그녀의 팔짱은 힘없이 풀려 있었다.

"이게 뭐야."

"뭐긴, 간략하면서도 핵심만 콕콕 집은 끝내주는 설명이지."

어깨를 으쓱한 원이 자신도 모르게 피식 웃었다. 말하다 보니 새삼 어젯밤 겪은 일들이 어이가 없었던 것이다.

"그렇게 웃지 마요."

"응?"

"화낸 걸 미안하게 만드는 그런 미소 짓지 말라고요."

"이런, 이것도 내 잘못이야?"

원이 다소 과장된 표정을 짓더니 이내 장난스럽게 또다시 씩 웃었다. 그를 밉지 않게 노려보던 이랑이 벌떡 일어났다.

"밤새 난 혼자 뭐 한 거야."

괜히 투덜거린 이랑이 뚱한 얼굴로 냉장고로 가 시원한 물을 다시 꺼내 들었다. 원은 찬물을 벌컥벌컥 들이켜는 이랑의 곁으로 슬그머니 다가섰다.

"미안해."

"사과하지 마요. 오빠가 잘못한 거 아니잖아요."

장난스러운 미소는 다 어디로 갔는지 금방 진지한 얼굴로 돌아온 원이 이랑의 손을 꼭 잡았다.

"그래도 미안해."

"휴! 아뇨. 내가 옹졸하고 속 좁았어요. 자초지종 들어볼 생각도 안 하고 화부터 내서 미안해요."

잔뜩 곤두서 있던 연한 갈색 눈동자가 살짝 풀이 죽어 있었다. 그 모습을 보자 왠지 그동안 쌓인 피로가 한순간에 날아가는 듯했다. 이거야 마치 잘못했다고 낑낑거리는 새끼 강아지 같지 않은가. 원은 피식 웃으며 고개를 내려 자신의 이마에 이랑의 이마를 콩 하고 부딪쳤다.

"그래도 덕분에 이렇게 사랑싸움도 했잖아."

"이런 건 안 하는 게 더 좋은 거거든요?"

"아니야. 가끔은 싸우고 화해해야 더 불타오른다고 했어."

"맙소사. 그런 건 또 어디서 들은 거예요."

"아니야? 어디서 봤는데."

한없이 진지한 원을 보던 이랑이 피식 웃었다. 한결 가벼워진 그 표정에 덩달아 그의 마음도 이제야 가벼워졌다.

"민영이 일은 내가 어떻게 된 건지 알아볼게. 걱정하지 마. 별다른 마음은 없었을 거야."

"하아, 오빠 여자를 너무 몰라요."

이랑이 고개를 절레절레 흔들었다.

"이상하게 남자들은 여자한테 관대하더라. 내 마음 같지 않은 사람이 얼마나 많은데."

"다른 여자 알아서 뭐해."

"……."

"난 정이랑만 알면 되지. 안 그래?"

원이 흔들림 없이 이랑을 응시했다. 그런 원의 모습에 이랑이 자신도 모르게 배시시 입가를 늘어뜨렸다. 원이 손을 들어 그녀의 머리를 부드럽게 쓰다듬었다. 부드러운 손길을 느끼던 그녀는 불시에 원의 가슴팍에 얼굴을 푹 파묻었다.

"안 좋은 말 해서 미안해요. 그것도 다 취소."

"안 좋은 말? 무슨 말 했는데?"

절대 말해주지 않겠다는 듯 이랑은 원의 가슴에 얼굴을 파묻은 채 고개를 절레절레 흔들었다. 그러곤 원의 체취를 가득 들이켜며 얼굴 가득 안도의 미소를 머금었다. 피식 웃은 원이 그런 이랑의 허리를 꽉 감싸 안았다.

높은 건물 사이에 아슬아슬하게 걸린 해가 유난히 주변을 붉게 물들이고 있었다. 덩달아 얼굴 한쪽이 붉은빛으로 물든 원이 괜히 볼을 문지르며 사무실에서 천천히 걸어 나왔다. 그의 발걸음이 어째 묵직했다. 민영 때문일까. 회사에 오는 것이 몹시 껄끄러웠다. 대체 민영이 왜 그런 건지 이해도 가지 않았고, 어떻게 물어봐야 할지 말을 꺼내기도 어려웠다. 나직하게 한숨을 내쉰 원이 막 걸음을 옮기려던 찰나였다.

"아! 티, 팀장님."

언제 온 것인지 갑자기 나타난 진석과 어깨를 부딪쳤다. 넓은 사무실 복도 놔두고 왜 하필 자신의 앞으로 온 것인지. 원은 자신도 모르게 못마땅한 표정을 지었다. 워크숍 마지막 날 밤의 기억이 고스란히 떠올랐다.

"저, 정말 죄송했습니다."

진석이 허리를 직각으로 꾸벅 숙였다. 그 모습마저도 못마땅했지만 꾹 눌러 참으며 입을 열었다.

"몸은 좀 괜찮습니까?"

"네? 네!"

"그다지 괜찮아 보이지 않는데."

"아닙니다. 무조건 괜찮습니다. 네, 그렇고말고요."

왠지 웃음이 났다. 자꾸 사고 치는 모습에 익숙해져서일까. 이제는 제법 귀엽게도 느껴졌다.

"그럼 내일까지 내기로 한 보고서 오늘 내고 가십시오. 기대하죠."

물론 그렇다고 결코 부드럽게 봐줄 생각은 없지만.

"네? 아, 저기, 그건 좀⋯⋯. 팀장님? 팀장님!"

피식 웃은 원은 더 이상 아무런 말 없이 그를 스쳐 지나갔다.

"원아, 여기서 뭐 해? 저녁 먹⋯⋯."

하나를 해결하니 또 하나가 다가왔다. 언젠가 해결해야 하긴 했지만 지금 당장은 피하고 싶었던 문제의 그녀, 민영이 생긋 웃으며 나타났다.

"서민영."

원이 서늘하게 입을 열었다.

"응?"

"내 휴대폰, 정말 고장 난 거 맞아?"

순간 민영의 눈빛이 설핏 흔들렸다. 하지만 이내 신색을 회복하더니 아무렇지도 않게 입을 열었다.

"응. 너도 봤잖아, 전원 안 켜지는 거."

민영이 태연하게 반응하자 원의 눈동자가 까맣게 가라앉았다.

"사무실로 좀 와."

원이 차갑게 말한 후 소리가 날 정도로 몸을 돌려 사무실로 향했다. 뒤에서 또각거리며 따라오는 민영의 구두 소리가 들렸다. 그 소리에 마음이 더욱 복잡해졌다. 대체 그녀는 왜 이런 거짓말을 하는 걸까.

대부분 사람들이 퇴근한 복도의 공기가 어쩐지 서늘했다.

"무슨 일 있어?"

사무실에 들어와 마주한 민영은 여전히 아무것도 모르는 얼굴이었다. 그 얼굴을 보고 있자니 쉽사리 입이 떨어지지 않았다. 무슨 생각을 하는지 잘 파악되지 않는 원의 얼굴을 보며 조급증이 났는지 민영이 먼저 입을 열었다.

"원아, 왜 그래?"

"왜 그랬어?"

"뭐가?"

"이랑이한테."

아무것도 모르는 것 같은 민영을 보며 설마 잘못 짚었나 생각이 들 무렵, 끝까지 모른 척하던 민영이 곧 한숨을 푹 내쉬었다.

"그새 너한테 말했어? 생각보다 입이 가볍네, 이랑 씨."

"뭐?"

"혼자서 끙끙 앓으면서 마음고생 잔뜩 하길 바랐는데, 아쉽네. 그렇게 사소한 오해가 하나둘 쌓이면 더 무서운 법이거든. 그러다 지쳐 나가떨어지면 더 좋고."

결국 민영이었다. 생각보다 더 질이 낮은 민영의 농간에 원이 미간을 와락 찌푸렸다.

"너, 왜 이러는 거야, 대체. 원래 이런 사람 아니었잖아?"

"뭐?"

"왜 이렇게 너답지 않게 구는 거냐고. 마치 이랑이와 날 떼어내지 못해서 안달이 난 사람처럼 굴잖아, 너 지금."

계속된 차가운 원의 말에 민영이 울컥한 표정을 지었다.

"대체 나다운 게 뭔데? 바보처럼 네 앞에서 웃음이나 흘리는 거? 그런 거?"

"……."

"왜 이러냐고? 정말 몰라서 묻는 거야?"

민영의 눈가에 설핏 눈물이 고였다.

"너 때문이잖아. 아무리 네 옆에서 알짱거려도 내 마음을 몰라주는 너 때문에!"

원이 눈썹을 움찔했다.

"몇 년 동안 네 옆에 있었어. 네가 좋아하는 대로 행동하고 웃으면서 너만 본 것도 모자라, 너 따라 한국까지 들어왔다고. 그런데 왜 내가 아니야? 어떻게 그런 날 두고 다른 여자랑 같이 웃을 수가 있냐고!"

"……뭐?"

"왜 이러냐고? 그 여자가 미워서 그래. 난 죽어라 노력해도 안 되는 걸 너무 손쉽게 가진 그 여자가 미워서."

"서민영."

"너, 나한테 이러면 안 돼. 나, 너 하나 보고 미국에서 왔어."

원이 자신도 모르게 답답한 한숨을 내쉬었다.

"왜 내가 아니야? 난 계속 너 보고 있었어. 근데 왜 내가 아니야?"

"서민영!"

"왜 고작 그런 애냐고!"

앙칼진 민영의 외침 뒤, 사무실에 조용한 침묵이 내려앉았다. 원은 서늘한 눈길로 민영을 가만히 응시했다. 보기 싫을 정도로 일그러진 그 얼굴에 한숨이 흘러나왔다.

이랑은 알고 있었을까. 그래서 그토록 민영을 경계했던 것일까. 유독 민영에게만 예민하게 굴던 이랑이 떠올랐다. 자신에게 말도 못하고 홀로 끙끙 앓았을 그녀에게 더욱더 미안해졌다.

"넌 정이랑이 아니니까."

"뭐?"

"넌 서민영이니까 안 된다고."

원은 단호했다. 그 탓에 눈을 크게 뜬 민영이 이내 바들거리는 입술을 질끈 깨물었다.

"네가, 네가 어떻게 나한테 이래?"

원이 나직하게 한숨을 내쉬었다.

"너야말로 어떻게 나한테 이러냐."

정말 좋은 친구라 생각했던 그 모든 시간들이 다 거짓이 되어 버렸다. 함께 일을 하면서 힘들어했던 것도, 서로 토닥이며 기운을 북돋아주던 것도, 프로젝트를 성공하고 같이 기뻐했던 것도 전부 다 허공으로 사라졌다.

"미안하다."

왜 이럴 수밖에 없는지 안타까움이 슬쩍 스며들었지만, 원은 더욱더 마음을 단단하게 먹었다.

"여자도 친구가 될 수 있다면 그게 너일 거라고 생각했던 나의 착오였다."

"그만해. 듣기 싫어."

"결국 내 잘못이었어. 여지를 주면 안 되는 거였는데."

"그만하라고!"

민영이 절박하게 외쳤다. 그녀는 지금 본능적으로 원이 차갑게 돌아설 것임을 깨닫고 있는 중이었다.

"더 이상은 헷갈리지 않게⋯⋯."

차갑게 말을 이어가던 원이 흠칫, 하고 말을 멈췄다. 더 이상 듣기 싫다는 듯 민영이 원의 허리를 와락 안았다.

"싫어. 난 포기 못해. 아니, 안 해."

아무런 말도 들리지 않는 듯했다. 그런 민영을 보며 원이 길게 한숨을 내쉬었다.

"덕분에 잘 알았다."

갑작스런 원의 말에 민영이 움찔했다.

"애매한 친구의 끈은 절대 남겨두면 안 된다는 것을."

나직하게 읊조린 원이 단단하게 자신을 붙잡고 있는 민영을 떼어냈다.

"넌 더 이상 친구도, 아무것도 아니야."

"⋯⋯!"

"그럼 저 먼저 나가보겠습니다, 서민영 씨."

한기가 뚝뚝 떨어지는 말을 마지막으로 원은 민영만을 남겨둔 채 사무실을 벗어났다. 더 하지 않고 이 정도로 끝낸 것은 오랜 친구에 대한 마지막 예의였다.

"최원!"

사무실에 홀로 남은 민영이 애절하게 부르는 소리가 들렸다. 하지만 원은 그저 앞을 향해 걸음을 옮겼다.

빛을 받아 반짝이는 커다란 건물을 올려다보던 이랑이 한숨을 푹 내쉬었다. 얼마 전 우격다짐으로 민영에게 초안을 넘긴 뒤로는 처음으로 미팅하러 한성자동차에 들어가는 길이었다. 그 당시에는 화가 나서 아무것도 보이지 않았지만 막상 다시 미팅 날이 다가오니 걱정되는 건 어쩔 수 없었다. 며칠 전, 원에게서 깨끗하게 정리됐다는 말을 듣긴 했지만 과연 민영이 정말 깨끗하게 물러났을지도 의문이었다.

'오늘은 또 어떻게 진상을 부리려나.'

한숨을 내쉬기도 잠시, 갑자기 이랑이 눈을 부릅떴다. 못된 장난으로 원과 자신 사이에 농간을 부린 민영에게 결코 질 수 없었다.

"정 대리님, 어서 오세요."

홍보팀 담당자가 이랑을 반겼다.

"디자인팀 민영 씨가 조금 이따가 온다고 그러네요. 잠시만 기다려주세요."

"……직접요?"

이랑이 인상을 왈칵 찌푸렸다. 불안한 예감이 스멀스멀 등줄기를 타고 올랐다. 그럴수록 그녀는 마음을 단단히 다잡았다.

'웃자, 웃자. 약 오르게 더 웃고, 아무렇지 않은 척하자. 그리

고 담당을 바꿔버리는 거야. 그러자.'

이랑이 속으로 혼자서 수없이 중얼거렸다.

그렇게 15분쯤 홀로 앉아서 기다렸다. 잔뜩 긴장한 채 앉아 있다 보니 목이 다 뻐근해지는 것 같았다. 민영이 너무 오지 않아 홍보팀 담당자마저 잠시 다른 일을 보고 오겠다며 자리를 비운 상태였다. 사람 지치게 만드는 방법도 가지가지다 싶은 생각에 이랑이 입술을 질끈 깨물고 있을 때였다.

"미안해요. 조금 늦었죠?"

뻔뻔한 얼굴로 민영이 들어섰다. 혼자 있는 이랑을 발견한 민영이 생긋 웃었다.

"시간은 잘 지키시네요. 하긴, 실력이 안 되면 성실하기라도 해야지."

피식 웃으며 맞은편에 앉는 민영을 보며 이랑이 양손을 꽉 움켜쥐었다.

"초안 잘 봤어요. 전 또 그렇게 당당하게 넘기기에 무척 그럴싸할 줄 알았지 뭐예요."

"그게 무슨……."

"아무리 봐도 다 별로예요. 다시, 전부 다 다시 해주세요."

그러면서 또다시 민영이 생긋 웃었다. 그 모습에 이랑은 울컥, 감정이 치솟아 올랐다.

"아 참, 그리고…… 원이한테 이야기 들었어요?"

이랑이 미간을 잔뜩 찌푸렸다.

"무슨 이야기를 어떻게 들었는지 모르겠지만, 남자 말은 그대로 다 믿는 거 아니에요. 우리, 그날 둘이서……."

순간 웃음이 났다. 더 이상은 도저히 못 들어주겠다. 이런 유치한 장난질에 흔들려 정신을 차리지 못한 자신이 순간 원망스러워질 정도였다.

"이봐요, 서민영 씨."

이랑은 피식 실소를 흘리며 고개를 절레절레 흔들었다.

"예전부터 몹시 거슬렸는데요, 우리란 말은 그렇게 아무 때나 갖다 붙이는 게 아니에요."

"뭐라고요?"

"아무것도 아닌 댁이랑 오빠 사이에 붙을 만한 단어가 아니지 않아요, 우리라는 단어? 그 단어는 친밀하지 않은 불특정 다수에게 사용할 만한 단어가 아니에요. 나랑 오빠 사이면 또 몰라."

피식 웃은 이랑이 자리에서 일어났다.

"그리고 서민영 씨, 앞으로 난 댁이랑 일 안 해요."

"뭐?"

"우리 오빠가 이렇게 힘들게 일하는 줄 알면 얼마나 속상하겠어요. 난 우리 오빠 속상하게 하면서 일할 생각 추호도 없거든요."

마지막으로 민영의 어깨를 톡톡 두드렸다.

"그럼 수고해요, 서민영 씨. 앞으로 다시는 보지 말자고요."

일그러진 민영의 얼굴을 보고 있자니 속이 다 시원했다. 그렇게 한 치의 망설임도 없이 문을 열고 걸음걸이도 당당하게 나서려던 그 순간이었다.

"……!"

이랑의 발걸음이 멈칫했다.

"오빠? 여긴 어떻게……."

문을 열자마자 맞은편 벽에 기대어 자신을 바라보며 빙긋 웃고 있는 원이 보였다.

"내 마음을 어떻게 그렇게 잘 알까."

"네?"

"이런 걸 이심전심이라고 하는 건가. 내가 먹여 살릴 테니 할 말 다 하고 나오라고 말하려고 찾아왔더니. 시키지 않아도 알아서 다 하네, 우리 애인."

벽에서 원이 등을 떼고 이랑에게 천천히 다가왔다.

"다 들었어요?"

"응."

"어디부터?"

"우리 애인이 실력이 안 되면 성실하라는 이야기 들을 때부터?"

작게 웃은 원이 서늘한 눈동자로 방금 이랑이 박차고 나온 회의실 안을 응시했다.

"아주 많은 생각이 드는 유익한 시간이었지."

계속 웃고 있는데 마치 매서운 바람이 몰아치는 것처럼 차가운 원의 얼굴에 이랑이 자신도 모르게 움찔했다. 회의실 안을 노려보는 그의 눈빛이 전에 없이 서늘했다.

"오빠?"

"가자."

하지만 이랑이 부르자 원은 언제 그랬냐는 듯 이내 평상시처럼 돌아왔다. 그가 그녀의 손을 잡아왔다.

"내일 저녁에 시간 좀 내."

"내일?"

여전히 범접할 수 없는 분위기가 약간 남은 그의 얼굴을 보며 이랑이 눈을 동그랗게 떴다.

"이 기회에 도장 좀 확실하게 찍자."

"도장?"

"응, 너도, 나도 둘 다 품절되었다고."

영문을 모를 얼굴로 이랑이 고개를 갸웃거렸다.

"예쁘게 입고 와. 알았지?"

"누굴 소개시켜주려고요?"

"만나보면 알아. 참, 예쁜 건 좋은데 저번처럼 유혹적인 차림은 안 돼."

여전히 의아한 표정을 숨기지 못하는 이랑에게 짐짓 엄하게 말한 원이 그녀의 손을 더욱 꽉 잡았다.

낮이면 여전히 매섭게 내리쬐던 햇볕이 사라진 저녁 시간, 바람이 제법 선선해졌다. 원의 말대로 유혹적이지 않으면서 예쁜 옷으로 잘 차려입은 이랑이 회사에서 빠져나와 주변을 두리번거렸다. 그러고 있자니 멀지 않은 곳에서 비상등을 깜박이고 있는 원의 차가 보였다.

"오래 기다렸어요?"

"아니."

빙긋 웃은 원이 차에 오른 이랑의 볼을 부드럽게 쓰다듬었다. 그러곤 손을 쭉 더 뻗어 이랑의 안전벨트를 매주었다. 곧장 차가 출발했다.

"근데 오늘 누구 만나는 거예요? 말해줘요. 마음의 준비를 하게."

"그렇게 긴장할 필요는 없어. 마이클이라고, 미국에서부터 쭉 지도해주신 분이야. 지금은 우리 회사 디자인 총괄 부사장으로 계시고."

마이클. 익숙한 이름이었다. 걸핏하면 민영이 원을 끌고 갈 때 수없이 들먹이던 이름 아니었던가. 드디어 그 사람의 얼굴을 볼 수 있게 됐다.

"근데 어쩌죠? 난 영어 잘 못하는데."

"괜찮아. 마이클이 우리말을 제법 잘해."

"정말?"

"응. 그리고 내가 있는데 무슨 걱정이야."

씩 웃은 원이 허벅지 위에 가만히 놓인 이랑이 손을 가지고 가서 깍지를 꼈다. 한 손으로 능숙하게 핸들을 돌리는 원을 보며 이랑이 방싯 웃었다.

하지만 그것도 잠시, 막상 마이클을 만나기 전이 되니 왠지 모르게 긴장되었다. 고급스런 한식당 앞에 도착한 이랑이 작게 한숨을 내쉬었다.

"오빠, 나 잠시만 화장실 좀."

약속 시간보다 빨리 도착한 덕에 여유가 좀 있었다. 화장실로 향한 그녀는 거울을 살피며 혹시 화장이 잘못된 곳은 없는지, 옷 차림은 단정한지를 꼼꼼히 살폈다.

그리고 차가운 물에 뽀드득거릴 정도로 손을 씻고 있을 때였다. 누군가 하이힐을 신고 천천히 걸어 들어오는 소리가 들렸다. 대수롭지 않게 이랑이 거울을 흘깃 살폈다. 이내 이랑의 눈이 화등잔만 하게 커졌다. 생각지도 못했던 인물이 눈앞에 나타난 것이 아닌가.

"또 보네요. 다신 볼 일 없다고 그러더니, 사람 일이라는 게 참 알 수 없죠?"

세련되게 예쁜 얼굴이 이랑의 뒤에 서서 거울을 통해 인사를 건네고 있었다. 생긋 웃는 미소 속에 숨겨진 날카로운 가시를 느끼며 이랑이 자신도 모르게 멍한 표정을 지었다.

"어떻게 여기에……."

"있을 만하니까 있겠죠."

비웃음을 입에 걸고 말하는 그녀, 민영과의 갑작스런 만남이 무척이나 당황스러웠다. 하지만 서둘러 이랑은 표정을 수습하며 애써 담담한 척 입을 열었다.

"이곳에서 보게 될 줄은 몰랐네요."

"나 역시. 이런 곳까지 끈질기게 따라다니나 봐요?"

"뭐, 그런 편이죠. 보다시피 우리 두 사람 자체가 워낙 끈질긴 인연이라서요."

두 사람 사이에 보이지 않는 스파크가 거세게 튀었다.

"이제 그만하면 주제파악 할 때도 되지 않았어요?"

어쩐지 전투력이 상승했다. 이랑이 어금니를 꽉 깨물며 빙긋 웃었다.

"글쎄요, 그건 제가 하고 싶은 말인데요. 그런 질 낮은 장난이나 치는 여자, 남자들은 별로 안 좋아해요."

이랑이 어깨를 으쓱한 후 손을 탈탈 털며 페이퍼 타월을 뽑아 들었다.

"그래서 인기가 없는 건가."

여유롭게 이랑을 바라보던 민영의 눈빛이 순간 흔들렸다. 자신도 모르게 민영은 표독한 표정을 짓더니 입술을 질끈 깨물었다.

"두 사람, 생각보다 견고한가 봐요."

"누구 덕분에 더욱더 견고해졌죠."

손을 꼼꼼하게 닦은 뒤 이랑이 다시 한 번 어깨를 으쓱했다.

"그래봤자 원이랑 난 매일 볼 수밖에 없어요. 보다시피 같은 팀이라서요."

이랑의 미간이 미간을 움찔했다.

"어머나, 안쓰러워서 어쩌나. 매일매일 그렇게 불안하게 지내야겠네요."

과장되게 고개를 절레절레 흔든 민영이 비웃음을 흘리곤 먼저 화장실을 빠져나갔다.

"뭐, 저런!"

혼자 남겨진 이랑은 어이없어하며 실소를 터뜨렸다. 뭘 잘했다고 저렇게 당당한 것인지 도대체 이해가 가지 않았다. 이랑이 거칠게 숨을 씩씩 내쉬다 불현듯 든 생각에 순간 멈칫했다.

'잠깐. 마이클이랑 만나는 자리에 동석하는 건가?'

이랑의 발걸음이 다급해졌다. 아직 마이클은 오지 않았을 확률이 컸다. 그렇다면 지금 원과 민영 단둘만 함께 있다는 말이 되었다. 이랑은 부랴부랴 걸음을 옮겼다.

아니나 다를까. 예약된 룸에 들어가자 한껏 딱딱하게 굳은 표정으로 앉아 있는 원과 맞은편에 앉아 생글거리고 있는 민영이 보였다. 순간 이랑은 욱하고 말았다. 심지어 왜 자꾸 두 사람의 모습을 지켜보는 자리를 만들게 하는 것인지 하늘이 살짝 원망스럽기까지 했다.

"하아."

크게 한숨을 폭 내쉬던 이랑은 문득 까만 눈동자가 자신을 가만히 응시하고 있는 것을 발견했다. 까만 눈동자는 무슨 일이 있어도 흔들리지 않을 것처럼 차분했다. 아니, 그 속에 약간의 못마땅함이 섞여 있었다. 그로서도 민영이 이 자리에 나타날 것이라곤 예상하지 못한 것 같았다.

"이리 와."

그가 손을 뻗었다. 이랑과 다르게 차분한 그를 보자 희한하리만치 날뛰던 심장이 차분하게 가라앉았다. 까만 눈동자 안에 오롯이 이랑만을 향하고 있어서, 그래서 민영을 보고 마구 흥분되던 감정이 다 어디로 갔는지 흔적도 없이 사라진 것이다.

"어떻게 된 영문인지 나도 모르겠어. 불편하면 취소하고……"

"괜찮아요."

내가 그의 애인임을 자각하며 살듯, 그도 나의 애인임을 항상 마음에 새기며 사는 사람. 그 사람이 바로 내 눈앞에 있다.

"그러니 걱정 마요."

그 사실 하나만으로도 천하무적이 된 것 같아 자꾸만 배시시 웃음이 나왔다. 방싯 웃은 이랑이 원의 손을 잡았다.

"웃기는."

원이 그녀의 머리를 다정하게 슥 쓰다듬었다. 지금 이 순간, 이 장소는 두 사람만을 위해 존재하는 것 같았다.

탁.

별안간 테이블을 거세게 치는 소리가 들렸다.

"이런 모습이나 보려고 온 건 아닌데."

하얗게 질린 민영이 부들거리며 물컵을 꽉 쥐고 있었다.

"이런 모습 보이려고 만든 자리인 거 맞아. 물론 초대도 하지 않은 너 말고 마이클에게."

이랑에게 보내는 눈빛과 다르게 차갑기 그지없는 시선에 민영이 발끈하는 표정으로 다시 입을 열었다.

"그래봤자 소용없어. 보기 싫어도 우린 매일 봐야 하니까. 어쩔 수 없이 같은 팀이잖아?"

"그래서 더욱더 이 자리가 필요했지."

"뭐?"

알 수 없는 원의 말에 민영이 의아하게 눈을 치켜뜨는 그때, 문이 열리며 한 외국인이 들어왔다. 이랑은 외국인을 천천히 살폈다. 하얀 백발을 멋스럽게 하나로 모아 올린, 키는 조금 작지만 그 모든 것을 커버할 정도로 세련된 옷차림이 인상적인 회색 눈동자를 가진 사람이었다.

"오, 마이클."

마치 구세주를 만난 것처럼 민영이 활짝 웃으며 자리에서 일어났다. 그리고 이랑으로서는 반쯤 알아듣고 나머지는 흘려버려야 하는 엄청난 꼬부랑말들이 시작되었다.

"마이클, 여기 제 애인이에요."

"애인?"

"네."

회색 눈동자가 이랑에게로 향했다. 그녀는 자신도 모르게 바짝 긴장했다.

"반가워요. 전 마이클입니다. 원 애인, 무척 예뻐요. So gorgeous."

어색한 한국말에 이어 이랑이 아는 단어가 나왔다. 제법 호감 어린 그의 반응에 한결 마음이 편해진 이랑이 작게 웃었다.

"안녕하세요. 정이랑입니다."

"이랭? 쩡이랭?"

낸시랭도 아니고 웬 쩡이랭이란 말인가. 풋, 하고 웃음을 머금은 이랑이 친절하게 다시 입을 열었다.

"아뇨. 이랑."

이랑의 이름을 쉬이 발음하지 못하는 마이클에게 몇 번이나 이름을 말하는 웃지 못할 해프닝이 있기도 잠시, 네 사람은 드디어 자리에 앉았다. 약간은 어색한 분위기가 감돌았다. 그러는 사이 음식이 하나둘 나오고 경직된 분위기 속에 식사가 진행되었다.

그리고 끝으로 디저트로 나온 과일을 집어 먹은 이랑이 알게 모르게 민영을 향해 눈을 흘겼다. 식사 내내 이랑이 알아들을 수 없는 영어로 대화를 주도해나가는 민영 때문에 마치 음식이 목에 딱 걸린 느낌이었다.

"마이클, 할 말이 있습니다."

"할 말?

"네, 전 더 이상 서민영 씨와 같은 팀에서 일할 수 없을 것 같습니다."

그나마 화기애애한 척하던 룸 안의 분위기가 원의 말에 마치 폭탄을 맞은 것처럼 뒤숭숭하게 가라앉았다. 민영뿐만 아니라 이랑도 놀란 표정을 감추지 못한 채 원을 멍하니 바라보았다.

"최원, 너!"

"조용이 해. 마이클이랑 이야기하고 있잖아."

민영이 분한 얼굴로 입을 다물었다. 그 후 원과 마이클, 민영 사이로 무척이나 많은 영어 대화가 오갔다. 이랑은 간간이 들리는 단어를 조합해 이야기를 유추해 나가기 시작했다.

'헉! 팀을 바꿔달라고? 그게 아니면……. 뭐? 그만둔다고? 미국으로 되돌아가겠다고?'

원은 제법 강경하게 나가고 있는 듯했다.

"너, 정말 이렇게까지 해야 하니?"

민영이 버럭 소리 질렀다.

"이렇게까지 안 하도록 해주면 좋았잖아."

민영이 한껏 흥분한 데 반해 원은 한결같이 차분하기만 했다. 민영이 자리에서 벌떡 일어나더니 이랑을 매섭게 노려보았다.

'뭐야. 왜 날 봐.'

매서운 시선에 움찔하기도 잠시, 왠지 곧 피식 웃음이 터졌다. 결국 그녀는 진 것이다. 자신의 욕심에, 그리고 이랑과 원 모두 다에게. 이랑은 꼭 원이 그러는 것처럼 한쪽 입술을 비죽 들어 올리며 씩 웃었다. 이랑의 웃음을 마주한 민영이 당장이라도 터질 것 같은 얼굴로 씩씩거리더니 결국 자리를 박차고 나갔다. 그사이 곤란한 얼굴로 앉아 있던 마이클이 입을 열었다.

"OK. 무슨 말인지 알겠어요."

"부탁드립니다."

"No, No. 원은 내 친구예요. 부탁 아니에요."

고개를 꾸벅 숙이는 원을 향해 마이클이 호탕하게 웃으며 손을 내저었다. 이랑은 그 순간, 원이 말한 것이 그대로 이뤄지게 될 것을 알아차렸다. 아마도 민영은 그녀가 호언장담한 것과 달리 매일 원의 얼굴을 볼 수 없게 될 것이다.

"다음에 또 만나요, 원 애인."

어떻게 시간이 흘렀는지도 모르게 마이클과도 헤어질 시간이 되었다. 마이클은 스스럼없이 이랑에게 손을 내밀어 악수를 청했다.

"네, 조심해서 가세요."

아이처럼 통통한 손을 조심스레 쥐자 그가 씩 웃으며 세게 휙 휙 흔들었다. 장난기 많은 그의 행동에 마음이 한결 가벼워졌다.

"오빠."

마이클이 탄 차가 사라지자마자 그녀가 원의 팔을 붙들었다.

"내가 들은 게 맞아요? 정말 그만두려 했어요?"

이랑을 귀엽다는 듯 바라본 원이 그녀의 손을 잡아끌었다.

"일단 어디 좀 들어가자. 은근히 긴장했는지 목이 마르네."

정말 목이 말랐는지 원은 근처 카페로 곧장 향했다. 그러곤 한 자리를 차지하고 앉아선 시원한 커피를 주문했다. 얼마 지나지 않아 얼음이 동동 올라간 커피가 나오자마자 원은 기다렸다는 듯 쭉 들이켰다. 그러는 사이에도 이랑은 궁금해 죽겠다는 눈빛으로 원을 응시하고 있었다.

"풋, 우리 애인 애타 죽겠네."

피식 웃은 원이 다시 입을 열었다.

"들은 대로야. 민영이랑 일하기 싫다고 어린애처럼 마이클한테 떼를 썼어. 아, 떼가 아니라 로비인가."

"그게 다가 아니잖아요. 회사를 그만둔다니, 미국으로 간다니."

"설마 그게 진심이겠어? 떡밥이지."

"네? 떡밥? 그러다 진짜 그렇게 되면 어쩌려고."

입을 떡 벌리는 이랑을 보며 원이 다시 피식 웃었다.

"웃지 마요. 아주 미워 죽겠어. 얼마나 놀랐는지 알아요?"

다시금 그 순간을 떠올린 것인지 이랑이 한숨을 내쉬며 고개를 절레절레 흔들었다.

"이제 그만 야단치고 칭찬 좀 해주지? 나 잘했잖아."

그런 이랑을 바라보던 원이 씩 웃으며 테이블 위에 놓인 그녀의 손을 가지고 가 단단하게 깍지 꼈다. 장난스럽게 어깨를 축 늘어뜨리는 원을 보며 이랑 역시 피식 웃고 말았다.

"그래요, 잘했어요. 그래도 다신 이렇게 놀라게 하지 마요."

"알았어."

그게 또 무에 그리 좋은지 원이 씩 웃었다. 그런 원을 바라보던 이랑은 자신도 모르게 흐뭇한 표정을 지었다. 정말 그는 그의 말대로 다시는 민영 때문에 이랑이 신경 쓰일 일을 만들지 않기 위해 무척이나 애를 쓰지 않았는가. 그것도 '모 아니면 도'라는 강수를 두면서까지 말이다.

'이런 예쁜 짓이라니.'

이랑은 방싯 웃으며 자신의 손을 잡고 있는 원의 손을 잡아 입가로 가져갔다. 그러곤 단단한 손등에 부드러운 입맞춤을 남겼다. 갑작스런 이랑의 행동에 원이 흠칫했다.

"오빠, 그거 알아요?"

"응?"

"내가 오빠 엄청 많이 사랑하는 거."

원이 눈썹을 꿈틀했다.

"생각보다 훨씬 더 많이 사랑해요."

작게 웃은 이랑이 원의 손을 소중하게 감쌌다.

"오빠가 혹시나 미국으로 다시 갈지도 모른다고 생각하니까 심장이 쿵 떨어지는 것 같았어요."

"……그랬어?"

낮게 가라앉은 까만 눈동자가 흔들림 없이 이랑을 응시했다.

"난…… 아직 멀었구나."

작게 한숨을 쉰 원이 이랑이 했던 것처럼 그녀의 손을 가지고
가 부드러운 손등에 입을 맞췄다.

"자꾸만 걱정이나 하게 하고. 이러려고 널 사랑한 게 아닌
데."

한숨처럼 내뱉는 그의 말에 그녀는 순간 가슴이 먹먹해졌다.

"사실 깊게 생각하지도 못했어. 혹시 네가 또 힘들어서 못해
먹겠다고 할까 봐."

언젠가 이랑이 했던 말을 그는 그대로 기억하고 있었다. 담담
하면서 나직한 그의 말에 코끝이 찡해지면서 울컥하는 감정이 식
도를 타고 올라왔다.

"바보처럼 너무 늦게 알아버렸어. 널 두고 가면서까지 이루려
고 노력한 모든 것들이 네가 옆에 있지 않으면 완벽하지 않다는
것을."

왈칵 눈물이 터질 것만 같았다. 이랑이 원의 손을 더욱 힘주어
잡았다.

"앞으로도 힘들게 하지 않겠다는 확신은 못하겠지만, 그래도
이렇게 노력할게. 그러니까 내 옆에 있어. 아무 데도 가지 말
고."

생각보다 훨씬 큰 그의 마음에 비하면 자신의 마음은 무척이나
하찮게 느껴졌다. 그런데도 내가 그를 더 많이 사랑한다며 자신만

만해했다. 솟구치는 감정을 억누른 이랑이 고개를 끄덕였다.

"네, 그럴게요."

"그래, 착하다."

이랑의 대답에 빙긋 웃은 원이 다시 한 번 그녀의 손등에 입을 맞췄다. 마치 깃털처럼 부드럽게 스치고 지나가는 그 입맞춤에 이랑이 약간 붉어진 눈가를 휘어 접으며 환하게 웃었다.

12

주변이 어두컴컴하게 내려앉은 방 안, 이랑이 조심스레 발뒤꿈
치를 들고 살금살금 움직였다. 무척이나 조심해서 화장실 문을 닫
은 그녀는 자신도 모르게 안도의 한숨을 내쉬고는 거울을 바라보
았다.

"또!"

그러다 이내 울상을 찌푸렸다. 목 부분과 가슴 언저리가 울긋불
긋하게 물들어 있었다. 걸치고 있던 원의 셔츠를 벗자 더욱더 가관
이었다. 그러지 말라고 해도 꼭 이렇게 흔적을 남기길 좋아하는 원
을 떠올리며 이랑이 연신 거울을 살폈다. 가슴 언저리부터 시작된
키스 자국이 몸 아래로까지 이어지고 있었다. 그러다 무슨 생각을
한 것인지 화끈거리는 양 볼을 감쌌다. 그 자국들을 살피고 있자니

자연히 어젯밤 일들이 고스란히 떠오르기 시작한 것이다.

욕실에서 씻으면서 한 번, 덕분에 지쳐서 머리도 제대로 말리지 못한 채 침대에 널브러진 이랑을 지분대는 원 덕분에 한 번 더. 그렇게 밤사이 두 번이나 격렬한 사랑을 나누고 말았다.

'기운도 좋아요. 아무리 내일이 주말이라지만.'

한숨을 내쉬며 고개를 절레절레 흔든 이랑이 다시금 거울을 통해 몸을 꼼꼼하게 살폈다.

똑똑.

갑자기 화장실 문을 두드리는 소리가 났다.

"네, 네?"

자신도 모르게 당황하며 대답한 이랑이 서둘러 원의 셔츠를 꿰어 입었다.

"안에서 뭐 해."

"지금 나가요."

다급하게 대답한 이랑이 서둘러 욕실을 나섰다. 한껏 흐트러졌지만 여전히 멋지기만 한 원이 문밖에서 빙긋 웃고 있었다.

"언제 깼어요?"

"네가 살금살금 까치발로 걸을 때."

어째 부끄러운 느낌에 볼을 발갛게 달아올랐다. 원이 깰까 봐 나름 조심스레 걷는 모습을 보며 혼자 피식댔을 그의 모습이 훤했다. 그런 이랑을 바라보고 빙긋 웃은 원이 그녀의 손을 잡고 다시 침대로 향했다.

"조금 더 자자."

마치 녹을 것처럼 다정한 그 손길에 이랑은 마른침을 꿀꺽 삼켰다. 그런 이랑을 아는지 모르는지 침대에 이랑을 눕힌 원이 그 옆에 빈틈없이 붙어 누웠다.

　"이랑아, 있잖아."

　까만 눈동자가 빤히 쳐다본다. 괜히 긴장되어 입술을 질끈 깨물고 있던 이랑이 원의 다정한 부름에 화들짝 놀랐다.

　"네?"

　"우리 부모님 뵈러 갈래?"

　갑작스럽다 못해 전혀 뜻밖의 말이었다.

　"얼마 전에 만나는 여자가 있다고 말씀드렸어. 무척 보고 싶어 하셔."

　"저를요?"

　"응."

　이랑의 표정이 설핏 흔들렸다.

　"그게……."

　"부담스러워?"

　"……조금요."

　"어차피 언젠가는 뵈어야 하잖아."

　너무나도 당연하다는 듯 담담하게 말을 이어가는 원 덕분에 이랑이 멈칫했다.

　"왜, 왜요?"

　"왜긴. 나중에 결혼하려면 당연히 부모님한테도 인사드려야지."

'결혼? 이 남자가 지금 무슨 말을 하는 거야?'

순간 이랑의 말문이 딱 막혔다. 그 모습에 원이 눈썹을 꿈틀했다.

"뭐야? 넌 그럴 생각 아니었어?"

원은 마치 그건 배신이라는 표정을 짓고 있었다. 당황한 이랑이 자신도 모르게 일단 고개를 내저었다.

"아뇨, 그건 아닌데."

"그건 아닌데?"

"갑작스러워서 그러죠."

이랑이 조금은 난감한 표정으로 입을 꾹 다물었다. 원이 이렇게 자연스럽게 결혼에 대한 이야기를 꺼낼 줄은 미처 몰랐다.

물론 그렇다고 그와의 미래를 그려보지 않은 것은 아니었다. 이랑의 머릿속에 그녀의 미래에는 당연히 그가 함께 있는 것이었다. 다만, 그와 그런 이야기를 해본 적이 단 한 번도 없었기에 당혹스럽기도 하면서, 기쁘기도 한 묘한 기분이 들었다.

"갑작스러워? 흠."

원이 까만 눈동자로 이랑을 가만히 바라보았다. 한쪽 눈썹을 아래로 내린 채 이랑을 응시하는 모습이 무척이나 못마땅해 보였다.

"나는 다시 널 만난 뒤로 네가 없는 미래는 그려본 적이 한 번도 없는데."

원의 말에 이랑의 눈동자가 커졌다.

"결혼을 한다면 당연히 너와 하는 것이고, 아이를 낳는다면 그 아이의 엄마는 당연히 너라고 생각했는데. 우리 부모님의 며느리 자리에 너 아닌 사람을 떠올려본 적도 없어."

갑자기 코끝이 찡해졌다. '당연'이라는 그 단어가 뜻밖에도 커다란 감동으로 다가왔다.

"나를…… 그렇게 생각했어요?"

마치 그가 나에게 꼭 필요한 사람이 되어버렸듯, 어느새 그도 내가 없는 그의 인생을 생각할 수 없다고 그가 말하고 있다. 살면서 누군가에게 그토록 당연한 필수 불가결의 사람이 되고 말았다는 사실에 문득 가슴이 먹먹해질 정도로 감동이 밀려들었다.

"하지만 넌 아니란 말이지."

그런데 이랑의 침묵을 어떻게 받아들였는지 원의 까만 눈동자가 심술궂게 빛났다.

"그럼 다른 방법을 강구해야지."

이랑이 의아한 표정을 지었다.

"뭐, 가령 오밤중에 월담을 해서 보쌈을 한다든가."

"네?"

"아니면 빼도 박도 못하게 혼수를 미리 장만해버리든가."

"혼수……. 설마 속도위반?"

이랑을 바라보던 원이 빙긋 웃었다.

"그러니까 행여나 도망갈 생각은 하지 말라고."

자신만만한 원의 표정을 보고 있자니, 자연히 머릿속으로 배가 남산만 하게 불러 꾸역꾸역 웨딩드레스를 입은 모습이 뭉게뭉게 떠올랐다. 서둘러 고개를 휙 내저은 이랑이 다급하게 외쳤다.

"말도 안 돼! 절대 그건 안 돼요!"

"뭐가? 결혼이? 아님 속도위반이?"

"당연히 속도위반이 안 된다는……."

다급하게 말을 이어가던 이랑이 곧 뭔가를 깨닫고 입을 꾹 다물었다.

"그렇지? 그래, 역시 너도 나랑 같구나."

은근슬쩍 그에게 낚이고 말았다. 빙긋 웃는 원을 이랑이 새치름하게 노려보았다. 못마땅한 표정으로 입을 꾹 다문 이랑의 모습에 원이 피식 웃었다.

"난 네가 그렇게 날 가만히 바라보는 게 참 좋아."

조심스레 손을 들어 올린 원이 천천히 이랑의 눈가를 쓰다듬기 시작했다. 몹시 부드러운 그 손길에 이랑이 자신의 의지와는 다르게 움찔했다.

"꾹 다문 입이 귀엽기도 하고."

그윽한 눈길이 어느새 이랑의 입술로 향했다. 눈길을 따라 내려온 손이 이랑의 입술을 슬쩍 쓰다듬었다. 살짝 벌어진 입술 사이로 자연스럽게 떨리는 숨결이 튀어나왔다.

"섹시하기도 하고."

자신의 얼굴을 이랑에게 가까이 가져간 원이 더운 숨을 내뱉는 달콤한 입술을 슬쩍 맛봤다. 나직한 그 목소리에 홀린 이랑이 자신도 모르게 마른침을 꼴깍 삼켰다. 몸속 깊은 곳에서 아찔한 기대감이 올라왔다.

"거기다 대책 없이 달콤하기까지."

자신의 품으로 이랑을 더욱 끌어당긴 원이 본격적으로 그녀의 입술을 탐하기 시작했다. 격정적인 호흡이 두 사람 사이에 오갔다.

"하아."

그의 달콤한 키스가 입술에서 뺨으로, 귀로, 그러다 목덜미를 스쳐 어느새 봉긋한 가슴으로 향했다. 흐트러진 천 사이로 부딪치는 살결 사이로 아찔한 열기가 다시 피어났다. 어느새 이랑 위에 자리 잡은 원이 슬그머니 그녀가 입고 있는 자신의 셔츠 사이로 손을 집어넣었다. 불쑥 침범한 손이 아슬아슬하게 배꼽 주변을 배회하더니 이내 허리 옆 라인을 따라 올라갔다 내려갔다 하며 이랑을 간질나게 만들었다.

'서, 설마 이대로 프러포즈고 뭐고 끝?'

그 와중에도 이랑은 머릿속을 파고드는 생각이 경고등을 반짝이기 시작했다.

"잠깐!"

퍼뜩 정신을 차린 이랑이 다급하게 벌어진 셔츠 깃을 꽉 움켜쥐었다.

"절대 속도위반은 안 돼요!"

"뭐?"

"그, 그리고……."

"그리고 뭐?"

까만 눈동자가 의아하게 이랑을 응시했다. 그러는 와중에도 이랑의 몸을 노니는 원의 손길은 쉽사리 멈추지 않았다. 덕분에 이랑의 온몸에 오소소 소름이 돋았다.

"그리고……."

아직 결혼이 확정된 것도 아닌데 프러포즈에 대해 운운하는 것은 너무 앞서 나가는 느낌이었다. 그런 상황에서 순간 당황한 이랑이 머뭇거렸다.

"뭐, 그렇다고요."

어느새 입을 꾹 다문 이랑을 보고 빙긋 웃은 원이 다시금 천천히 고개를 내렸다.

"걱정하지 마."

그러면서 셔츠 깃을 다시금 확 젖힌 원이 봉긋한 그녀의 가슴에 안착했다. 이랑이 어느새 달뜬 숨을 내뱉었다. 계속해서 자신을 자극하는 아찔한 손길에 몸속 깊은 곳이 젖어들고 있었다.

"그건 최후의 수단이니까."

귓가에 울리는 나직한 말과 동시에 허벅지 안쪽을 배회하던 손길이 불쑥 이랑의 안을 파고들었다.

"아!"

자연히 이랑의 입에서 거친 숨소리가 튀어나왔다. 점차 격렬해지는 두 사람의 움직임을 따라 방 안의 온도도 후끈 달아올랐다. 아직 그들의 밤은 끝나지 않았다.

까칠했던 얼굴을 온전하게 다 회복한 이랑이 다이어리를 보며 간만에 여유롭게 앉아 있었다. 그런 이랑에게 과장이 다급하게 다가왔다.

"정 대리, 초안 냈던 거 갑자기 그대로 통과되었다며?"

"네, 디자인팀 담당자가 바뀌었어요."

"뭐?"

"다른 팀으로 갑자기 옮기게 되었다고 하더라고요."

이랑은 자세한 사정은 잘 모른다는 듯 어깨를 으쓱했다.

"정말? 잘됐다. 그동안 고생했는데 오늘은 좀 쉬엄쉬엄 해."

"네."

과장의 살뜰한 말에 이랑이 방싯 웃었다. 얼마 전 죽어라 고생했던 것이 그렇게 아깝게 느껴지지 않았다.

어느덧 퇴근 시간, 이랑은 서둘러 사무실을 나섰다. 그러곤 바쁘다는 화영을 억지로 불러냈다. 할 이야기가 무척이나 많았다. 그렇게 화영을 만나기 위해 열심히 걷고 있는데 갑자기 휴대폰이 울렸다.

"오빠?"

─응, 나야. 퇴근했어?

"네. 지금 화영이 만나러 가는 길이에요."

─잘했어. 난 지금 마이클한테 가는 길. 얼마 전 부탁 들어줬으니 일을 더 열심히 하라나 뭐라나. 같이 연구소 들어가기로 했어.

이랑이 자신도 모르게 풋, 하고 웃었다. 전형적인 멋진 노신사이던 회색 눈동자의 외국인이 떠올랐다. 그래도 정말 다행이었다.

─저녁에 집으로 가도 돼?

"오늘요?"

별다른 말을 더 하지 않은 원이었지만 어느새 이랑의 볼이 살포시 붉어졌다. 당연하게 집을 방문하겠다는 그의 말이 무척이나 친밀하게 들렸다.

"……네, 그래요."

괜히 이랑이 몸을 배배 꼬며 수줍게 말했다.

─그래, 마치고 데리러 갈 테니까 재밌게 놀고 있어.

나직한 원의 웃음소리와 함께 통화가 종료되었다. 어쩜 아직도 이렇게 부끄러운지 모르겠다며 이랑이 발갛게 달아오른 볼을 문지르며 다시금 종종걸음을 옮기기 시작했다. 화영과 만나기로 한 약속 장소에 도착했지만 그녀가 보이지 않았다.

'어쩐 일로 화영이가 다 늦네.'

이랑이 카페 안을 슥 둘러보고는 적당한 곳에 자리 잡았다. 그러곤 오랜만에 맛있는 것을 먹으러 가자고 할까 고심하던 찰나였다.

"정이랑 씨?"

거짓말처럼 눈앞에 민영이 나타났다. 여전히 세련되었지만 그래도 적잖이 마음고생을 했는지 전에 없이 초췌한 모습이었다.

"이런 곳에서 다 보네. 아주 얼굴 좋아 보이네요? 덕분에 난 갑자기 팀도 바뀌고, 엉망진창으로 얽혀버렸는데."

"그 덕분에 제 얼굴이 이렇게 좋은가 보죠."

이랑이 어깨를 으쓱했다. 독기 어린 눈으로 이랑을 바라보던 민영이 순식간에 테이블에 놓인 물컵을 집어 들었다.

"이게 다 너 때문……."

그리고 당황해서 눈을 동그랗게 뜨고 있는 이랑에게 끼얹었다.

"……!"

아니, 끼얹으려 했다.

"이 여자가."

하지만 그 순간, 어디서 나타났는지 화영이 짠 나타나 민영의 손에서 물컵을 떨어뜨렸다.

"미치려면 곱게 미치지, 어디 와서 지랄이야!"

바닥에 떨어진 컵이 날카로운 소리를 내며 산산조각이 났다. 순간 얼어버린 이랑의 앞을 막아선 화영이 어이없다는 듯 민영을 쳐다보았다.

"이게 그 여자지?"

"이게? 넌 또 뭐야?"

놀란 이랑이 입을 멍하니 벌리고 민영과 대치상태인 화영을 바라보았다. 화영이 아니었다면 꼼짝없이 민영에게 당할 뻔했다.

"내가 누군지 알아서 뭐하게."

"뭐? 아주 저급한 것들끼리 모여서 놀고 있네. 그 수준이 그 수준이지."

"미친년 염불 외우고 자빠졌네. 너, 착각만 그런 게 아니라 지랄도 아주 수준급이구나?"

구수한 욕이 화영의 입에서 흘러나왔다. 정확하면서도 구성지게 발음하는 화영을 보고 이랑이 그 와중에도 감탄을 내뱉었다.

"뭐?"

"애인 있는 남자한테 집적거리다가 아주 꼴좋게 됐다며? 그러게 왜 그렇게 마음을 못나게 쓰고 그러시나. 아주 그냥 확 더 망가뜨려버리고 싶게."

"무, 뭐, 이런……."

자신과는 격이 다른 화영의 화끈한 언사에 이랑이 피식 웃었다.

"허 참, 진짜 이것들이 보자보자 하니까."

"지랄하네. 뭘 얼마나 다정한 사이라고 그렇게 봤대?"

"익!"

민영이 바들거리는 입술을 질끈 깨물었다.

"그러니까 왜 나타나서 난리야. 혹시라도 봤음 그냥 얌전히 얼굴 푹 숙이고 도망가야지. 안 그래?"

"너! 너!"

"그래, 나 여기 있다. 왜? 어쩌려고? 한 대 치려고?"

민영의 얼굴이 창백하게 질렸다. 화영은 혀를 차며 고개를 절레절레 흔들었다.

"사랑하는 건 자기 마음이지만, 사랑받는 건 능력이라는 말이 있지. 이 말 잘 기억해라, 너. 그러다 보면 혹시 아니? 민폐녀 생활 청산할 수 있을지?"

창백하게 질린 민영이 매섭게 어깨를 들썩이며 화영을 노려보았다.

"그리고 서로 봐서 좋을 거 없는 사인데 다시는 이렇게 나타나서 깐죽거리지 마쇼, 네?"

이제야 분이 좀 풀리는지 화영이 가벼운 얼굴로 이랑을 바라보았다.

"야, 여기 물 더럽다. 나가자."

워낙 화영이 길길이 날뛰는 바람에 이랑은 아무런 말을 할 수가 없었다. 하지만 홀로 독한 표정을 지으며 서 있는 민영을 보고 있자니 수많은 생각이 머리를 스치고 지나갔다. 표독하기 그지없는 표정을 짓고 있지만 아무렇지도 않은 척, 괜찮은 척 그렇게 서 있는 모습이 무척이나 고독해 보였다. 한번 잘못된 판단으로 시작되어 더 이상 풀 수도 없을 만큼 꼬여버린 그녀의 인생이 측은했다. 결국 그녀는 자신이 만든 그릇된 세상 속에서 혼자만의 잣대로 세상을 평가했던 것이다. 심지어 자신이 원하는 대로 사랑 또한 돌릴 수 있다는 지나친 자신감이 그녀에게는 치명적인 독으로 작용한 것이나 다름없었다.

"뭐 해, 나가자니까."

결국 모든 사람은 자신의 기준에 맞춰 세상을 판단하고 평가하기에 아집이란 것은 그렇게 무서운 것이었다. 그렇게 고개를 절레절레 흔들던 이랑은 결국 화영의 손에 이끌려 카페를 벗어났다.

"아우, 속 시원해. 5년 묵은 체증이 쑥 내려가네."

카페를 나선 화영이 정말 속이 시원한 표정으로 크게 기지개를 켰다. 그 모습이 말 그대로 어찌나 개운해 보이는지, 이랑은 자신도 모르게 실소를 터뜨리고 말았다.

"너, 요새 스트레스 받는 일 있어?"

"어?"

"장난 아니던데. 아주 날 잡았어."

화영이 싱긋 웃었다. 그 모습을 보고 있자니 어째 정말 근래에 받은 스트레스를 민영에게 푼 것은 아닌지 의심이 스멀스멀 들었다.

"그래 보였어?"

"뭐, 내가 하고 싶은 말 다 해서 속은 시원하더라만."

"그럼 됐지, 뭐. 이런 걸 보고 이심전심이라고 하는 거야."

"말이나 못하면."

이랑의 흘김에 화영이 답지 않게 살갑게 웃으며 팔짱을 껴왔다.

"속에 있는 거 다 뱉었더니 배고프네. 맛있는 거나 먹으러 가자."

"이 상황에 입맛이 돌아?"

"그럼 어떤 상황에 돌아야 하는데? 다 먹고살자고 하는 짓, 먹어야지."

"널 어떻게 이겨."

"맛있는 거 먹고 다 털어버려. 몇 년 치 액땜 한꺼번에 했다 치고."

화영의 말마따나 이랑이 복잡한 머리를 탈탈 털었다.

"그래, 먹자. 일단 먹고 보자."

한결 가벼워진 표정으로 이랑이 발걸음을 옮기기 시작했다.

어느새 바람은 서늘해졌고 나뭇잎들은 짙푸르던 옷을 벗고 울긋불긋한 옷으로 치장을 했다. 길가에 서서 가만히 하늘을 올려다보던 이랑이 싸늘하게 전신을 훑고 지나가는 바람에 옷깃을 여몄다.

"하아."

그사이 많은 일들이 있었다. 우선 원과 함께 그의 부모님께 인사를 드리러 갔었고, 원 또한 이랑의 부모님께 인사를 드렸다. 두 사람은 어느새 결혼을 약속한 사이가 된 것이다. 그렇게 바쁘면서도 소소한 일상을 이어가던 중, 오늘은 오랜만에 함께 한가한 시간을 보내기로 한 참이었다. 잠시 길가에 서 있으니 이내 원의 차가 다가와 멈춰 섰다.

"왜 나와 있어?"

차에 올라탄 이랑이 미처 안전벨트를 매기도 전에 원이 그녀의 손을 잡았다.

"손 차가워졌잖아."

"괜찮아요. 조금밖에 안 있었어요."

혹시 감기에 걸리지 않을지 염려스러운 표정으로 이랑의 손을 잡고 꼼꼼하게 체크를 하는 원이었다. 여전히 다정한 그를 보며 이랑이 배시시 웃었다.

"웃기는."

원의 손이 그녀의 볼을 슬쩍 쓰다듬고 지나갔다. 그러더니 이내 부드럽게 차를 출발시켰다.

"근데 우리 어디 가요?"

"우리 처음 만난 곳."

원과 이랑이 처음 만났던 곳이라면, 학교였다. 이랑이 고개를 갸웃하고는 다시 입을 열었다.

"학교요? 갑자기 거긴 왜."

"그냥 오랜만에 가보고 싶어서."

전방을 주시하며 핸들을 돌리는 그의 얼굴에 빙긋 미소가 떠올라 있었다. 갑작스럽긴 하지만 그것도 나쁘지 않겠다 생각하며 이랑이 고개를 끄덕였다.

"내일 어머니랑 같이 마사지 받으러 가기로 했어요."

"그래?"

"응. 그리고 나서 저녁에 아버님이랑 같이 식사하자고 하시던데, 시간 어때요?"

"내일 저녁?"

원이 잠시 생각에 잠겼다. 그러더니 이내 어깨를 으쓱했다.

"없어도 만들어야지."

요즘따라 원은 더욱더 바빠졌다. 그래서 종종 얼굴 보기가 힘들었지만 그래도 이렇게 이랑에게 최선을 다하기 위해 노력했다.

그렇게 이랑이 조곤조곤 이야기하고 원이 듣는 사이, 차는 5년 전 그들의 추억이 고스란히 담겨 있는 학교에 도착했다.

"진짜 오랜만이다."

어스름하게 어둠이 내린 캠퍼스를 보던 이랑이 감회가 새롭다는 듯 크게 숨을 들이켰다.

"아, 학교 냄새."

"냄새? 그런 것도 있어?"

"마른 낙엽 냄새 같기도 하면서, 잘 마른 풀 냄새 같기도 하면서 그런 게 있어요."

차에서 내린 두 사람이 다정하게 손을 잡고 천천히 걸음을 옮겨갔다.

"이제 곧 축제기간인가 봐요."

어둠이 가라앉은 뒤는 으레 그렇듯 조용하던 학교가 어쩐 일인지 시끌벅적했다. 몇 년 전 그들의 추억이 고스란히 담긴 곳에 주점촌을 만든다고 사람들이 분주하게 움직이고 있었다.

"기억나? 여기서 우리 처음 손잡고 걸었는데."

몰래 주점을 빠져나와 나란히 걷던 그날 밤, 꼭 오늘처럼 쌀쌀한 바람이 두 사람을 스치고 지나갔고 가로등 불빛이 다정하게 앞길을 밝혀주었다. 그리고 그때 얼마나 심장이 터질 것처럼 뛰는지 이랑은 숨도 제대로 쉬지 못했었다. 입을 열면 그 떨림이 고스란히 전달될 것만 같아 아무런 말도 못하고 그저 묵묵히 걷기만 했었다.

"그때 참 좋았는데."

옛날을 떠올리던 이랑이 방싯 웃었다.

"그럼 지금은?"

까만 눈동자가 다정하게 자신을 바라보고 있었다. 꼭 그때로 되돌아간 것처럼 심장이 제멋대로 날뛰었다.

"지금은……."

떨리는 숨을 잠시 고른 이랑이 곱게 눈을 접어 웃으며 다시 입을 열었다.

"행복해요."

그런 이랑을 바라보는 원의 얼굴에도 빙긋 미소가 떠올랐다.

"이런, 차에 뭐 놓고 왔다."

그렇게 천천히 걷던 중 갑자기 원이 흠칫 멈춰 섰다.

"잠시 여기 앉아서 기다려. 금방 다녀올게."

"같이 가요."

"아냐. 금방 올게."

원이 근처 벤치에 이랑을 앉힌 뒤 홀로 걸음을 옮겨 멀어졌다.

순식간에 혼자 남은 이랑이 작게 한숨을 쉬며 주변을 두리번거렸다. 너른 잔디밭이 깔린 곳 옆으로 난 산책로를 여유롭게 걸어 다니는 학생들이 보였다. 군데군데 놓인 벤치에 앉아 사랑을 속삭이는 귀여운 커플들도 많이 있었다.

잠시 그들의 청춘을 부러워하던 이랑이 이내 피식 웃음을 터뜨렸다. 원과 자신도 꼭 저렇게 풋풋했던 시절이 있었다. 그의 손짓, 얼굴 표정 하나에 온갖 신경을 곤두세우고 웃고 울었던 그런 시절 말이다. 그러고 있는데 갑자기 누군가 다가왔다.

"저기, 이거 드리래요."

"네? 누가요?"

"저분이요."

무슨 영문인지 모르지만 몹시 흥미진진하다는 표정으로 가방을 맨 남학생이 뒤편을 가리켰다. 거기에는 원이 뒷짐을 지고 우두커니 서 있었다.

"오빠? 왜 거기에……."

하지만 원은 빙긋 웃으며 이랑이 손에 쥔 쪽지를 열어보라는 식으로 고개를 살짝 까딱였다. 의아해하며 이랑이 서둘러 쪽지를 펼쳤다.

〈정이랑, 넌 약간 다혈질이기도 하고,〉

정갈한 글씨체로 알 수 없는 말이 쓰여 있었다. 고개를 갸웃하며 이랑이 다시금 원을 바라보았다.

"여기요."

하지만 그런 이랑 앞에는 또 다른 사람이 다가와 있었다. 이번에는 여학생이었다. 또다시 쪽지를 받은 이랑이 곱게 접힌 종이를 열었다.

〈아주 약간 소심하기도 하고,〉

이랑의 미간이 슬쩍 접혔다. 도대체 어떻게 된 영문인지 알 수가 없었다. 복잡한 얼굴로 가만히 쪽지를 바라보던 이랑이 다시금 원을 바라보았다.

"이거 저분이 좀 전달해달라고 하시네요."

풋풋한 커플이 다가와서 또 다른 쪽지를 건넸다.

〈가끔 내가 이해할 수 없을 정도로 복잡하지만.〉

이랑의 얼굴에는 궁금증이 더욱더 커져갔지만 여전히 원은 멀리서 빙긋 웃고만 있을 뿐이었다. 그러는 사이 또 누군가 다가와 쪽지를 건넸다.

〈하지만 넌 누구보다 맑고,〉

내용이 조금씩 바뀌기 시작했다.

〈생각이 깊으면서 현명하고,〉

차례대로 쪽지를 전달해준 사람들이 가지 않고 근처에 서서 이랑과 원을 흥미롭게 지켜보고 있었다. 하지만 그것도 모를 정도로 이랑은 어느새 차례대로 전해지는 쪽지에 푹 빠져 하나씩 읽고, 원을 바라보고 그러기를 반복하고 있었다.

〈귀엽고 예쁘면서 섹시한데 매력적이기까지 하고〉

팔불출기가 다분한 이번 쪽지에 이랑은 자신도 모르게 작게 웃음을 터뜨렸다. 살다 보니 원이 이런 말을 하는 날도 다 있었다. 배시시 웃고 있자니 여자 2명이 다가왔다.

"여기요. 언니, 완전 부러워요!"

"짱 멋있어요!"

알 수 없는 말을 건네는 여자들을 의아하게 바라보기도 잠시, 이랑이 서둘러 다음 쪽지를 펼쳤다.

〈또 무엇보다 나를 너무 사랑해서 어쩔 줄 모르고〉

글자에서 자신만만함이 그대로 묻어났다. 괜히 입술을 비죽인 이랑이 원을 향해 밉지 않게 눈을 흘겼다.

"진짜 축하드려요!"

이번에는 커플이 다가왔다. 여자가 부럽다는 얼굴로 쪽지를 건네주었다.

"가, 감사합니다."

뭐가 축하할 일인지는 모르겠지만 일단 얼결에 감사 인사를 건넨 이랑이 다음 쪽지를 펼쳤다.

〈그리고 나는 그런 널 더 많이 사랑하고〉

히죽, 입꼬리가 제멋대로 올라갔다. 그가 안 오면 내가 가서 꼭 안아주어야지 생각하며 이랑이 고개를 들어 올렸다.

마음이 통한 것일까. 그가 이랑을 향해 천천히 다가오고 있었다. 뒷짐을 진 채 천천히 걸어오는 그의 모습에 자꾸만 웃음이 나왔다. 이런 귀여운 이벤트도 할 줄 아는 성격이라는 것은 미처 몰랐다. 부럽다는 듯 자신을 보는 여자들의 시선에 콧대가 한껏 올라가는 것 같았다.

"대체 이게 다 뭐……."

어느새 다가온 원을 향해 입을 열던 이랑의 얼굴에 미소가 서려 있었다.

"오빠?"

하지만 그것도 잠시, 이랑이 화들짝 놀랐다. 벤치에 앉은 이랑 앞에 다가온 원이 갑자기 한쪽 무릎을 꿇고 앉았다. 놀란 이랑이 반사적으로 자리에서 일어나려고 하자 원이 그런 그녀의 손을 잡아 그대로 앉혔다. 그러더니 뒤에 감춰두고 있던 뭔가를 들어 올렸다.

"어?"

갑작스런 상황에 당황하던 이랑이 멍한 표정을 지었다. 원의 손에 뜻밖에도 여자 구두가 놓여 있었다. 그것도 보기만 해도 감탄이 절로 나올 만큼 우아하고 아찔한 웨딩슈즈였다.

"정이랑."

"오, 오빠?"

"미안하지만 항상 좋을 거라는 말은 못하겠어. 울 수도 있고, 싸울 수도 있어."

이랑이 눈을 동그랗게 뜨고 원의 얼굴을 가만히 바라보았다.

"행복할 땐 행복해하면서, 행복하지 않을 때는 행복하기 위해 노력하면서 그렇게 너랑 같이 살고 싶어."

그저 귀여운 깜짝 고백 정도로만 생각했던 이랑이 여전히 놀란 표정으로 원을 내려다보았다.

"평생 꽃신 신고 다닐 수 있게 해줄게."

원이 웨딩슈즈를 내려놓고 이랑의 손을 조심스레 잡고 천천히 올리더니 손등에 입을 맞췄다.

"이랑아, 나랑 결혼해줄래?"

까만 눈동자가 그때나 지금이나 변함없이 올곧게 이랑을 응시하고 있었다. 그 눈빛에 어느새 이랑의 눈시울이 붉어졌다.

누가 감히 이 남자의 프러포즈를 거절할 수 있을까.

입술을 꾹 다물고 있던 이랑의 눈에서 어느새 눈물이 툭, 한 방울 떨어졌다. 뿌옇게 흐린 시야로 이랑은 고개를 끄덕이며 바보처럼 눈물을 흘리면서 웃었다. 이 근사한 남자가 자신의 눈앞에 무릎을 꿇고 앉아 청혼하고 있다는 사실에 행복감이 물밀듯 밀려들었다.

그런 이랑을 사랑스럽다는 표정으로 바라보던 원이 그녀의 얼굴에 흘러내리는 눈물을 다정하게 닦아주었다. 그러곤 얌전하게 이랑의 무릎 위에 놓인 작은 손을 꽉 쥐었다. 그러더니 반짝이는 반지를 꺼내 들었다. 가로등 빛을 오묘하게 반사하는 반지를 보고 이랑이 또다시 눈물을 흘리면서도 바보처럼 웃음을 터뜨렸다.

"사랑해."

부드럽게 들어간 반지가 어느새 약지에서 빛을 발하고 있었다. 기분 좋은 답답함이 느껴졌다.

"나도, 나도 사랑해요."

더듬거리며 말한 이랑이 자신 앞에 앉은 원을 꼭 끌어안았다.

"와! 진짜 멋있다!"

"결혼 축하드려요. 행복하게 사세요."

"행복하세요."

그런 두 사람을 숨죽인 채 바라보던 사람들이 환호성을 지르며 박수를 쳤다. 보기만 해도 달콤함이 흐르는 프러포즈에 모두의 얼굴에는 부러움이 가득했다. 그렇게 두 사람의 추억이 고스란히 담긴 그곳에서 이랑은 많은 사람들의 축복 속에 원의 청혼을 받았다.

봄비가 흩뿌리던 날, 5년 만에 원과 이랑이 재회했던 호텔 한편에서 그가 서둘러 걸음을 옮기고 있었다. 단단한 그의 몸에 딱 맞춘 듯 떨어지는 턱시도를 입은 원은 평소보다 훨씬 더 빛이 났다.

"어, 원 님?"

마침 어디를 다녀오는 것인지 신부대기실 앞에서 화영과 원이 딱 마주쳤다.

"원 님?"

원이 의아한 표정을 지었다.

"이번에 소개팅 결과가 좋으므로 다시 원 님으로 승격시켜드리기로 했어요."

"뭐?"

엉뚱한 화영의 말에 원이 피식 웃었다.

"앞으로도 많이 남았습니다. 잊지 마세요."

"적당히 그중에서 한 사람으로 골라. 너무 재고 따지지 말라고."

원이 나직하게 말했다.

"혹시 지금 나한테 소개팅 시켜주는 게 귀찮다고 말하는 거예요?"

"······설마."

마치 약점이라도 잡힌 것처럼 원이 억지로 고개를 저었다. 그런 원을 바라보던 화영이 씩 웃었다.

"내가 두 사람 사이에 얼마나 지대한 역할을 했는데. 얼마 전 프러포즈도 제 아이디어인 거, 잊지 않으셨죠?"

"그래."

"더도 말고 덜도 말고 원 님 같은 남자로 소개 좀 부탁해요. 뭐, 이번 소개팅 남자 정도도 괜찮아요."

이번의 소개팅 남자를 떠올리는 원의 얼굴이 떨떠름하게 변했다. 화영에게 신세 진 것이 많아 심혈을 기울여 고르고 골라 주선한 자리였다. 평소에는 그런 일은 귀찮아서 하지도 않던 원인데 말이다. 그런 원을 바라보던 화영이 빙글거리며 웃었다. 그러더니 이내 얼굴에서 장난기를 지우고 입을 열었다.

"축하드려요. 분명히 이랑이랑 행복하실 거예요."

미소 지은 채 손을 척, 내미는 화영을 보고 원도 언제 곤란했냐는 듯 빙긋 웃으며 그녀가 내미는 손을 잡았다.

"고맙다, 정말."

악수하는 두 사람의 모습에서 나이와 성별을 뛰어넘어 단단한 동지애 같은 것들이 느껴졌다. 정이랑이라는 인물을 소중하게 여긴다는 공통점을 가진 두 사람이었다.

"아차, 이랑이 보러 온 거죠? 준비 다 됐어요."

퍼뜩 정신을 차린 화영이 들어가 보라며 신부대기실을 가리켰다.

"잠시만 우리 두 사람만 있게 해줄래?"

"뭘 하려고."

"뭘 하긴."

원의 말을 어떻게 해석한 것인지 음흉한 웃음을 흘리는 화영을 보고 그가 머쓱하게 웃었다.

"알았어요. 정성 들여 한 화장이니 번지지 않게 조심하세요."

다시금 빙글거리며 웃은 화영이 어깨를 으쓱했다. 괜히 이마를 긁적인 원이 다시금 발걸음을 움직였다. 얼마나 더 예뻐졌을지 이랑의 얼굴이 한시라도 빨리 보고 싶었다. 하지만 준비실에 들어서는 그 순간, 원은 자신도 모르게 우뚝 멈춰 서고 말았다.

"왔어요?"

마치 이랑의 주변에만 밝은 전등 수천 개를 매달아놓은 것처럼 화사하게 빛나는 그녀의 모습에 쉽사리 움직일 수가 없었다. 우아하게 화장한 얼굴이 마치 인형의 것처럼 오밀조밀하게 모여 있었고, 순백의 드레스를 입은 자태에서 형용할 수 없는 아름다운 빛이 뿜어져 나왔다.

"어때요?"

넋을 놓고 선 원을 본 이랑이 수줍게 웃었다.

"너무…… 너무 아름답다."

멍하니 중얼거리는 원을 보며 이랑이 볼을 발갛게 물들였다. 부끄러운 듯 고개를 살짝 숙이는 그 모습이 더욱더 매혹적으로 보였다. 원이 가만히 이랑을 바라보다 천천히 다가섰다.

"정말 예쁘다."

무척 조심스런 손길로 이랑의 볼을 슬쩍 쓰다듬은 원이 고개를 내려 말갛게 드러난 이마에 입을 꾹 맞췄다.

"오빠도 너무 멋져요."

배시시 웃던 이랑이 뭐가 떠오른 것인지 원의 팔을 잡고 흔들었다.

"참! 오빠, 잠시만요."

"응?"

"아직 중요한 게 하나 남았어요."

"뭐?"

이랑의 말에 겨우 정신을 차린 원이 의아한 표정을 지었다.

"이거…… 이거요."

이랑이 자신의 옆에 놓여 있던 무언가를 들어 올렸다. 원의 눈에도 익숙한 것, 바로 청혼할 때 이랑에게 주었던 웨딩슈즈였다.

"꽃신 신게 해준다면서요."

그제야 알겠다는 듯 고개를 끄덕인 원이 신발을 들고 또다시 그녀 앞에 한쪽 무릎을 꿇고 앉았다. 그러곤 웨딩드레스 자락을 들쳐 이랑의 작은 발을 쥐더니 우아하면서도 아찔한 웨딩슈즈를 조심스레 신겼다.

"정이랑, 고마워."

"응?"

"나한테 와줘서, 나랑 결혼해줘서, 우리 부모님의 며느리가 되어서…… 모두 다 고마워."

"평생 꽃신 신고 다닐 수 있게 해준다던 약속, 잊으면 안 돼요."

"응, 그럴게."

나직하게 말한 원이 까만 눈동자로 이랑을 응시했다.

상대가 눈앞에서 없어지면 보통 사랑은 점점 멀어지지만 큰 사랑은 점점 더 커져간다. 바람이 불면 촛불은 꺼지지만 큰 불은 불길이 더 세지는 것처럼 말이다.

한순간을 만났어도 잊지 못하는 사람이 있고, 매 순간을 만났어도 잊고 지내는 사람이 있다. 모든 것이 그렇듯 내가 의도적으로 멀리하지 않아도 스치고 떠날 사람은 자연히 멀어지게 되어 있고 내가 아등바등 매달리지 않더라도 내 옆에 남을 사람은 무슨 일이 있더라도 알아서 내 옆에 남아준다.

"사랑해."

다정하게 말하는 그를 바라보던 이랑이 방싯 웃었다. 여자가 상대를 잘못 만나면 자기 자신을 버리면서까지 밑바닥 구경만 할 수 있지만 좋은 사람을 만났을 땐 내가 생각했던 그 이상의 나를 만날 수도 있다. 그리고 숨겨져 있던 내가 할 수 있는 것들을 꺼내주는 그 좋은 사람은 가까이에 있다.

그렇게 특별한 사랑은 특별한 사람을 만나서 이루어지는 것이 아니라 특별히 사랑하면서 이루어지는 것이었다.

"사랑해요."

마치 자석이 끌리는 것처럼 서로를 응시하던 두 사람의 얼굴이 천천히 가까워지기 시작했다.

에필로그

어김없이 해는 뜨고 날이 밝았다. 새벽에 일어나서 출근하는 원에게 맞춰 생활하느라 졸지에 아침형 인간이 되기로 한 이랑은 잠이 가득한 얼굴로 침대에 멍하니 앉아 있었다. 머리를 탈탈 털며 화장실에서 나온 원이 이랑을 보고 피식 웃었다.

"더 자."

이랑의 이마에 입술도장을 꾹 찍은 원이 조심스레 그녀를 다시 눕혔다. 원에게서 나는 상큼한 비누 냄새에 반사적으로 이랑이 배시시 웃었다.

"안 돼요."

그러기도 잠시, 이내 버둥거리며 일어난 이랑이 졸린 눈을 비볐다.

"오늘은 중요한 날이니까, 든든하게 해서 보내야지."

이랑이 손을 쭉 내밀더니 일으켜달라는 듯 애교스럽게 팔을 흔들었다. 그러는 와중에도 여전히 눈은 반쯤 감긴 상태였다.

"난 괜찮은데."

하지만 괜찮다는 말과 달리 원은 그런 이랑의 팔을 잡아당겨 주었다. 아무래도 홀로 쓸쓸히 출근하는 것보다는 이랑의 배웅을 받으며 나가는 것이 훨씬 더 좋기는 했다. 그렇게 한참 만에 침대에서 벗어난 이랑이 크게 하품을 하며 화장실로 향했다.

잠시 후, 얼굴에 촉촉하게 물기가 남은 상태로 나온 그녀가 원에게 다가와 가벼운 모닝키스를 남겼다.

"오늘 아침은 콩나물국. 오빠 어제 술 먹었으니까."

"좋지."

마음에 드는 메뉴 선정에 빙긋 웃은 원이 이랑에게 키스를 되돌려주었다. 이랑 또한 방싯 웃은 후 서둘러 부엌으로 향했다. 이내 뭔가를 하는 듯 분주하게 움직이는 소리가 들리기 시작했다.

'이제 제법 주부티가 나네.'

그 소리를 들으며 원이 다시금 빙긋 웃었다. 그러곤 얼굴에 스킨로션을 바르고 드레스룸으로 향했다.

"오빠, 머리 내가 해줄 거예요."

"알았어."

셔츠를 고른 원이 대답하며 신중한 표정으로 넥타이를 고르기 시작했다.

"넥타이도!"

갑자기 원의 손길이 우뚝 멈췄다.

"응."

원이 서둘러 넥타이 진열장을 닫았다. 그러곤 이내 아무 일도 없었다는 듯 셔츠를 걸치고 정장바지를 입었다. 이랑의 말대로 오늘은 중요한 날이니 커프스까지 잊지 않고 챙겼다. 그러고 있으니 이랑이 드레스룸으로 들어왔다.

"오늘은……."

그러더니 넥타이 진열장을 열고 원의 옷차림과 어울릴 만한 넥타이를 신중하게 고르기 시작했다.

"넥타이는 점잖게 가고……. 대신 행커치프를 하고."

짙은 색상의 무늬가 없는 슬림한 넥타이를 꺼내 든 이랑이 행커치프까지 꺼내 들었다.

"어때요?"

"좋아."

설마 전혀 어울리지 않는 것을 준다고 한들 이랑이 해준 것이라면 원은 순순히 그 넥타이를 하고 갈 작정이었다. 실제로 결혼 생활 초반, 이랑이 아직 능숙하게 넥타이 코디를 하지 못하는 바람에 몇 번 그런 적이 있기도 했다. 하지만 이제는 이랑도 제법 베테랑이 되어 꽤나 근사한 코디를 하는 수준이 되어 있었다. 넥타이를 들고 다가온 이랑이 마주 보고 서서 셔츠 깃을 세우더니 익숙하게 손을 움직였다.

"흠."

바로 눈 밑에서 입을 꾹 다문 채 이랑이 넥타이를 매는 데 온 정신을 집중하고 있었다. 그 모습이 어찌나 예쁜지, 자꾸만 그의 얼굴이 아래로 내려가며 이랑의 입술 쪽으로 향했다.

"움직이지 마요."

하지만 이랑은 그런 원의 마음도 모르고 가슴팍을 아프지 않게 찰싹 때렸다.

"음, 예쁘다. 그럼 이제는 머리."

그러더니 냉정하게 떨어져서 원의 옷차림을 감상하고는 서둘러 그의 손을 이끌고 화장대로 향했다.

"오늘은……."

화장대 의자에 앉은 원의 뒤에 서서 잠시 고민하던 이랑이 이내 장난스러운 표정을 지었다.

"근엄하게?"

그러면서 원의 머리를 만지작거려 떡하니 2 대 8 가르마를 타 놓았다. 거울에 비친 자신의 모습을 바라보고 눈썹을 꿈틀하는 원을 보고는 이랑이 키득대며 웃었다.

"이게 근엄?"

"전통적인 카리스마가 느껴지지 않아요?"

"설마."

불만스러운 표정과 달리 계속해서 얌전히 앉아 있는 그가 예뻐서 더 이상 놀리는 것을 그만하기로 한 이랑이 늘 하던 대로 손에 왁스를 바르고 원의 머리를 손봤다. 자연스럽게 볼륨을 주며 세련되게 올리는 폼이 무척이나 자연스러웠다.

"고객님, 마음에 드십니까?"

구레나룻까지 세세하게 신경을 써서 마무리한 이랑이 뒤에서 원의 목을 감싸 안으며 물었다.

"마음에 안 드는 부분이 있어."

"응? 어디가요?"

"앞으로 와봐."

나직한 원의 말에 이랑이 눈을 동그랗게 뜨고 서둘러 원의 앞으로 돌아왔다.

"어디? 난 괜찮은데."

이랑이 고개를 갸웃대며 원의 머리를 살폈다. 그런 이랑을 다리 사이에 세운 원이 빙긋 웃으며 불쑥 그녀의 허리를 잡아 허벅지에 앉혔다. 넥타이를 매느라, 머리를 만지느라 본의 아니게 마주치기 힘들었던 두 사람의 눈동자가 드디어 정면으로 조우했다.

"지금 머리가 중요한 게 아니야."

"응?"

의아한 이랑의 표정을 무시하고 원이 얼굴을 불쑥 내밀었다. 말을 마친 원이 아까부터 눈앞에서 아른거리던 이랑의 입술을 불쑥 집어삼켰다. 살짝 벌어진 이랑의 입 사이로 곧장 파고든 그의 혀와 수줍은 이랑의 혀가 만났다. 자연스레 두 사람의 호흡이 얽히며 타액이 오갔다. 부드러운 서로의 감촉을 느끼는가 싶더니 이내 입술을 떨어뜨린 원이 이랑의 허리를 더욱 꽉 끌어안으며 매끈한 그녀의 목덜미에 입술을 가져다 댔다. 이랑이 몸을 파르르 떨며 원의 목을 휘어 감고 몸을 밀착시켜왔다.

"하아."

뜨거운 그의 입술에 이랑의 입에서 달뜬 숨결이 흘러나왔다.

"앗!"

하지만 그러기도 잠시, 이랑이 외마디 소리를 질렀다.

"시간이 벌써…… 이러다 늦겠어요."

시간을 확인한 이랑이 허둥대며 서둘러 원에게서 벗어났다. 갑자기 허전해진 느낌에 원이 자신도 모르게 미간을 슬쩍 찌푸렸다.

"어서 나와요."

이랑이 서둘러 부엌으로 향했다. 알싸한 열기로 달아올랐던 방 안이 순식간에 차분해졌다. 순식간에 혼자 남은 원이 한숨을 푹 내쉬었다.

경쾌한 음악이 잔잔하게 흐르는 레스토랑 안에 앉은 이랑이 가만히 창밖을 응시했다. 오늘따라 유난히 날씨가 맑았다. 바람도 선선히 불고, 따스한 햇볕이 나른하게 내리쬐었다. 거리를 걷는 사람들의 표정에도 기분 좋은 평화가 가득해 보였다.

"잘하고 있으려나."

자연히 그의 생각이 났다. 지금 한창 신차 발표가 이뤄지고 있을 터였다. 밤낮없이 그가 고생해가며 만든 디자인이 곧 출시되어 나올 것이라 생각하니 뿌듯하기도 했지만 그의 노고를 잘 알기에 걱정도 앞섰다.

"뭘 그렇게 멍하게 봐?"

어느 틈에 화영이 불쑥 나타났다.

"왔어? 미안. 소중한 점심시간을 뺏어서."

"알고는 있니?"

화영이 밉지 않게 눈을 흘겼다.

"대신 점심 내가 살게. 먹고 싶은 거 다 먹어."

"어쭈! 남편이 돈 잘 번다, 이거지? 원 참, 서러워서."

화영의 타박 아닌 타박에 그저 싱긋 웃은 이랑이 서둘러 메뉴판을 내밀었다. 그러자 화영은 정말 작정이라도 한 듯 이것저것을 골라 시켰다.

"많이 먹어. 먹고 나랑 백화점 좀 가자."

"백화점은 갑자기 왜?"

"중요하게 살 것이 있어."

어쩐지 비장해 보이는 이랑의 표정을 보고 화영이 의아해했다.

"뭔데? 무슨 일 있어?"

"무슨 일은. 그냥 소소하게 이벤트를 좀 해보려고."

그에 화영이 미간을 살포시 찌푸렸다.

"알아들을 수 있게 말 좀 해봐."

"그게, 오늘 오빠한테 중요한 날이거든. 그동안 계속 야근하면서 디자인했던 자동차 발표하는 날이라서."

"아, 한성자동차에서 이번에 신차 나온다더니 그거?"

"응. 고생했으니까 상 좀 주려고. 분위기 좀 잡고."

"설마…… 속옷 매장 이런 건 아니겠지?"

"왜 아니겠어."

"오호! 그래서 대담한 짓을 좀 해보겠다? 정이랑이, 이제 정말 아줌마 다 됐어. 그런 것도 생각할 줄 알고."

"어디서 유명한 심리학교수가 그러더라. 남자는 시각적 동물이라는 사실을 알아야 한다고."

그제야 모든 것이 이해된 표정으로 화영이 피식 웃었다. 그래서 이랑은 지금 원을 위한 아찔한 유혹 이벤트를 준비하려는 것이었다.

"그래도 넌 결혼도 안 한 처녀한테 그런 걸 부탁하고 싶니?"

"너 아니면 누구랑 같이 가."

"아이고, 내 팔자야."

화영이 우는 소리를 내며 고개를 절레절레 흔들었다. 화영의 장난스런 모습에 이랑이 배시시 웃으며 다시 입을 열었다.

"소개팅 작전은 어떻게 돼가고 있어?"

"아, 그거?"

언제 울상이었냐는 것처럼 금방 표정을 바꾼 화영이 흥미진진하게 이랑을 바라보았다.

"원 님의 능력이 좋긴 좋더라. 파도 파도 끝이 없어. 어떻게 그렇게 괜찮은 남자들이 계속해서 나오는 거지? 얼마 전에는 외국인까지. 캬!"

"으이그. 외국인이 나왔다는 거 보면 모르겠어? 이제 거의 막바지라는 거지."

"뭐?"

"이제 오빠 좀 그만 괴롭혀. 이제 정말 더 소개팅 시켜줄 남자

도 없나 보더라. 그게 아니면 그동안 만난 남자 중 하나를 고르든
지."

"정말?"

화영이 이내 울상을 찌푸렸다.

"그중에 내 짝이 없는 걸 어떻게 해. 하아, 그리고 새삼 느끼
고 있는데 난 소개팅 체질은 아닌가 봐."

"뭐? 그럼 지금까지 그 수많은 남자들은 다 뭐야?"

"글쎄, 그냥 지나가는 한낱 인연이라고나 할까."

"말이나 못하면."

결국 이랑은 고개를 절레절레 흔들며 웃음을 터뜨리고 말았다.

"됐고, 빨리 먹고 백화점이나 가자. 최원이 입이 딱 벌어질 만
큼 죽이게 섹시한 속옷으로 골라주마."

싱긋 웃는 화영을 보고 이랑도 방싯 웃었다.

원은 다급한 발걸음으로 차에서 내려 서둘러 엘리베이터 앞으
로 다가갔다. 신차 발표회는 무사히 끝이 났고, 반응도 무척이나
뜨거웠다. 감히 한성자동차 최고의 역작이라는 평을 들으며 호평
이 쏟아지는 가운데, 원은 자축하는 사람들에게 붙잡혀 이른 퇴근
을 놓치고 말았다. 이랑에게 조금 늦겠다고 말을 하긴 했지만 미
안하고 신경 쓰이는 것은 어쩔 수 없었다.

오늘따라 엘리베이터는 왜 이렇게 굼뜨게만 느껴지는지. 원은
신경질적으로 닫힘 버튼을 누르고 초조하게 숫자가 변하는 전광
판을 바라보았다. 이럴 줄 알았으면 높은 곳이 아니라 조금 낮은

곳에 살 걸 그랬다 생각하는 순간, 엘리베이터 문이 열렸다. 서둘러 비밀번호를 누르고 집 안으로 들어섰다.

어째 조용했다. 늘 집에 들어오면 방싯 웃으며 자신을 맞이하던 말간 얼굴이 보이지 않았다. 다급하게 막 거실에서 안방으로 걸음을 옮기려는 순간, 소파 쪽에 볼록 튀어나온 실루엣이 보였다. 어쩐 일인지 집에서는 잘 입지 않던 가운을 입은 이랑이 볼록한 담요를 끌어안고 새근새근 잠들어 있었다.

"이랑아?"

나직하게 그녀를 부르자 이랑이 화들짝 놀라며 벌떡 자리에서 일어났다.

"어? 오빠? 언제 왔어요?"

"방금. 왜 여기서 이러고 있어. 들어가서 자지."

"아, 아니에요."

어째 당황한 것처럼 보이는 이랑이 서둘러 소파에서 일어나 원의 손을 잡아끌었다.

"나도 모르게 깜빡 잠들었어요. 저녁은요?"

"먹었어."

"그래요? 그럼 어서 씻고 나와요."

뭔가 감추는 것처럼 자꾸만 자신을 화장실로 보내려는 이랑을 보는 원의 표정이 의아하게 변했다.

"무슨 일 있어?"

"네? 아, 아뇨. 무슨 일은요. 집에 왔으니 씻어야죠."

고개를 갸웃하는 원을 향해 머쓱하게 웃은 이랑이 발뒤꿈치를 들더니 그의 볼에 가벼운 키스를 남겼다.

"어서 씻고 나와요. 기다리고 있을게요."

여전히 이해가 가지 않은 원이 우두커니 서 있자 이랑이 우격 다짐으로 그를 화장실에 밀어 넣었다. 순식간에 화장실에 들어온 원은 이상한 느낌에 눈썹을 움찔했지만 이내 어깨를 으쓱하고는 이랑의 말대로 일단 씻기로 했다.

한편, 화장실에서 물소리가 들리자 이랑은 그제야 겨우 안도의 한숨을 내쉬었다.

"바보. 멍청이!"

원이 문을 열고 들어서면 양껏 섹시한 포즈로 비스듬하게 드러누워 손가락을 까딱거리려던 계획이 다 무너지고 말았다. 그 틈에 벌어지는 가운 사이로 화영과 심혈을 기울여 고른 속옷이 슬쩍 내비쳤다. 자신도 모르게 가운 깃을 꼭 여미던 이랑이 무슨 생각을 했는지 화들짝 놀라서 다시 거실로 향했다. 그러곤 소파 위에 두었던 두툼한 담요를 내려 거실 바닥에 펼쳤다. 쿠션과 베개도 늘어놓았다.

"됐어. 이제는 와인."

이번에는 이랑이 서둘러 부엌으로 향했다. 미리 챙겨두었던 와인과 와인잔, 그리고 간단한 안주가 든 접시를 들고 다시금 종종걸음으로 거실로 향했다. 펼쳐놓은 담요 옆에 그것들을 늘어놓고 이제는 미리 진열해두었던 초에 불을 붙이기 시작했다.

"앗, 뜨거."

마음이 급해서일까, 뜨거운 불에 손을 데이기도 여러 번. 드디어 그럴싸하게 아찔한 이벤트의 세팅이 완료되었다. 마지막으로 야한 듯, 야하지 않은 끈적거리는 음악까지 재생시키고 나니 화장실 문이 막 문 열리는 소리가 들렸다.

정신없이 움직이던 이랑이 그래도 대충 잘 맞췄다는 생각에 고개를 푹 숙이며 자신도 모르게 한숨을 푹 내쉬었다.

"앗!"

하얀 가운이 보였다. 오늘의 가장 결정적인 빅토리아 시크릿의 아찔한 태가 아니라 그저 그런 하얀 가운이 말이다. 당황한 이랑이 서둘러 가운 리본을 풀어헤쳤다. 그러는 사이 원이 점점 더 가까이 다가오는 소리가 들렸다.

'누워서 손만 까딱해야 하는데!'

원래 계획했던 것과 달리 이러다가는 어정쩡하게 서서 원을 맞이하게 생겼다. 하지만 마음이 급해서일까, 줄 하나만 잡아당기면 되는 가운이 도저히 풀리지 않았다.

"뭐 해?"

어째 머릿속으로 그리던 것과는 전혀 다른 상황이 전개되어버렸다. 끈적거리는 재즈 가수의 목소리가 두 사람을 감싸고 도는 가운데, 젖은 머리를 늘어뜨린 원이 의아한 표정으로 이랑을 바라보고 서 있었다. 그리고 그 눈길을 받는 이랑은 가운 끈을 잡아당기는 포즈로 어정쩡하게 서서 그를 맞이하고 말았다.

"아, 오빠, 그게……."

당황한 이랑이 말을 더듬는 사이 원이 까만 눈동자로 거실을

쭉 훑었다. 어두운 가운데 하늘거리는 촛불들 사이로 푹신한 담요
와 쿠션들이 놓여 있고 그 옆에는 달콤한 화이트 와인까지. 원의
얼굴이 더욱더 의아하게 변했다. 차분하게 거실을 훑어보는 원을
바라보던 이랑이 울상을 찌푸렸다. 게슴츠레 눈을 내리깔고 손만
까닥하기는 개뿔, 역시 유혹은 아무나 하는 게 아니었다.

　그제야 뭘 알아차린 것인지 원이 피식 웃었다. 그가 여유로운
걸음걸이로 이랑에게 천천히 다가왔다. 마치 먹잇감을 앞에 둔 포
식자가 어슬렁거리며 다가오는 것 같았다.

　"깜짝 놀랄 만한 선물?"

　"음, 그러니까⋯⋯."

　머쓱하게 웃은 이랑이 반사적으로 가운 깃을 잡고 여몄다. 그
모습에 원의 까만 눈동자가 더욱 낮게 가라앉았다. 천천히 다가온
원이 이랑의 양손을 한 손에 쥐고 부드럽게 위로 들어 올렸다. 마
른침을 꼴깍 삼키며 이랑이 원이 시키는 대로 따르는 사이, 슬쩍
벌어진 가운 틈으로 보일 듯 말 듯 아슬아슬한 속옷의 자태가 드
러났다.

　여유롭던 표정은 어디로 갔는지 어느새 딱딱하게 경직된 원이
자유로운 한 손을 움직여 가운 끈을 풀어 내렸다. 거짓말처럼 끈
이 스르륵 풀렸다. 새삼스레 이랑의 심장이 터질 것처럼 뛰었다.
그의 눈에 자신의 모습이 어떻게 비칠지 몰라 이랑이 잔뜩 긴장한
채로 원을 올려다보았다. 그러자 원이 어금니를 깨무는 것인지 단
단한 턱이 움찔하는 것이 보였다.

　"정말 마음에 드는데⋯⋯."

나직하게 웅얼거린 그가 천천히 고개를 내렸다. 곧장 가슴 위쪽에서 느껴지는 뜨거운 숨에 이랑이 자신도 모르게 입술을 질끈 깨물었다. 아슬아슬하게 가슴을 감싸고 있는 아찔한 속옷 안에 감춰진 솜털이 일시에 곤두서는 느낌이었다.

어느새 팔을 내려 자신의 허리를 꽉 끌어안는 손길에 이랑이 달뜬 숨을 내쉬며 그의 목을 감싸 안았다. 가슴 위를 배회하던 뜨거운 숨결이 점차 위로 향했다. 가느다란 목 라인을 따라 올라간 원의 입술이 귓가를 지분거리기 시작했다.

"자제를 할 수 없다는 단점이 있네."

귓가에서 나직하게 울리는 목소리에 몸속 깊은 곳에서 시작된 열기가 짜릿하게 등줄기를 타고 올랐다. 원이 부드럽게 쓰다듬는 손길을 따라 움직이자 어느새 활짝 벌어진 가운이 바닥에 널브러졌다. 서늘한 공기가 맨살에 닿자 소름이 소소하게 돋았다. 이랑의 늘씬한 몸이 아른거리는 촛불에 비쳐 아름다운 곡선을 그리고 있었다.

"정말…… 예쁘다."

원이 푹신한 담요 위에 이랑을 천천히 눕혔다. 까만 눈동자가 이랑의 얼굴을 빤히 바라보았다. 그에 살포시 얼굴을 붉힌 이랑이 입술을 질끈 깨물며 눈을 슬쩍 내리깔았다. 화영이 생각보다 훨씬 더 과감한 속옷을 품에 안기며 해주던 말들이 갑자기 뇌리를 스치고 지나갔다.

혹시 그가 나에게 질릴까 봐 안달복달 못하며 전속력으로 그를 따라잡으려 애쓸수록 그 사람은 더욱더 멀어지게 되어 있다. 여자들은 유념해야 한다. 그가 혹시 변할까 봐 무서운 생각이 덮치는 순간, 당황해서 그를 따라 뛰어나가면 길을 잃을 뿐이다. 그럴수록 차분하게, 처음처럼 여전히 그가 끌리는 여자가 되어야 한다. 그가 떠나지 못하도록 그가 좋아하는 것을 가지고 있어야 하는 것이다. 억지로 따라가서는 절대로 그를 잡아올 수 없다.

'그래, 오늘은 내가 아찔하게 유혹하는 거야. 화영이가 뭐라고 말하라고 했더라.'

부끄러움을 애써 털어버린 이랑이 까만 눈동자를 정면으로 응시했다.

"날…… 가져요."

길고 풍성한 속눈썹이 천천히 닫혔다. 살짝 벌어진 입술 사이로 달콤한 숨결이 흐르고, 까만 눈동자는 순식간에 활활 불타올랐다.

"오늘은 거칠지도 모르겠어."

턱을 아릿하게 깨문 원이 잔뜩 긴장한 듯 속눈썹이 파르르 떨리는 얼굴을 향해 고개를 내렸다.

"후회하지 마."

원의 입술이 거칠게 이랑을 탐하기 시작했다. 그 어느 때보다도 더 자극적인 느낌이 서로의 몸 곳곳을 누비고 끈적거리는 음악이 가득 찬 거실에 누구의 호흡인지 모를 거친 숨결이 터져 나왔다. 그렇게 두 사람의 길고 긴 밤의 육체적 향연이 시작되었다.

−마침−